全民阅读精品文库

当代中国最具实力中青年作家作品选

邱华栋中篇小说选

时间飞鸟

邱华栋 著

中国言实出版社

图书在版编目（CIP）数据

时间飞鸟：邱华栋中篇小说选 / 邱华栋著. -- 北京：
中国言实出版社, 2016.4（2019.1重印）
　　ISBN 978-7-5171-1869-5

Ⅰ.①时… Ⅱ.①邱… Ⅲ.①中篇小说—小说集—中
国—当代 Ⅳ.①I247.7

中国版本图书馆 CIP 数据核字（2016）第 090947 号

出　版　人：王昕朋
责任编辑：胡　明
文字编辑：张　丽
封面设计：水岸风创意文化

出版发行　**中国言实出版社**
　　　　　地　　址：北京市朝阳区北苑路180号加利大厦5号楼105室
　　　　　邮　　编：100101
　　　　　编辑部：北京市海淀区北太平庄路甲1号
　　　　　邮　　编：100088
　　　　　电　　话：64924853（总编室）64924716（发行部）
　　　　　网　　址：www.zgyscbs.cn
　　　　　E-mail：zgyscbs@263.net
经　　销　新华书店
印　　刷　三河市华晨印务有限公司
版　　次　2016年6月第1版　2019年1月第2次印刷
规　　格　710毫米×1000毫米　1/16　12印张
字　　数　204千字
定　　价　42.00元　　ISBN 978-7-5171-1869-5

目录

别了，十七岁

　　是的，我们傻过。很可能我们的爱戴中包含着痴呆，我们的忠诚里还有盲目，我们的信任过于天真，我们的追求不切实际，我们的热情里带有虚妄，我们的崇敬里埋下过被愚弄的种子，我们的事业比我们曾经知道的还艰难、麻烦得多。然而，毕竟我们还有爱戴、有忠诚、有信任、有追求、有热情、有崇敬，也有事业。

　　我们的生活，我们的心灵曾经是明亮的，而且，今后会更加光明！生活将永远拥抱热爱生活的人。我们将永远不再感到孤单。

——题记

一

好大的一场雪啊！

这是西部边城初春三月的一个大雪凄清的夜晚。风儿掠过街道两旁瑟瑟发抖的白杨树，那光秃秃的树干被大颗大颗的雪粒扑打着，发出沉闷而忧郁的沙沙声。这条被雪粒掩埋浸湿了半个身子的公路，无声无息地伸向远方那冥冥不可知处……漫天飞雪一层层地覆盖着这座包容着 120 万人的城市，仿佛是在不甘心地掩埋着一个人间的奇迹。这大雪啊！它仿佛要向人们证明，这个喧闹的世界依然是它的天下，它依然可以以主人般的姿态，继续用一片冰冷的虚无般的雪霜来掩埋人们美丽的梦境。所有的高高低低的楼厦，此时再也没有了阳光下耀武扬威的雄姿，宛如一只只巨大的甲壳虫，无声地在鹅毛大雪中谦卑地沉默着。只有一些亮着畏畏缩缩的灯光的小窗，仿佛才显出了一点生命的迹象。纵横如棋盘交错的街道上，稀疏的车辆如爬虫一样，逃命似的恐惧地瞪大"眼睛"，匆匆地奔向各自温暖的栖息地。在这偌大空旷的城市里，在高楼大厦之间所形成的"峡谷"里，放荡不羁的风横冲直撞。而那些"全副武装"的人在黑沉沉、冷凄凄的街巷中快速行走着，好似大雷雨之前的蚂蚁，只一刻便不见了踪迹。

街灯昏暗，在雪块的扑打声中闪着昏黄无力的光，分明是在呻吟，在向风和雪讨饶。整个漠漠的市区内除了这一排忠于职守的、哨兵一样屹立着的街灯以外，全都是幽暗的一片，没有星星闪烁。乌云已经长时间地用它那双肮脏的大手，武断地抹去了月亮及星星们苍白的光亮。整个夜的空间到处充斥着阴冷潮湿、似乎不怀好意的空气。

但是，任何一个无论是多么寒冷的季节，终究要让位给绿葱葱的季节的，没有谁能阻挡住这种演变。这是一个永恒的规律。就在这样的垂死挣扎般的今年最后一场冬雪的扑打声中，任何一个向往未来、渴望新生的人，都会听到那苞芽勇敢地挤破严寒、崭露生机的欢快的声响；都会看到红山山顶宝塔上那两盏刺破黑暗的灯。

他就这样走着，步态沉重，以一种冷漠的目光直盯着前方，机械而又费力地在厚厚的积雪中挪着脚步。

从哪一天起他就开始用这样的目光来看这个世界了呢？没有谁包括他自己也说不清楚。总之，是在他第一次明白了社会是那么严峻，从来不会让人来要求它怎么样，而是它来强迫人应该怎么样的时候，他就开始用这种目光看人、看世界了。

他走了一段，回头看了看自己踏过的清凉的雪地上那一串深深的脚印，似乎联想到了什么。这个中学时期的最后一次寒假又白费了，他想，怎么自己订的学习计划一点也没有实施？真是混蛋！

小时候他受过好几次大病的折磨，每次都几乎归西，但终于还是活了下来，这真是他的造化。俗话说："大难不死，必有后福。"从懂事起，他就默默地对自己说：郑克啊郑克，你小子将来一定要有出息，一定要赛过千千万万个同代人，一定要做一个真正的男子汉！

　　而为了实现这一目标，他付出的代价是惨重的。也许是目光和思想的局限吧，他一直以为，人的尊严、男子汉的威严是靠拳头打出来的。这种观念与生活在大西北这块土地上的人的原始的谋生本能，有着不谋而合之处。然而，他却忘记了时代的脚步并没有停留在五千年以前的时代。当他用拳头为自己"挣"了一小块天地、一小点殊荣的时候，他付出了极大代价，包括背部挨的三刀和头上多处的伤疤。但是，他是那么固执地以为，只有这样做才是一个真正的男子汉。的确，从别人的眼里，他看到了别人对他的敬畏。然而，除了这当面的敬畏，背后还有些什么呢？有没有诅咒和蔑视呢？

　　但是直到他上了高中，直到他即将永远地告别他所依恋的中学时代的高三上半学期，他才明白过来，他往日追求的不过是一些浮影，是那么的脆弱和不真实，以至于轻轻吹一口气，它就会像美丽的雪花受热一样，瞬间便消失殆尽。这真是一个巨大的悲哀！如果一个人，当他明白了他长期以来一直追求的东西，其实只是虚幻，而他又为此献出了他最宝贵的年华，那么，他还会感到心安理得吗？他还会为自己得到的东西而骄傲吗？

　　而如今，他心中正是充满着这种醒悟后的惆怅和愤恨之情。这份心灵上的空白，应该拿什么来填补呢？而对于他来说简直是不太可能通过的高考，却又紧紧地逼了过来。父母对他的恩情和希望，老师对他的鼓励和教导，同学们对他的真挚的友谊，也许都将在通过高考这座铁门时，被打个粉碎！

　　……走近了一盏路灯……又一盏……再一盏……最后，他终于站在一盏路灯下了。沉默了片刻，他忽然大笑起来。这喷泄而出的惆怅、迷茫般的狂笑，冰冷冷地迎着漫天飞雪直上云天，湮没在沉沉的乌云里。继而他抬起头，求助似的仰望着黝黑的天幕。

　　灯光下，雪如细碎的鹅毛，迅速地下落、下落，在他的眼前组成了一张立体交叉网。这张网似乎是无形的，正如这个神奇的社会。而人们就像这无数的雪花，在奔向共同的目的地的时候，互相撞击着、追逐着，同样也互相帮助着、爱护着，一同落于坚实的大地上，慢慢地融化和消失……这又让他感到了一阵揪心的迷茫：我是哪一片雪花呢？我该做哪一片雪花呢？

忽然眼前灯光一闪，从他前面右侧的街巷里猛然冲出三辆摩托。郑克看得很清楚：两辆是雅马哈，一辆是铃木。三个全副摩托装备的骑士身后都贴着一个摩登女郎。

一个 90 度的大拐弯，摩托车登时减慢了速度，轻盈地拐向了中央大街。其中一辆由于拐弯过于迅猛而掀起一排雪浪，一下子扑打在郑克的身上、脸上。郑克一惊，突然捏紧了拳头。他感到无名之火正在升腾。他觉得发泄怒气的时候到了。

"妈的！臭盲流，瘪三！等着我收拾你们！俊姐，臭美个屁！"

那正要掠过他扬长而去的骑手们骤然刹车。显然他们听到了郑克的骂声了。其中一个骑士飞快地逼了过来，和郑克相对而立。郑克从对方头盔的玻璃罩后面，看到了一对三角形闪着恶毒和轻蔑的目光的眼睛。

这家伙与郑克足足对峙了半分钟，口中骂了一句，便一拳向郑克头部击去。郑克一个斜行步，让开来势，抓住对方手腕，一个反背擒拿，就势缚住对方。那家伙大骂不止，郑克猛的一肘，砸在对手的头上，对方砰然仆地。

而此时，另外两个骑士已从前后猛扑过来，一个用铁链套住了郑克的脖子，另一个则抓牢他的双臂，一顿膝撞。郑克感到肚腹登时麻木，一头扎在雪地上，大口地呕吐着。

"给这家伙放点血！"一个摩托妞娇声细气地说。这句话对于骑士们来说无疑是一个不容违抗的指令。

……片刻的宁静。

啊，不！这该死的宁静！你这个有着 120 万儿女的城市，快睁开你的眼睛，看看你的儿女们，他们正在用着本不该有的仇怨，毁坏着对方美丽的童年般的笑容啊！忽然隐隐约约传来了摩托警车的笛声。三个骑士对视了一下，慌忙携同三个时髦女郎，跨上摩托，很快便消失在雪雾里了。

郑克慢慢爬了起来。他扶住近旁的一根电线杆，大口地喘着气。"要没喝那么多的酒，我肯定会收拾了你们这三个小子的。"他想。

巡逻车队飞快地从中央大街上驶过。最后一辆骤然刹车，车上一个警察大声地对郑克说："喂，小伙子，没什么事吧？"

"没……没什么。我头晕，一会儿就会好的。"

"那你快回去吧，晚了家里人会惦记呢。"说话间那辆摩托已迅疾地冲进黑色的夜幕里。

是啊，家里人不着急吗？我得赶快回家。于是他挪动僵直的双腿，向心中的栖息地走去。

终于到家了。在大雪纷飞中，他凝立于雪地上，抬头望着二楼那面闪着橘黄色的温暖的灯光的窗户，轻轻舒了口气。

他可以想象得到母亲疲惫地坐在桌旁，守候着冰冷的饭菜等着他的样子。明天就要开学了，他想，母亲一定缝好了他的那个黄书包。

两股热流，从郑克眼里悄然淌了下来。他真愿意就这样永远地永远地凝望着那一面小窗。

二

她感到自卑和孤独。

因为她的妈妈死了，死得很早。而且她长得也不漂亮。没有母亲又长得不漂亮的女孩子，没有理由不感到自卑和孤单。母亲对一个家庭来说意味着最大的温暖和柔情。而漂亮的容貌则又是每一个姑娘最值得炫耀和最值得骄傲的资本。可她都没有。

曾经一直困扰着她的问题是：人的价值到底表现在哪里呢？难道仅仅是表现在外表吗？不，绝不是。那么，自己就不应该为此而难过了。更何况，这个世界上还有多少像她这样，或者更甚于她的背着人生包袱的人，需要和渴求着被世界所承认呢？

开学啦，又能见到自己的同学了。这次高三年级的寒假只有两个星期，但她——林静茹却感到如同过了好几个月似的。她觉得，再也没有哪一天能够比开学这一天更令她感到快活，更令她感受到那种人与人之间的友谊和情感的了。又见到杜薇、郑铃铃等知心的同学了，她是多么高兴啊。整整一个寒假，她耳畔听到的一直是父亲酗酒后尖酸的唠叨。而家里那陈旧的一切更增加了她的孤寂感。但当她终于走出了她准备一个寒假都不出去的屋子，那满世界的冰雪和寒冷的朔风，却又吹冷了她的心。她真想在某一个美丽的月夜，好好地一个人大哭一场。

人人都说姑娘是一朵花，可她这朵纤弱又不美丽的花，到底是为什么而开放的呢？

是的，世界上只要谁想起和说起妈妈这两个字来，就会立刻联系到温暖、慈爱、大度、坚忍、宽容、善良等等诸般美丽的词汇。整个人类不都是这样吗？

六年前，她妈妈从关内来到新疆。一个农村妇女，只识得几百个字，能干些什么呢？而她父亲只是养路段的一名普通工人，又怎能给她母亲找一个令人满意的工作呢？只能让她母亲去建筑队盖房子，当小工。好在她妈妈并不认为这工作会有多么累，相反，倒因为能有这样一个为孩子们多挣点吃穿的机会而欣喜不已。但是不幸总是伴随着幸福的。在第二年春天，她妈妈就被高空摔下来的水泥板——那水泥板足有一吨重——给砸死了！

从此，也就砸碎了她一切美妙的幻想。从那一天起，她就开始封闭起自己的心灵。

心灵是一个奇妙的世界，任何人都是她(他)的心灵世界的君王。但是，仅有这一点，还不能在这个纷杂的世界上立住脚，还需要帮助和理解，还需要爱护和关怀，更需要有使自己能够在别人面前挺起胸做人的资本。

所以，她给自己立下了一个信条：一定要考上大学，从而使自己的心理和别人对你的态度获得平衡。

好在有播种就有收获，她终于能在全班保持前 5 名的地位。这是一件令她很欣慰的事儿。因为按照大约每个班能考上 15 个人的比例计算，她已经向大学迈进一只脚了！

这时她对着缺了一个角的镜子中呆立凝思的她微笑了。这是发自她内心、开在她脸上的一朵小花！

"静茹，你还不把洗脚水给我端来！"另一间屋子里的父亲粗声喊道。是啊，自己呆呆地想了半天，竟忘了给父亲端洗脚水了，真是的。她赶紧放下手中的镜子，去打水了。

不一会儿，她把水端到父亲屋里，然后，迟疑地说："爸，今天又发新参考书了，我想要张纸包书皮。"

"包包包！包个屁！你要考不上大学，当心我把你赶出去！吃了我十九年饭了，再不给我挣回个脸来，看我他妈不……"父亲那张由于喝多了而变得发紫的脸迅速地摇动着。他这是在对他的女儿讲话！

林静茹顺从地低下头，捻着自己的辫子闷闷不语。这是她每当挨父亲训斥时的习惯动作。

父亲见她这样，似乎有些负疚感，但随即这内疚就被不耐烦所替代了。他胡乱地翻着床铺，从铺下抽出一张牛皮纸，手一抖，扔给女儿："去吧去吧，我要睡了。晚上要多学会儿，得对得起你吃我的那碗饭！"

林静茹拾起飘落于地的纸，转身郁闷地向自己的房间走去。但她似乎又想到了什么，转身走进了弟弟们的房间。'

两个弟弟都睡了。他们分别是初一和初三年级的学生。看着弟弟们睡得那么香甜，她心中涌起了一阵怜爱感。这时她忽然感到有一个家是多么令人愉快啊。

家庭，你这个构成社会的最基本的单位，难道不也是构成幸福和欢乐的最基本的元素吗？

她走了过去，把小弟伸出被子外的一只脚放回去，又整好了被子，凝立于灯光的暗影里，满怀着一种母性般的心情，端详了一会儿弟弟们，就回到了自己的房间。

她坐到了写字台前。面前是弟弟今天刚领到的新课本和自己的参考书。她把手中的纸轻轻地放到了写字台上。

突然，她的心一紧：啊！这竟是真的吗？

眼睛睁得很大，她直盯着眼前的那张牛皮纸。

这是一张衣服式样的剪样。灯光映照下，一行笨拙但却认真的字是这样写的："马上冬天要来了，小茹得做棉袄了。"

这是妈妈的笔迹啊！霎时间，一股酸涩涌上了她的心头和眼眶。她一把抱住了剪样，如同多少次在梦中抱紧了即将远去的妈妈那样。她哭了，哭声很轻，很轻。也许只有她自己的那颗孤寂的心灵才能够听得清吧？泪水不可遏止地哗哗流了下来。这泪水中包含着一个少女对母亲的多少渴望和祈求啊。

……渐渐地，她不哭了。她把那张纸重新叠好。她不能看见母亲的遗物在她的剪刀下成为碎片。永远不能！

她关掉了台灯。

一阵眩晕过后，她的眼睛慢慢地捕捉到了窗外的一丝光亮。

月亮冷冷地看着她，似乎在对她说：听着，林静茹，你只能比别人强。因为这样你这只丑小鸭才会变成天鹅，你才会得到世间所谓的欢乐和幸福。努力干吧……

她长久地凝望着月亮，用心灵去倾听月亮的絮语。

月亮缓缓地晃过她明亮的眸子。

她的目光在一片黑暗里逐渐黯淡。

但在黑暗里，她紧紧地紧紧地攥住了拳头，抿住嘴，心中有一个坚定的声音在说：等着瞧吧，一朵小花，会开放得比任何别的花更加灿烂、更加美丽！

三

窗外的阳光暖暖地流泻进来。坐在教室里的毛茅感到很惬意。开学已经一个月啦。西北人到了四月才能看到春的倩影，虽然它是那么短暂，如同午后太阳照在墙壁上的光影。然而，春天毕竟是不可抗拒地来了。

第四节下课铃终于响了。毛茅心头掠过一阵欢喜。在老师宣布下课之后，他便第一个冲出了教室。

哦，阳光！

毛茅站在教学楼门前的水泥平台上，轻轻地眯着眼睛，看着晴朗的天空中柔和得如棉絮一样的云团，怎样轻快地悠然飘过，看着远处正萌发出一层绿茸茸的嫩芽的树木，是怎样轻摇着她们纤细的胳膊。他笑了。

他深深地吸了口气。啊，太新鲜了。春天，你终于来了。

他小跑着来到寂静无人的大操场。操场上吹拂着柔和的风。他有点儿发呆地站在大操场上，任那风温柔地在耳边絮语：我又来了。春天是永恒的，愿你永远拥有着我。

忽然，毛茅感到他那双眼睛在经过严冬的冰冷的洗礼之后，又一次复活了。有一种畅快在他的血脉里静静地奔走，一种对世界、对生活的无限热情，重新在他的体内发芽！他真想飞跑，迎着轻风唱一首关于爱的歌，或是在夜深的时候，悄悄点起小油灯，写一首关于春天的诗。

哦，在这个季节，不会有黄色的风来吹灭你心头的那只小蜡烛，也不会再有粗暴的雷阵雨，来强吻你额头由梦幻构成的青春。毛茅，每一个没有星星的晚上你都不能再流泪，你应当把堆在箱底的脏衣服和陈旧的记忆统统洗干净，然后在第二天把它们都晾到阳光和春风里去！

他一下子趴在硬邦邦的黄土地上，把耳朵贴上去，倾听着。

他听到了地球母亲坚实的心跳，他听到了有千千万万的生命，正在吵吵嚷嚷着要冲破大地表层。

他沉浸到一种极度的欢愉中了。

"喂，画家，瞧你那个样子，太不成体统了。"一个女孩子脆生生、甜嫩嫩的声音在他身旁响起，是杜薇。

他一个蹦子跳起来，满脸兴奋欢快的样子。他想把自己的感觉说给杜薇听，但突然感到喉咙发烧，一句话也说不出来。

杜薇会意地甜甜一笑："我也看到春天的影子，听到她柔和的呢喃了。见你第一个冲出教室，就知道你又要'植物性神经紊乱'。"说着，她伸了一个懒腰："真的，这个季节真好。所有的东西都是有生命的。太棒了！我完全能够体会到你的那份快乐。听着画家，我刚才还写了一首诗呢。"她轻轻地展开一页纸，对毛茅念道：

春天它没有手指
春天它不会敲门
但是她听见了
她说有人在低语
在对万物说
让一切都重新开始
说完，杏花就像雪一样飘洒
桃花便像云一样盛开
说话的人却无影无踪
在春天的门前
她怔怔地站着

一切都可以重新开始

只有她若有所失

"不错，'味道好极了'。不过在这个季节，你还'若有所失'吗？"

"那当然，我都不知道该干点儿什么事最好了，仿佛是丢了手中锄头的农民面对农田一样，懂吗？就是这种'若有所失'。"

杜薇从幼儿园开始就和他在一个班上了。如果说最了解他的女孩子，那就数杜薇了。她和他一同度过了人最值得追忆的童年和少年，而今又要在春天这个美好的季节里，一同走向青年的行列了。他心中对杜薇充满了感激。有一种想吻她一下的念头在他的脑际闪了一下。但他却说："走吧，让我们沐浴着柔风，迈着人步回家吧。"

等到他目送着杜薇上了她家的楼梯，等到他走进了同样萌发着春意的自家的大院，他那沸沸扬扬的心绪才略略变得平缓。

一进院门，他就看到自己的老父亲正在满头大汗地、乐呵呵地从客厅里往院子里搬花盆，各色各样，足有二三十盆。

父亲见他进来，抹了一把汗，微笑道："茅茅，去帮我把那盆石榴搬出来。让它们也见见春天嘛！"他应了一声，欢快地冲进屋去，脱下西装外套，搬起那盆石榴，来到院子里。放下花盆，他看着父亲那宽大的背影，突然愣住了。

父亲明显老了。他那苍黄的面部罩上了一层疲惫，那被岁月雕刻出的皱纹里淌着汗水，那显得很笨拙的动作，那臂上松弛下来的肌肉，那几乎已经全白了的头发，统统地告诉毛茅过去父亲揽住他的腰，把他举过头顶，任他幸福地咯咯大笑，任他四"蹄"乱蹬的岁月将永远地不再有了。而面对着毛茅的，将是严峻而又热烈的人生。

父亲参加过解放战争，背部、腹部、头部至今还留着五块伤疤。父亲又是随大军最早解放新疆的人之一。如今已是快60的人，出任交通厅厅长也有多年了。如果谁要写新疆的开发历史，那么父亲这一代人的贡献是不可能被忽视和抹杀的。

看着父亲宽大而日渐衰老的背影，毛茅有了一种责任感。他使劲地捏了捏拳头。

"茅茅，快去吃饭，傻愣在那儿干吗？"是母亲那埋怨的声音。父亲对他挥了挥手，示意不再需要他了，他才大步走进屋去。

"干什么去了？今天晚回来半个小时？"

"妈，我今天看见春天的背影，听到春天的呢喃，还闻到春天的味儿了呢。太棒了，妈，你可以想象得到我的那份快乐吗？"

"我才没你那么多的闲心呢。快去吃你的春天的饭吧。"

他走进自己的房间。保姆王阿姨端来了一个白瓷托盘，内放两菜一汤，外加一碗米饭。

他这间居室不大，只有 12 平方米。墙壁一米五以上刷的是橘黄色。这是他最喜欢的颜色，因为橘黄色温暖而热情，不像黑色那样凝重，也不像红色那样疯狂，更不像白色那样纤弱。一米五以下刷的是天蓝色。这一暖一冷两种色调，构成了一种特殊的氛围和情调。为此，在他看来审美观陈旧的母亲曾几次同他争论过，由于他的固执才作罢。窗帘是由橘黄、浅紫、深褐、淡蓝和桃红等颜色的三角形碎布拼凑而成的。不明白的人会吓一跳，其实这是一种色彩艺术，表现了青春的五彩缤纷。

左边墙上挂着三幅油画。一幅是超现实主义大师达利的《记忆的永恒》，表现的是感情的原始冲动与理性的理想升华的统一体。一幅是画坛"拿破仑"保罗·克利的《考古遗址》。这是一幅以富有旋律的、自由的、互相交叉的线条，表现悠远的历史感与现实感血脉相连的作品。还有一幅是印象派大师梵高的《向日葵》。这都是毛茅临摹的作品。右边墙上挂着两幅卷轴国画真迹。一幅是应野平的《山月》，另一幅是范曾的《灵运监风图》。这两幅画是从杜薇那儿得来的。她爸爸是市文联的。"近水楼台先得月"嘛。

单人钢丝床摆在屋子的中间。左边顺墙根儿井然有序地排列着许多石膏像、木雕等。单人沙发上躺着一把"红棉"牌吉他。右边一个长约 4.1 米的 8 层书架，满满地摆了好几千册书。它们此时静静地排好了队，等待主人再一次检阅呢。写字台上堆了一些学习用具。

房间内的一切布置充满着秩序与混乱、固定与流动、含糊与清晰、多样与统一、理性与非理性的矛盾。这正是毛茅性格的最佳体现。忽然院外响起了车喇叭声。他心头一动，端起空碗碟，走到洗手间。

路过客厅的时候，他朝院内瞥了一眼，见一个西装革履的中年矮胖男人，正同打扮时髦的、当出租汽车司机的姐姐一起，向屋里走来。

又是那个满身铜臭的巴基斯坦商人，毛茅想，一身市侩气。不过跟附庸风雅的姐姐倒也是一对。哦，一对"志同道合"者。

回到自己的房间，他关了门，坐到沙发上。

拿起那把吉他，他顺手拨出了《爱的罗曼史》。在清泉般叮咚作响的曲调声中，整理着自己纷乱、兴奋的情绪。

他想起春天是一个种树的好季节。

四

当夕阳悠闲地透过窗户，射进红黄色柔和的光的时候，吃过晚饭的郑克已经疲惫地坐到他的屋里了。

下午高三年级全体出动去种树，他一口气栽了8棵，在所有的男生中数他植树最多，比毛茅还多一棵。想到毛茅，他的心紧了一紧。毛茅不是一个平常的人，他身上有一种气质，它能够使得周围的男孩子不自觉地围着他转，也能使女孩子不知不觉地喜欢上了他。真是见鬼，看来一个人的独特的气质是最重要的，自己真是白长了一米八的大个子。可他那股想成为真正男子汉的欲望并没有减弱，相反倒增强了。

一个人所拥有的知识结构、社会阅历，是同一个人的影响力成正比的。他想起来每当毛茅在班上谈论美术、音乐，谈到他单人单骑，独闯几千里，到达额尔齐斯河，单人独闯昌吉州8个县的经历的时候，同学们射向他的那一束束钦佩和羡慕的目光，他心中不禁生出一丝嫉妒来。不去想他了！他静下心闭上眼睛，听着隔壁房间上高一的妹妹弹电子琴。那是一支舒缓的曲子，如行云流水一样，在他的心头慢慢荡漾开来。衬上这暮色，这夕阳，真有一种说不出的美妙。

这间房里的摆设很简单。靠窗户是一只乳黄色钢琴式写字台，一台四喇叭"三洋"录音机占据了几乎四分之一的面积，周围凌乱地堆着二十几盘磁带。一盏台灯下摊放着一本书：《中国西部大监狱》。写字台左边是一个小书柜，零星地摆着学习用具和各类杂志：《集邮》《飞碟探索》《考古》等。单人床头的上方墙壁上挂着两双拳击手套和一副羽毛球拍。左边靠墙摆了一对沙发，沙发之间的茶几上摆着一盆虬枝招展、绿意盎然的文竹。

妹妹的曲子弹完了。他睁开眼睛，倦意的目光不经意地落在了那盆文竹上。忽然有一首诗跳进了他的脑海。那是"才女"杜薇的杰作：

     文竹
你本该是雪峰上傲立的翠柏
像一面招展的旗
或是一把不屈的剑
敢对一切黑暗与暴虐大胆宣言

可你竟蜷缩在瓦盆里
享受着檐下的平静与安逸
做出千百媚态
以期残生苟延

是什么竟使你摧眉折腰了呢
看来
没经过风风雨雨的锤打
是不会而且怎能
挺起不屈的腰杆

多好的诗！简直就像是写我的。如果现在叫我去打仗的话，我一定第一个冲上敌阵——也不像这样待在狭小的居室里，白白地磨损生命，他想到杜薇，他略微感到了一缕酸楚。她是一个美丽的姑娘。美丽这个词并不等于漂亮。漂亮说的只是人的外表，而美丽则是指人的心灵和气质。漂亮的姑娘并不一定是美丽的，而美丽的姑娘则无一不是漂亮的。朴薇发表100多首诗了，听说正准备出版一部诗集呢，可她才17岁。她同毛茅的关系很好。不知是从何时，自己对她生出一丝爱慕之情，可自己还是坚决地不动声色地抹去了它。因为他知道，对于女孩子来说，男性的才华比英俊更为重要，而自己恰恰缺乏前者。

忽然他想起了什么，站起身走到写字台前，拉开抽屉，取出一个缎面日记本，翻开几页，看着什么，笑了。

上面写的是他所结识的社会各类人物的工作单位、年龄、姓名、地址、社会背景、家庭构成等等。这是他的得意之举。他想在社会上建立起庞大而周密的社会关系网。他早就认识到了社会关系的重要。记得他曾经读过这样一则寓言，说是在寒冷的冬天，一群豪猪挤到一起取暖，但各自身上的刺又迫使它们马上分开。但御寒的本能又使它们聚到了一起，而疼痛则又使它们再次分开。这样经过几次反复，它们终于找到了相处的最佳状态——在最轻的疼痛下得到最大的温暖。

他想，人类不也一样吗？由于自我的孤寂和空虚使人们互相交往，但许多令人厌恶的本性和使人难以忍受的缺点又使得人们彼此分开……终于人与人也会找到相处的最佳距离，从而通过一定的社会关系共同生活在一起。

他正在寻找着那个与别人相处的最佳距离。那个日记本里记载有市政府、公安、司法、工商、交通监理、文化艺术界，农业厅、邮电局、派出所、制氧厂、国家饭店以及个体户和至今仍待业的"黑手党"等等的各个层次的人。他觉得会有利用他们的机会，而且他已经凭借这面关系网，为一些人办成了几件事儿了。

他的目光落到了最后几行字。那是昨天他才加上去的：

毛茅，父亲毛伟民，交通厅厅长；母亲，某银行职员；姐姐，出租汽车司机；哥哥，"边城"大酒家副总经理。

杜薇，父亲杜正辉，市文联副主席；母亲楚慧，话剧团导演。

他得意地露出了微笑。

突然，"哗"的一声响，把他吓了一跳，他慌忙合上本子，回头一看，却见是摆在窗台上的那缸金鱼在作怪。他这才放心地放好日记本，趴在窗前欣赏起那些美丽的金鱼来。

这一缸金鱼有十几条，大半都是珍品：有号称"龙睛一绝"的喜鹊花龙睛，有四球红龙睛，还有翻腮红狮头、红玉印水泡眼等。它们悠闲地游动在玻璃缸里，一点也不为被人限制在这狭小的水域里而抗争。

这也是一种活法，就像世上的一类人，他想。不过前几天才拿回来的那只红狮头，老是想跳出来。这是从日本考察回来的父亲的同事带回来的，据说国内已经很少见了。看来这条鱼还有些骨气，好样的。

这时透过竹制门帘，从客厅里传来母亲温和的笑声。父母在下围棋，他们真幸福。想到这儿，郑克掀开竹帘走进客厅，悄悄地坐在一边观看。

父亲执的是黑棋，已经有一块地方被白棋围成了。郑克想不到一向温和、娴静的母亲，居然能下日本超一流棋手武宫正树的"宇宙流"棋法，纵横开阖，不计微小得失，而着眼于气势雄阔，全面进攻。而作为物探公司的总工程师、平日研究勘探方案时果断麻利的父亲，则大失风度，下的棋畏畏缩缩、藏头露尾。这真是一个巨大的反差，郑克微微笑了起来。

看着父母沉浸于对弈的样子，郑克的心头倏忽间滚过一阵温暖。这是一种毫不掺假的、使人感到极度幸福的温暖。是啊，父母亲是和谐和幸福的。望着父亲那瘦硬的身板，母亲消瘦的双颊和依然明净的目光，他内心注满了阳光。

父母都是北京人，二十世纪六十年代初大学毕业，仅凭着一腔"扎根边疆，献身边疆"的热情，一同到这塞外边陲参加轰轰烈烈的垦荒建设。现在父亲正领着他的人马在南疆找矿，一个月才回来一次。

他们那一代人所经受的坎坷是后代人难以想象的，他们为此而付出的代价是无可估量的，而他们得到的终究比他们失去的要多得多。因为他们懂得了怎样无悔地活着，他们懂得怎么更好地享受生命，珍惜人生。但是，两代人毕竟有很多差异。而这种差异所造成的下一代人对上一代人的逆反心理以及上一代人对下一代人的压制心理，还有因此而造成的两代人思想的断层和情感的鸿沟，在将来是否会弥合呢？有这种可能吗？

母亲一声温和的笑，打断了郑克的联想。不消说，父亲又一次败下阵来。时针已指向夜间 10 点。父母亲这才注意到了儿子的存在。父亲捋了一下头发：

"小克，你们什么时候预考？"

预考？见鬼！自己还压根没注意呢。郑克想。"大概……一个星期以后吧。"

"那你可要加紧干啊。你的数学差，英语也不好。这几天多抓抓历史、地理、政治，还能多捞几分。去吧，回你的房间看书去。"

郑克点点头，面色郑重地起身，走进自己的房间。隔壁妹妹在吹口琴。一首苏联乡村舞曲。一串串沁人心脾的、舒缓的音符涌进了他的心目。他感到很惬意。

坐到写字台前，扭亮台灯，取出地理书，还没看上两三页，口琴曲又如影随形地混过来，萦绕着他的思绪。仿佛要把他带到群星灿烂、篝火明灭的俄罗斯大草原，带到那无边无际、郁郁苍苍的西伯利亚针叶林，去聆听泉水叮咛，去看小鹿撒开四蹄奔跑，去走进那爬满青藤的看林老人的木屋……

曲子完了。郑克扔下地理书，拿过那本未看完的《中国西部大监狱》，回头侧耳听了听，听见父母在讨论工作上的事儿，才放心地看下去。

而那场令人厌烦的预考，正虎视眈眈地悄然遥远了。

五

林静茹无声地坐在屋子的一角，静静地看着在疯狂的迪斯科舞曲中旋转的杜薇、毛茅、郑铃铃、杨烨和南彬锋。

这是在杜薇家。明天就要预选考试了，为了松弛一下紧绷的神经，杜薇特地请了几个平时比较要好的同学来聚一聚。

林静茹一向不喜欢热闹场面。因为在这种场合她感到孤单和不协调。这一点杜薇很清楚，有意让她多锻炼锻炼。

她还没学会迪斯科。本来她打算永远都不学这种在她看来太"浪"的所谓舞蹈。刚才杜薇、毛茅请她一同跳时，她拒绝了，只愿一个人坐在昏黄的壁灯光影里，温和地消受这个本该松弛一下自己的夜晚。

杜薇家的成员都是文艺界的，因此她房间的布置处处体现了这一点：柔和的灯光，优雅的竹子、盆景、花卉，很特别的椅子，钢琴、书架、鱼缸、彩色的靠垫……目不暇接的美和温暖，在这间屋子里散发着静静的柔光。

　　他们跳的曲子，大概是印度影片《迪斯科皇后》的插曲吧。那个录音机好大呀，有6个喇叭呢。杜薇像往常一样，恬静的微笑挂在嘴角，舒心地旋转着。毛茅则带着一种痴迷的激情，和着鼓点疯狂地跺着脚。郑铃铃那紧身弹力健美裤绷出了她优雅的线条，南彬锋稳健的表情，杨烨全身极度放松的舞姿……这一切像快镜头一样从林静茹眼前一一闪过。分别置于屋子两端的两个大音箱，喷吐出巨大而热烈奔放、快节奏的声浪，不时地把林静茹的思绪从她所渴求的宁静状态中拉回来。她有点不能忍受了，站起身，走到了阳台上。

　　5月边城的夜景，是极美丽的。一盏盏明亮的灯，组成了一面立体的光明的大网，勇敢地咬破了黑夜，给人们拉开一道光明的帷幕。这些灯不知使多少孩子不再于漆黑的夜里无助地啼哭，不知使多少盲人在白天过后能够感到支撑他们心灵的太阳依然存在，同时也使那些阴谋家们，在干着丑恶的勾当时总是提心吊胆，以至于最后或多或少地有一点收敛。这灯，也是那些在黑夜里默默流泪的人的唯一安慰啊！但愿你们永远不要破碎，不要黯淡。她想。

　　街上有弹吉他的小伙子。《致爱丽丝》像溪水一样在夜空中流淌。柔美的月光，薄雾一样敷在这个热闹的城市上空，保护着千万人那易于破碎的梦境。真是一个温柔的夜，她想。她又想到了她的妈妈。在她懂事以后，她就梦想着有一天能够骄傲地拉着母亲的手，在一个晴朗的日子里，用她挣来的钱，去买好多好多母亲曾经热望拥有但得不到的东西。假如一个女孩子到了意识到自己已是一个女人的时候，她一定渴望爱别人和被人爱。也就在这个时候，她的母亲去世了，她从此失去了母爱。对父亲她只有敬重，但没有爱。而两个弟弟年纪尚幼，正需要母性的温暖。她正是在每次精心做出的饭菜被弟弟们（当然还有父亲）吃得笑逐颜开的时候，心中充满了阳光。而弟弟们是那么信任她，在学习上、生活上遇到什么事情，总是来问她，包括分吃苹果时谁更该吃那稍大的一个。

有一次，15岁的大弟弟在一个静寂的夜晚悄悄地告诉她，说他爱上了班上一位女生的时候，她才多少地有些慌张——毕竟她才17岁啊。但是她不动声色地掩饰住自己的慌张，全面地从几个方面分析了弟弟这种感情发生的根源，并且最后指出，这种爱终究要像一把火一样，在烧得旺过了头之后很快熄灭。后来弟弟终于忘记了那个女生，在最近一次的全市物理竞赛中，取得了第二名，被学校列入保送进入高中的名单。她曾经为此激动和欣喜了好长时间。她终于体味到了被信任的快乐，因此她也明白了信任别人同样也是一件快乐的事情。对于父亲，她总是感到害怕。父亲是二十世纪五十年代末从山东农村来新疆谋生的。后来攒了一笔钱，回山东娶了一个娴静、贤惠的女人一同来到新疆。这女人就是她的妈妈。妈妈死后，这个家出于缺少女性的操持而变得杂乱和冷气森森。而日渐长大的她终于在某一天明白改变这种状况的责任落到自己的肩头上。两年多来，她多少使这个家有了一些变化。可父亲却越来越怪僻，以至于总是没完没了地喝酒，总是同单位上的同事们制造一些不必要的摩擦，因而也总是在家里对儿女们无端地发泄怒气。

对此林静茹感到奇怪和不理解。她曾在一本书上看到过中年妇女会得一种叫"更年期综合征"的心理疾病。这种病症的显著表现就是整天牢骚满腹。可父亲是个男人，难道男人也得这种病吗？查了许多书，她也没有找到满意的答案，只好打定主意，少理睬父亲。虽然这是一种妥协的、无济于事的办法。

远处的灯光又把她的思绪拉回来。阳台上摆了几盆花，有两盆正含苞欲放，也许赶上明天是个晴朗的日子就会盛开。那真是美丽的时刻。人在一生中有这样一个机会也就足够了。她感到一种宁静的舒坦在心中慢慢地铺展开来。

忽然她感觉到有人站到了身旁。回头一看，是南彬锋。

这是一个从外表上看去很老练、很沉稳的人，而事实上他行事也正是如此。他是班长、团支书、校学生会主席，并且还是全市中学生中第一个预备党员。林静茹发现他从来不爱多说话，但总是喜欢待在热闹的圈子里，听别人热烈地发表见解，而他则总是带着那种理性的、仿佛对说话的人非常感兴趣的笑容，听别人谈，因而他也就在众人毫无知觉的情况下，了解到别人的一切。

林静茹看出来，他想做一名政治家。而政治家总是善于处世为人，善于在任何场合中把握自己，从而不使自己失去理智。他时时刻刻都在陶冶这种品性，他的才能因而得到了充分的发挥。任何老师给他的评语都是：学习好，稳健踏实，组织能力强，是个学生干部中的骨干。他也就因此成了老师常挂在嘴边的人物和学生们钦佩的对象。他一直在课余系统地阅读各种理论色彩很浓的著作：从《孙子》《论语》到《首脑论》，从《战国策》到《巴顿将军》等等。他自信自己一定能够成功，包括当国家主席和国务院总理。

而他的内心世界，却被一个女孩子察觉到了。她就是林静茹。因为他不止一次地在掩饰自己对一些尖锐问题的看法时，被她意味深长但却清澈见底的目光刺得心惊肉跳。他们俩就这样心照不宣地度过了两年的同窗生活。

"怎么不跳了呢？我发现你跳那么狂热的舞的时候，都不曾摘下理性的王冠。"

林静茹这句略带揶揄的问话，使得南彬锋有点发窘地笑了笑。但这笑由于夜幕的遮掩使得林静茹没有看清。他反诘道："你不应该把自己锁在一个蚕茧般的主观感情的王国里。你也有许多值得别人羡慕的东西。为什么不向同学坦露你的心灵呢！"

"你已经很了解我了。这一点我已从你的研究般的目光中知晓了。"

真是一个厉害的女孩子。南彬锋想，和她在一起是会有危险的。他决定不再进行这种谈话了，就又问道："夜色多美啊！难道你对这样美好的夜景也无动于衷吗？我们真该庆幸，我们拥有着一片温暖的天空，拥有着一个美丽的世界。"

是的，这时的夜景更美了。北方人不大过夜生活？然而边城人终于能够在一年有限的几个月中紧张但却快乐地过起夜生活了。远处的准噶尔大厦、西北大酒家的彩灯，迷人地变幻着梦一样的图案。不时有柔和的笑声从街上传来。淡淡的微风充斥在整个夜的空间里，给所有人的心头敷上了一层清凉剂。月色如雾如纱如水，笼罩着城市的一切。星星们明明灭灭，如幻如梦，昭示着一个永恒的主题。

顿时，一种透明的极度的欢乐使得林静茹一下子激动起来。她猛地跑进屋里，对在狂热的舞曲中扭动的同学们大声说："喂！到阳台上去吧！

夜色太美了，你们一起到阳台上吧！"

杜薇忙关掉轰响着的录音机。杨烨笑了："是吗？那么我们都到阳台上，去欣赏一下边城的夜景，如何？"

众人应了一声，欢快地一同拥到阳台上。

屋子里只剩下杜薇和林静茹了。杜薇忽然发觉林静茹的眉宇间那一丝忧郁不知怎么没有了。代之出现的是快乐和纯真。

平静下来之后，林静茹骤然感到了失落。她有点慌张地问自己：是不是犯傻了？干吗这么激动？没有失态吧？但杜薇的目光使她放下心来。她舒了口气，对杜薇做了一个轻柔的微笑："你不去欣赏一下夜景吗？"

杜薇笑着看着她："静茹，我完全理解你此时的心情。你将从此变得自信和大胆起来。你不再是一个孤寂的女孩啦。真的。"

林静茹低下头。她的心中倏忽间闪过一片阳光。她的心头此时注满了希望。她伸出手来握住了杜薇的手，用无声的手指交谈，倾诉自己的感激。

夜深了，林静茹拿着杜薇送给她的两本诗集：一本舒婷的《双桅船》，一本顾城的《黑眼睛》，在毛茅的护送下，回到了自己的家。

屋里仍亮着灯，看来父亲还没睡呢。她小心翼翼地推开门，走了进去。果然，父亲盘腿静坐在床上，在练他的"气功健身十二式"。

听见响声，父亲睁开眼，目光干冷："你到哪儿去了？明天就要预选了，你不好好温课，乱跑什么！手里拿的是什么？让我看看！"

林静茹不情愿地把书递了过去。

诗集在父亲的手中快速地翻动着。那跳动的书页看起来像被人捉住了的、挣扎着的美丽的蝴蝶。

"什么狗屁诗集！还有什么爱情诗！什么时候了你还读这些玩意儿！看我给你——"父亲猛地几把就把书扯开了，轻轻一抖，残损的"蝴蝶"就飞到破沙发下面去了。

林静茹捏了捏拳头。她觉得突然有勇气来对抗父亲的无理之举了。

"听着，爸爸。再过两个月，我就18岁了。我不希望你再伤害我的自尊心和破坏我的忍耐力。我是人。从另一种关系上说我还是您的女儿。如果您不希望您的女儿在她今后的大半辈子里永远恨你的话，那么，你就得改掉你的做法。否则，我不会再保持沉默！"说完，她拾起那两本破书，拍了拍灰尘，狠狠地瞪了尚在发呆的父亲一眼，转身走进自己的房间，"呼"地关上门，把那个扯烂了两只美丽的蝴蝶的怪老头儿，冷冷地关在了另一个世界里。

六

那个紧张程度不亚于 7 月 7 日高考的预选考试，终于过去了。连续三天放假，第四天发榜。毛茅觉得现在的事不过是放松一下自己的神经，晾干自己紧张的汗罢了。

客厅里正在放什么内部参考片。女人的浪笑，男人的追逐，女人的尖叫，男人的呻吟……什么乱七八糟的声音都从那不隔音的墙壁传了过来。

哥哥和姐姐真太庸俗。哥哥已结婚三年，有一个两岁的女儿。姐姐据说要和那个满身油脂和铜臭的巴基斯坦商人结婚，真是没法说。这样活着，能有一点乐趣吗？一群自以为是的白痴！妈妈甚至也常打着父亲的牌子谋私利，只是可怜了爸爸。想到父亲，他叹了口气，摇了摇头。因为他察觉到父亲也变得圆滑和世故起来。

他放下彩笔，把刚完成的一幅油画放到光线明亮的地方，站在远处欣赏，一边喝着柠檬水。猛然地想起了他的几个搞美术的朋友昨天从塔克拉玛干大沙漠考察回来，得去看看他们。对了，叫上杜薇，她老嚷着让他介绍几个青年画家给她呢。

一口气喝干柠檬水，他披上那件淡色格子西装外套，走出房间。路过客厅时，看见除了哥哥姐姐，还有别的几个公子哥儿。他不加理会径直去找杜薇了。

当街灯一盏盏地绽开温柔的光晕的时候，毛茅领着杜薇，来到本市一个偏僻的有着许多破旧低矮的小屋的地方。他们顺着一个幽暗的胡同走了进去，一边留神着脚下凹凸不平的地面。当毛茅站到一间渗出极强烈的灯光的小屋门前时，轻声地告诉杜薇到地方了。

她上前敲了敲门。

"请进。"里面有人应了一声。他们推开门走了进去。闪闪烁烁的四五盏聚光灯下，几个人在晃动。四周墙上挂满了油画、国画、素描作品，十几尊姿态各异的石膏像守卫着屋子的各个角落。地上满是揩油彩扔下的废纸和空颜料袋。整个布局很凌乱。"来，我给你介绍一下，"毛茅指着一个抄着手朝他们走来的小伙子说："皇甫文卫，我们'群岩突破主义集团'的头儿。这位是我的同学，杜薇，写诗的。"

皇甫文卫伸过一只沾满油彩的手，重重地同杜薇握了握，古怪地笑了笑。杜薇从他身上感受到一种力量。那是男人所特有的自信的力量。她借机打量着对方：他的头发很长，都披到肩上去了，而且很乱，似乎还沾了一些草屑纸片。一脸的络腮胡子。古铜色的皮肤。额骨高耸，呈现着一种力度和阳刚气。一双不大但很深沉的眼睛，放着灼人的光。这一定是一个行为怪僻的画家，她想。

"皇甫兄，这次从塔克拉玛干回来，带回什么灵感来？"

皇甫文卫努了努嘴。毛茅顺势看去，见屋角摆了一排油画作品。

毛茅走过去，贪婪地欣赏着，猛地抓起一张标作《魂》的油画，激动地站起来，向皇甫文卫走来。画面是在一片褐黄色的背景上，隐约竖起许多绿色的东西，既像人手又像是绿色植物。整个画面呈现出一种凝重的氛围。这是一幅抽象的现代派作品。

"太棒了！你这幅画把生命的体验、超前意识以及人类跋涉的艰难和孤独表现得淋漓尽致。快说说你们这一次的塔克拉玛干之行吧！"毛茅显得很急躁。

"你又热血沸腾了。"皇甫文卫笑了笑，"你没有跟我们一起去，真是遗憾。我和张庆、锥小松还有凌愉，"他说到这几个名字时，几个正在作画的人都依次向他们点了点头。"我们花了3个多月的时间，环绕大沙漠走了一圈，面对那无边的、死一般的沉寂，几乎没有生命存在的沙漠，灵感蜂拥而来。"

"你们看这幅画。这个背景，既是大沙漠的写实，又是现代社会中人们由于物质利益的冲突而造成的感情上淡漠的幻化。这种绿色的东西，就是千百万西部开发者不屈的亡魂。你看，他们仿佛挣扎着想再次脱胎般地生长，向上碰撞。他们的灵魂太焦灼了。他们希望再生和被重新估价！"

他说完，问杜薇："你爸爸是不是文联副主席杜正辉？"

她点点头，问："需要我帮什么忙吗？"

皇甫文卫耸耸肩："你爸和美协主席彭剑秋过会儿要来参观呢。"

说话间，门一响，进来两位年过半百、步履稳健、头发花白的老人，正是杜正辉和彭剑秋。

毛茅和皇甫文卫狡黠地相视一笑，上前去握手。张庆、锥小松、凌愉也过来，同二老打了个照面。寒暄过后，颇有艺术家风度的彭剑秋在室内转了一圈："嗬，'群岩突破主义集团'的庙也太小了嘛！早就听说你们打出了招牌，今天才来看看，实在是失职到家了！怎么样，开门见山，说说你们的宗旨吧。"

皇甫文卫朝毛茅点了点头。

该是表现你的时候了，毛茅想，这个老头儿很可能就是你将来的引路人，你的靠山。得让他不小瞧你。你得表现出你的从容不迫，你得表现出你的成熟和思想深度。

"噢，这不是毛茅吗！"杜正辉这才认出他，"说吧，我们就是为这个来的。"

毛茅朝二位前辈谦恭一笑："半年前我们'群岩突破主义集团'成立，成员共 13 人，都是 35 岁以下的年轻人。我们的宗旨就是要炸毁封闭的文化心理结构。艺术是人类根本寻求的目的，它充满了一种神奇的力量。我们的构想，是对意识空间的强劲把握，以及对两性的深入和多元的思索。宇宙的统摄不能制约每一个人。我们不过是对现实的一次点染，使之笼罩些属于我们的东西，形成象外之象，从而建立起我们独立的实体。我们将着眼点从平常的三维空间跃进到四维空间，建立我们的意象。新疆是个独特的地方。在这里，中原文化、印藏文化、伊斯兰文化和苏欧文化相互撞击和渗透，造成了这片独特的内陆文化空间和审美积淀。我们一方面在反传统，因为从某种意义上讲，我们这些自诩为现代派的家伙同探险者、偏执狂、醉汉、臆想病人和现代寓言制造家们共命运。因为我们和上述这些人一样，一方面生活在现实世界中，另一方面却又独自地向着想象的荒野走去，任烈日炙烧着我们的肌体和胎记。但我们不屈服于任何外在的、非艺术的道德习惯、指令和民族惰性的压力，而着眼于中国大西北，力求画出真正的作品来。就这些了。"

这一大通充满思辨色彩和逻辑力量的纯理论语言让二位艺术界前辈听得应接不暇，仿佛毛茅是在吹肥皂泡，一连串，一个接一个，你想伸手去抓，刚抓住一个又出来一个，永远也抓不完。

这是一群狂热的、充满着叛逆性的、不知天高地厚的年轻人，二位老人心里想。

杜薇微笑着给了毛茅一个赞许的眼神。突然彭剑秋把脸一板："你真的了解大西北这片土地吗？你还嫩得很哩！只会待在家里凭空想象着大漠、雪山、冰川和胡杨林。是不是？"

"不，老前辈，您说错了。我以我单人独闯三千里到达额尔齐斯河、单人独闯昌吉州18个县的经历告诉您，我已经不仅在外形上，而且在精神内蕴上了解大西北了。"毛茅反驳道。

彭剑秋板结的脸猛地放松了。他笑着拍了拍毛茅的肩膀："真是一群不知天高地厚的家伙。现在我告诉你们一个消息，这个星期六，准许你们集团在市美术馆办一次画展！"

"二位主席，太感谢你们了！"年轻人欢呼起来。

在回家的路上，毛茅的脑袋中形成了一个大胆的计划。他很激动。他准备为实施这个计划而不顾一切阻力。

七

前天预选考试的结果公布出来了。尽管郑克觉得自己没有一点希望，但他还是站在公告前寻找着自己的考号。看了三遍，没有他。他不知为什么舒了口气。

两天的光阴像水一样地流过去了。但是他却从内心感受到一种强烈的失落。那是孩子一觉醒来不见妈妈的那种失落。

难道自己就这样永远地告别如梦如幻的中学时代了吗？难道自己就这样浑身一无所有地开始面对生活严峻的挑战了吗？难道自己就这样开始离

开母亲的搀扶和保护，独自一人去学走路了吗？郑克的心里乱糟糟的。

这时，他正站在海拔1391米的红山山顶，站在那座已有200年沧桑经历的7级青砖古塔下，怀着难以言状的心情，俯看着这座生他养他，如今又逼他在此为生存开拓一片空间的城市，久久地久久地凝望着。

人的一生能有几个阶梯呢？14岁，人们最值得眷恋的星星般明灭的青春期开始了。它躁动不安、五彩缤纷，而又迷迷；如今，到了18岁，一切都将明朗化了，一个月以后，他就18岁了。而到了这个时候他才感觉到自己过去一直生活在云朵里，或者是生活在混混沌沌的蛋壳里。而今他却从云朵间跌落下来，从碰破的蛋壳里钻出来，面对现实不得不进行严峻的选择。

人来到这个世界上的第一件事是：千方百计使自己活下去。17年来，父母一直供养着自己，自己也并没有在物质方面感到过匮乏。而今天他突然强烈地感受到吃闲饭是多么不光彩的事儿啊。从今天起，一定得想办法去挣钱养活自己！一眼望去，这座百万人的大城市被一圈黑黢黢的群山环抱着，市区内成百上千座高楼鳞次栉比，而那座24层的环球饭店更是鹤立鸡群，引人注目。到处都在喧响。一层灰色的雾气，悬浮在城市的上空，随风变幻着姿态。矗立于低矮的厂房间的直刺云天的烟囱，以一种漠然的姿态，向天空不断地喷吐着云状的神秘的语言。郑克的心头缩了一下。岁月是那样无情地悄悄凋谢，而今天，在一种猝然的遭遇中注视着它们，他感到了自己的猥琐和渺小。他狠狠地在心里对自己说：我将永远膜拜你雄性的傲慢和凛然，生存下去，奋力搏击！

他感到了自己的血管里重新开始哗哗地流奔着沸腾的热血。

转过身，却见一个老头儿站在离他三四米远的地方，用惊惶不安的目光注视着他。看来他把我当成想要自杀的人了。我不会因为这样一个小小的失败就"自绝于人民"的。他对那好心的老头儿笑了笑，就大步向山下走去。他对自己的未来充满信心。行至半山腰绿叶茂盛的一片混合林旁，树林里突然跳出一个五大三粗的小伙子，拦住了他，他愣了一下，原来是初中的同学大伟。

"哈，郑克，怎么样，快高考了吧？几年没见面了，想不到在这儿碰上。走走，到里边凉快凉快。黑头也在呢。"

黑头也是他的初中同学。他跟大伟进了小树林。里面一片树荫下，围坐了3个人，一男两女。中间摊开的塑料布上堆满了食品和饮料。见两人进来，一个黑瘦的小伙子一下子扑过来，一把搂住郑克，亲切地叫嚷道："好啊郑克，你小子真他妈不够哥们。怎么不到我家玩去？是不是眼界太高，看不起我了？"

　　郑克谦和地微笑着，黑头和大伟拉他盘腿而坐，让着郑克吃东西。

　　郑克看了几眼姑娘们。毫无疑问，她们肯定是黑头和大伟的女朋友。是啊，自己的初中同学如今都已有了女朋友，可以一块出去兜风、照相，或是到幽僻处亲热，充分享受人生的快乐。而自己却还让爹妈养活，真令人羞愧难当。两个老同学在一个食品公司开车，收入丰厚，外加跑跑单帮，自然是财大气粗。在他们面前郑克感到压抑。老朋友及两个"瓷娃娃"同他碰了几杯，他就谢绝好友的挽留而下山了。

　　家中只有母亲一人。父亲到南疆的新兴石化城市泽普去了，一个月以后才回来。妹妹可能瞒着妈妈跑到同学家创作流行歌曲了，这是他保证不向父母泄露的"机密"。

　　母亲戴着花镜，在台灯下细心地补着一件已经穿了五六年的衬衫。见他回来，就放下手中的活计，从烤箱里端出来半只烧鸡、一份炒菜及一碗米饭。郑克接过就吃了起来。

　　母亲又开始缝她那件衣服。他无味地吞咽着饭食，注视着妈妈的一举一动，看着妈妈半白了的头发，怎样随着手中的动作而轻轻拂动，看着母亲羸弱的、历经磨难的身躯，怎样在灯影里幻化出神样的光圈……突然他的视线落到母亲那缺了小拇指的左手上。那是两年前，由于他听不进母亲的数落，她用刀砍的啊！这是他人生中最大的一个包袱。当他一天天长大，又一天天明白了生活的真谛，从而懂得该如何珍惜温暖的母爱的时候，他就越发为自己可耻的罪过而羞愧而悔恨。他是在自己的心上砍了一刀啊。如今，即将走向18岁的他成了待业青年，又一次需要母亲的慈爱了，可他怎能有脸再叫大度而坚忍的母亲来原谅他呢？能吗？

　　泪水顺着他的眼角，沿着鼻侧，冲到鼻翼，又流进嘴唇，经嘴角渗进了他嘴里。泪是苦涩的，正如为他换来了甘甜的父母半生所经受的艰辛一样。

"吃饱了?"母亲望着他,展露了一个宽厚的笑容,"我知道你这几天心情不好。今后有什么打算呢?给妈说说,是准备考招工招干还是复读?你可要拿定主意啊。"

母亲说这几句话时轻描淡写,语音平和。显然她是在尽力地把他所面临的严峻的抉择加以缓解,以期使儿子不至于感到茫然和手足无措。母亲们总是以让孩子们感到安稳为其职责的。他完全理解母亲的心。该到说的时候了,他想。

"妈,我已经打算好了。我准备去做生意。你先借给我三百元钱。"

听了这话,母亲的手轻轻一抖。她放下手中的活儿,表情变得严肃起来。她知道儿子下决心去做一件事是很难改变的。而这个想法正是郑克在红山山顶上做出的决定。

"再多读几年书吧,啊?小克,我和你爸都是知识分子,到了这个岁数更加明白了知识的力量和作用。你好好考虑一下,是不是再去读几年书?如果有条件适宜的自费大学,也可以叫你去上。你再想想看——"

"妈,我已经再三考虑过了。放心吧,我会把握好自己的。有了钱再读也不晚。先借给我三百元,两年后我就能变成个万元户!"

看着儿子那信誓旦旦、信心十足的样子,母亲轻轻叹了口气。"那好吧。不过你得听妈一句话,违法的事和昧良心的事可不许干。"

"妈,坏事了坏事了!金鱼病了!你们快去看看!"不知何时回来的妹妹风风火火地对母亲说。

三人来到鱼缸前。只见两条珍贵的龙睛身体两侧的鳞片好像从内部炸开,鳞片竖起,形似塔松,腹部膨大,皮肤浮胖,皮下渗血。那么美丽的金鱼变成了这个样子,真叫人不可思议,就像人间发生的许多事情一样。

"是鳞立病,"母亲说,"这是夏天水温变化的结果。放到外面,加一点盐,让阳光晒一晒,或许会好一点。"

郑克跟母亲打了个招呼就出去了。他准备做服装生意。一年前他倒卖过邮票,赚了不少钱,但现在不行了。得去找豁豁牙,那家伙可以给他提供信息。半年前他跟豁豁牙打了一架,此后便一直没打过照面。

提起豁豁牙,他的牙就咬得山响。前年生肖邮票价钱大涨,一版猴票值好几千。豁豁牙告诉他说一版猴票可以卖到五千。郑克狠狠心从母亲那儿借了三千元，从龊龊牙那儿买了一版，还没等转手出让，邮票价值大跌，最后他不得不以两千元的价格卖给了一个广东人。

事后他才得知，龊龊牙早就知道国家要干涉邮票交换，故意坑他的。

凭着记忆，终于找到龊龊牙的住宅了。还是老样子，他想，不知他肯不肯帮我呢？站在门前，他伸出手，犹豫了一下，就敲了敲门。

八

这次预选考试中，林静茹以 500 多分的成绩，在文科百余名考生中名列第一。连着几天，家里的气氛都很活跃。两个弟弟为此还砸碎了他们储蓄了好久的两只小瓷猪，为她买了一份大蛋糕和精美的祝贺卡。而父亲则出乎意料地为他们抱回来一台电视机。

林静茹此时正准备做饭。她叫小弟给她打下手，洗菜弄面。她手艺不赖，自己也常常以此为傲。自从妈妈死后，她就开始学做饭了。本来嘛，做饭在中国似乎是一个女人的本分。不过，她挺喜欢做饭的。你看，几把青菜，几条鱼，加上点佐料，只是稍稍那么一炒，就变成了一盘盘色香味俱佳的菜肴了。这真是一门艺术，生活的艺术。

下午的太阳已掠过了屋顶，快要沉到天西去了。她把搞好的茄瓜鸡丝、粟米蛋花汤、银芽肉丝、枸杞煎饼，还有两个素菜——麻酱莴笋尖、麻婆豆腐——端上饭桌。两个弟弟很兴奋，他们盛好米饭，坐下来等候上班未归的父亲。不一会儿，父亲回来了。一进门，他就看到桌上的饭菜，咧开嘴笑了。

"快点，爸，就等你了。"

"好好，我先洗了手去。"

父亲坐到饭桌旁，林静茹想：一家人和和暖暖地坐在一起吃饭是最惬意不过的事儿啦。父亲吃得很高兴。自从上次她对父亲撕书表示抗议之后，他变多了，而且如今他的脸色也不再阴沉沉的了，为此林静茹很高兴。

等到父亲抬起头的时候，她和弟弟们都大吃一惊：两颗老大的浊泪，从父亲多皱的脸上滚落下来。

刹那间，林静茹觉得自己完全理解了父亲。曾几何时，父亲满怀壮志，只身一人，到新疆谋生，这行动本身就是胆量和智能的表现。今天她才明白，父亲之所以那样对待她和弟弟们，完全是因为想促使她和弟弟们上进，使她和弟弟们在将来能靠真本领吃饭，而不靠别的什么。有着几十年沧桑经历的父亲深知社会的把戏，因此他把一切希望都移栽到儿女身上了。他希望自己已经泯灭的理想和进取心，通过儿女们再焕发出绿意来。

她走过去，轻轻伸出手，抚摸着父亲的肩膀，用手指的微颤表示着理解。

"小茹，我……我对不起你们啊。你妈她死得早，你们自小就没了妈，我做父亲的又当爹又当娘，拉扯你们长大。我脾气不好，在单位上受气。可我多么想叫那些看不起我的人瞧瞧：我林德发有几个争气的儿女呢！所以……我对你们才太……。小茹，你是好样的，考了个第一名，真给我挣回了脸。你妈在九泉之下也会安心的。我从今以后也要直起腰杆做人了。你们再努努力，给我好好干！"

父亲这一番话，是领悟了百般苦涩的人生之后的经验之谈啊！

两个弟弟互相对视了一下，表情庄严地齐声说："爸爸和姐姐，我们向你们保证，学习成绩不下前三名！"

看着弟弟那自信的模样，一股豪气陡然从她心中升起。是啊，再过一个月，就要面临高考了。其实高考不过是通向自己的人生目标的一个重要的阶梯而已。到时候，我一定再拿个第一！

饭后，父亲打开了刚买回来的"福日"牌彩电。这是他对儿女们表达歉疚的方式。忽然林静茹想起，今天电视上要转播北京—边城"中学生勇士杯"辩论对抗赛第五场的实况，由杜薇、南彬锋和毛茅参加辩论。她赶忙拨到那个频道，辩论已经开始了。辩论的题目是"越是民族性的东西就越是世界性的吗？"北京任正方，边城则是反方——这个题目对反方来说是不利的。

电视屏幕上，南彬锋是主辩队员，他的左右两侧端坐着已进入战备状态的副辩手杜薇和毛茅。双方拉锯战打了两个回合，当北京队主辩——一个口齿异常伶俐的女孩陈述了她似乎不可推翻的论据之后，该我方发言了。

林静茹的心跳快了起来。电视屏幕上的南彬锋眉头一扬，这是他胸有成竹的习惯性动作。她对此很熟悉，显然，他已做好全力以赴迎接对方挑战的充分准备。

"刚才，北京队已经陈述过，说越是民族性的东西就越是世界性的，并且举了例子，说火药、指南针、印刷术、造纸四大发明，都是我们伟大的中华民族发明创造的，因而也就是地地道道的民族性的东西。它们也都无一例外地广泛地推广到全世界了。因此北京队认为'越是民族性的东西就越是世界性'这个论点成立。"

"我方则不同意这个观点。越是民族性的东西真的就越是世界性的吗？显然不是。我方认为：民族性的东西应该首先在世界范围内具有当代的先进性，才能走向世界成为世界性的东西。试想，如果四大发明在当时世界上不具备当代的先进性的话，那么它们无疑是不可能走向世界的。在这里我举一些相反的例子：为什么西藏的天葬和旧中国妇女的裹脚没有走向世界成为世界性的东西呢？恰恰是因为，它们无一例外地根本不具有当代的先进性，因而也就不可避免地没有成为世界性的东西。所以，我方认为'越是民族性的东西就越是世界性的'显然是不能成立的。"

好！林静茹一下子鼓起掌来。这个南彬锋，够可以的。如此一针见血，条理清楚，论据充足。北京队举起降旗了。

看来他的雄心的实现概率是很大的，她想。自己也要变得活泼，能言善辩，遇事不慌，从而才能在强手如林的情况下稳操胜券。

她感到更有力量了。她想到了英国的撒切尔夫人、冰岛女总统芬博阿多蒂尔、挪威女首相布伦特兰。她微微笑了笑。

她跑出屋子，外面的天空晴朗。一种激昂的情绪在她的心中铺展开来。有几只白鸽拖曳着长长的鸽哨的尾音，在天宇中快乐地划着优美的弧线。远处的白杨树上的蝉们，突然热烈地唱了起来，仿佛是在向她祝福——祝福她永远拥有着一个热烈而繁华的夏天。

她快快活活地笑了。

九

这次北京—边城辩论对抗赛，由于我方在第五场拿下了关键的一分，从而以 3：2 获得胜利，成为轰动本市的新闻，杜薇、南彬锋和毛茅也因此成了明星。毛茅和杜薇这几天很兴奋，在同学们的仰慕和嫉妒里大吹自己候场时的心情和状态，惹得好几天都有一群人围着他俩不散。只有南彬锋淡淡一笑，不作声地坐在自己的位子上干自己的事儿。他知道在这样的时候尤其需要冷静，才不失大将风度。那些伟人向来都是这样的。这是他从《巴顿将军》《拿破仑传》《周恩来生平》中学来的信条。他认为自己没有必要去规劝毛茅和杜薇的自我陶醉，因为他们这样做必然会招致某些人的嫉恨，从而使一些潜在的不利因素产生，犹如人生道路上的暗钉。让他俩慢慢去体会吧！他们还嫩得很呢！等他们翻船的时候，就什么都清楚了。到时候，后悔也是白搭！他心里暗暗盘算着。

下午一放学，毛茅拿着市教育部门和学校的奖励及获奖证书，兴冲冲地回到了家里。

父亲宽大的、日渐发胖的身躯斜倒在沙发上，正按照每日的习惯，翻看着报纸。

毛茅得意地给父亲汇报了一番。父亲一边听一边点着头，偏过头看着儿子："注意啊，越是在取得成绩的时候，越应该显得沉稳才对。你一定在班上又大吹特擂了吧？这是你性格上的一大弱点，今后可要注意。懂吗？"

他这时才从父亲睿智和深邃的目光中悟到了什么，点了点头。

忽然门开了。提着一只精致的鲸鱼皮手提包的哥哥慌慌张张走了进来。父亲看见他，脸色稍稍有些变化。他放下报纸，严肃地板起脸：

"大林，你可干了好事！"

"爸，我……"

"我不知说过多少次，不要胡作非为，这一次看你怎么办。刚才检察院老王已向我说明情况了，你将在最近被起诉！"

"爸……爸爸，"哥哥脸色苍白，他扔下手中的皮包，扑到父亲跟前，满脸凄苦，"爸爸，这次你可得救救我。都是那个该死的香港人，他把我用你的名义搞的汽车、钢材偷偷地出手了，卷款而逃……我，怎么能想到呢！我已给公安局打了招呼，他们正在追寻那个香港人，这件事其实没我的事儿，我只求你这一回了！"

毛茅冷冷地看着哥哥的"真诚"表演。自从哥哥经商以来，他和哥哥之间就有了一条感情的鸿沟。这条沟用多少钱都填不平的。其实它只需要一个信任的、理解的、发自内心的微笑就够了。哼，姐姐上个星期居然宣布今年10月1日正式同那个巴基斯坦人结婚！

忽然他发现，半掩着的门后，母亲在悄悄注视着这一幕。他哼了一声，把目光转开去。

他不安地注视着父亲高大、但显然由于工作的繁忙而略显佝偻的身躯，心中涌起了一丝担忧和怜爱。父亲背部起伏，呼吸深长。很显然，他在为自己的决断而下着最后的决心。母亲依然在半掩着的门后漠然地注视着这一切。

哥哥那"沉痛"哀求的面孔依然不减其凄楚。

烟灰缸里的烟头仍然袅袅地冒着缕缕蓝烟……突然，父亲用力拨开抱着腿的儿子，走到电话机旁，拨了几个号码。

"喂，是老王吗？按你说的办吧。"

哥哥颓然地倒在了沙发上。

母亲悄然关上了门。

啊，我的父亲，好样的！毛茅心头一阵激动。此时他对父亲再次涌起了崇敬。他知道，父亲很累了，他需要理解，也需要安慰。毛茅走过去，紧紧地握住了父亲那青筋凸现的手。

父亲也从小儿子信任的目光中得到了欣慰。这就足够了！

时机到了。毛茅想，该把自己的想法告诉父亲了。他暗暗给自己鼓了鼓劲。

"爸，我同您商量件事。今年高考完了以后，我准备单人骑自行车，从本市出发，先到延安，而后再南下，去老山前线看看战士们，我已经……"

"不行！"父亲一声断喝，甩开了刚才还表示亲切的手，向后斩钉截铁地一挥："绝对不行！这简直是拿生命开玩笑！我绝不会答应的。你要知道从这里到兰州的路该多难骑！我对你的希望寄托得最大。因此我一分钱都不会给你的。哼，忘了你那次去北京的事儿了吗？"

毛茅的心一缩。糟了，真没想到父亲会这么坚决地反对。那还是在他上高一的时候，他决心骑自行车到北京。临走之际，悄悄写了封信放到枕头底下。

后来，他在半路的戈壁滩上遇到了歹徒。他们不仅将他的衣物和钱抢走，而且还拿走了他的身份证明。后来被兰州收容所当盲流收容处理。直到父亲派车，才把染上重病的他接了回来。这是他最值得懊恼和最值得留恋的记忆，他怎么能忘记呢？

"爸爸，我下决心要做的事，就一定会干到底的。"

"那我也告诉你，别指望我能帮你的忙。我总不能给你派一架直升机保护你去徒劳无益地穿过那该死的大戈壁吧！"

毛茅被父亲调侃的语调给激怒了。他不能再保持冷静了。

"不！爸爸，上星期'老山英雄事迹报告团'来本市做报告，您不是也听了吗？您不是也曾激动得落下眼泪吗？您不是自言自语地说您好像又回到几年前了吗？我之所以把我的计划告诉您，不过想得到理解罢了。我为什么要走这万里长途呢？是因为有一个理想在支撑着我——我想体验一下红军万里长征的感受。我不想忘本！我只是想以我的行动，向那些标榜'实用主义'的人挑战！我绝不会为我这个选择后悔！"

他说完，快步走过去拉开门，迎面碰上了正在偷听的母亲。母亲尴尬地笑了笑，他理也没理就出去了。

公园里静悄悄的。下午的阳光把一切都弄得慵慵懒懒的。他在林荫密布的路上走，不时地踢开路上的小石子。

走累了，他坐到一条椅子上，看着前面的草地上，有一个老人领着一个幼童，在教他走路。那个幼童一离开老人的双手就要跌倒……但小家伙终于能够踉踉跄跄、歪歪斜斜地迈出一步两步……旋即又跌倒了。小家伙在老人的鼓励下，又一次勇敢地爬起来，向前走去……

你也跟那小家伙一样。你得学会自己走路，你得学会跌倒的时候再勇敢地爬起来！倏然间他心头充满了力量。用力一甩，手中的薄石片飞快地削向人工湖，一跳两跳三跳……跳了七八下，方才沉入水里。

有一片阳光，透过稀疏的树影，斑驳地落在他那充满朝气的年轻的躯体上。

他对自己的选择坚信不疑。

＋

郑克敲了敲门。刚才喧喧嚷嚷的房间突然寂静下来，他刚要推门，门却开了。一个鼠眼精瘦的 20 岁出头的小伙子，用审度的目光看着他。此人两颗大牙缺了——正是豁豁牙。两人都是一愣，而后心照不宣地笑了。

"来者不善，善者不来呀！有何贵干？"

"准备干个体户。我待业了，可总得吃饭吧。"

"那进来谈。屋里方便。"

他闪进屋子。路过卧室的时候，他顺便向里望了一眼：里面一桌麻将正玩得红红火火，满屋子都是烟。4 个人脚下都有一只攒壶，郑克知道，那壶是赌钱时装钱用的——借以掩人耳目罢了。

他跟着豁豁牙来到了偏房，二人坐了下来。豁豁牙慢条斯理地卷了根莫合烟："怎么，高考落选了？想瞅个机会大捞几把？"

郑克漠然地点点头。他认为完全没有必要告诉对方，说自己不愿意白吃饭，叫父母养活。这家伙只知道好死不如赖活着，他是一个没有羞耻感的人，郑克想，不过现在还得用他。我们是互相利用，谁也不吃亏。该对这家伙摊牌了。

"你给我联系一批西装短裤。我手头只有 300 元，而你知道信息。赚头儿我们对半开。"

"那好呢。"豁豁牙狡黠地眨眨眼睛，捻灭了烟头。

接下来一个星期，郑克将 100 件短裤售出，赚了 200 元。后来他又扩大再生产，倒了一些短裙、花裙等各类服装，赚了将近 1000 元。他盘算这样子下去，不出一年，自己手头就有上万元了，开个咖啡馆或是酒吧是不成问题的。

夜晚，月上柳梢头。城市的夏夜是非常美好的。街上到处都流泻着温暖的音乐，流动着轻松的人们——他们在劳累了一天之后，享受着这个舒畅轻松的时刻。

郑克坐在一个小酒吧里。他要了一杯红葡萄酒、两个冷菜，独酌自饮，心中盘算着辉煌的计划。在某种程度上酒是他最好的朋友，无须出声交谈，它就会给他以无限的热量。

猛然，一个宽大的身影闯入了他的视线。那人坐到他的对面。他抬起头，不禁一愣：父亲？！怎么这么快就回来了？

父亲冷冷地注视着他，这使得他心里有点儿发毛。他知道父亲轻易不板脸的，即使是在人生的紧要处。他觉得父亲是一个好男人。父亲在勘探工作方面无疑是同行中的佼佼者。他小的时候，父亲最喜欢两手掐住他的腰，向空中一抛，再接住，或是欢快地旋转，欢笑，让欢乐充满整个空间。父亲还爱用他那一脸的大胡子茬，扎他，吻他，把他弄得又痛又痒，他从中体会到了天伦之爱。他那会儿就想，长大了一定好好地报答父亲……

"小克，我想跟你谈谈。我之所以用这样的腔调，是因为你完全成人了，你有自己的思想和主见——虽然它还是幼稚和肤浅的。我想和你谈谈你的选择，你对你的人生的把握。说实话，要通过关系给你弄个工作并不难，但是我不愿那样做。既然你要自己闯，就把你的计划给我谈一谈吧。"

父亲的语词是诚恳的，完全没有居高临下的态度。郑克给父亲斟了一杯酒，又叫了两个冷菜，才开口说："爸爸，你和妈妈一直是我最尊敬和最信赖的人。现在我到了这个地步，真是惭愧。现在我才懂得一些事理，生活就毫不宽容地把我推上了人生舞台，开始给我出难题了。爸，我准备当个体户，手头连本带利已有近千元。我想先干一两年，手头宽裕了，再开咖啡馆什么的。我相信我的能力，我也有自信心。生活再严峻也终将会因我的勤劳而展露微笑的。"

听了这些话，父亲放下筷子，用手撑住下合颌，思索着什么。

有一道阳光，从窗外射进来，在他和父亲中间穿过。一道成年人之间的心灵鸿沟，它使他和父亲再也回不到像小时候那么亲近的程度了。他感到了一丝忧伤。

父亲抬起了头，喝干了那杯酒，目光变得温和了。

"小克，我深知你的性格，同时我也理解和相信你。可你想过没有，没有知识在未来的社会里是没有立足之地的。我还是希望你能多读几年书，起码我们做父母的还可以供你几年。鼓鼓劲再考吧，没有知识，难以在社会上立足啊！你看那些个体户，他们中间不乏万元户，可他们在社会上有地位吗？"

"不，爸爸，人活着关键在于自我的希望的满足。一个诗人可以因拥有了一个情感世界而骄傲，他并不在乎自己是否吃得满嘴流油。同样，有人只要吃饱饭和穿漂亮衣服就满足了——这两种人都很满足，都有幸福感，所以，只要人活着自在就行了，别人怎么看你，管他干什么？那样活着也太累了。不过你放心，等我手头钱多了，再继续学习。我一定会记住你的话，多学知识，努力挣钱。"

父亲用深沉的目光看着他。显然他在掂量着儿子话里的真切程度。

"爸爸，我们还是回去吧。到家里和妈妈再合计合计。这需要大家的表决。"

父亲宽厚地一笑，二人碰了一杯酒，就一同走了出去。

外面，风淡淡地吹着。他们彼此都感到了对方坚实的心跳声，他们彼此都能体会到相互信任的幸福感。

街灯一盏盏地亮了。

十一

那决定他们命运的高考已经接近尾声了。这是考试的最后一天的下午，考的是最后一门：政治。

像往常一样，林静茹静静地坐在自己的位置上。她感到很畅快。再也没有比这更轻松的考试了，她想，只要不出意外，按去年的标准，自己是可以达到录取要求的。盛夏的七月的下午，天气又闷又热。窗外蝉儿单调而热烈的鸣叫声，透过窗户泻了进来。属于它们的只有这么一个季节，而属于她的却不止这一次拼搏。只不过蝉儿的夏季容易失去，而她还可以继续奋斗和进取。

因为对于一个永远都在进取的人来说，他（她）永远都拥有不会衰老的青春。卷子发下来了。已是考场老手了，像往常一样，林静茹习惯性地闻了闻考卷上油墨的清香。而后，她先浏览了一遍，看来题目没有多大的难度，她整理好自己的思绪，便以入无人之境的姿态，闯入了纸老虎般的题海。

蝉儿依旧在热烈地歌唱着属于它们的夏天，很喧闹，也很惶恐。宣告考试结束的铃声响了，一年一度的高考又正式收场了，谁也无法再次更改。林静茹舒了口气，她满怀信心地收拾好东西，站起身来，准备交卷了。这时南彬锋走到了她的身边，递过来一个玫瑰色的叠成矩形的纸笺，笑了一下："这是给你的。"

这是什么呢？林静茹有些疑惑地看了他一眼。他的目光有点儿闪烁。林静茹低下头，谨慎地把它装进了衣袋，就跟着同学，走出了考场。

阳光下，一切都是那么明朗。生命在这个季节是那么繁荣和茂盛。拥有着这样一个季节，对于谁来说都是很幸福的事儿。这日子真舒心啊，林静茹忍着。她微笑了。她掏出了那个玫瑰色的纸笺，轻轻展开来。几行洒脱不羁的字迹闯入了她的眼帘。她感觉到心有点儿跳。

林静茹：

明天下午如果有空的话，到学校后面的小树林来一趟，和你有事儿商量。夏令时6点整，希望不要失约。

知名不具

这是什么意思呢？他和我有什么可商量的？这不会……想到这儿，她的脸一下子红了。她感到有些害怕。伸开手，她攥紧了一把迎面送过来的夏季风。

6点钟到了。当她快走近那片小树林的时候，远远地就看见树林旁立着一个俊秀挺拔的身影——看来南彬锋已经等了好一会儿了。她抑制住心跳，走近了他。

他用一种郑重但不乏热烈的目光看着她。她有点儿慌，忙把目光移到了别处。

"你能猜到我找你有什么事儿吗？"依旧是那很自信的好听的男中音。

"不知道。你说吧。"她平静地回答。

"好吧。静……林静茹，几年来的高中生活马上就要结束了。我想你一定很珍惜和怀念它吧。说实话，像你这样坚强和富有政治眼光的女孩子不多见。我想你很清楚我的雄心，这一点我从你以往的目光中看出来了。你不是一个外表很出众的女孩子，但你有一种内在美，拥有这种美的人很少，至少我没有遇见过。我……我很想与你建立一种不寻常的关系，你，你同意吗？"

看来你又走错了一步，他想，她肯定不会同意的。你真是一个傻瓜。这到底是怎么一回事？你为什么要向她表白这些你明明知道对你无益的话？你忘了你的事业了吗？你忘了你发誓不到30岁不考虑这个问题了吗？既然你已经预料到你肯定会遭到拒绝，那么你为什么还要向她表露你的心迹呢？你太冲动了！

　　果真是这么回事！林静茹感到踏实了许多。还说我是一个坚强的女孩子呢。嘿，你可不知道我常常独自一人在黑夜里默默地流泪啊。该怎样回答他呢？难道他不是一个才华出众的人吗？难道他不是一个很吸引人的人吗？他的各个方面都很出类拔萃。可是自己也一样想做一个女强人。没有到时候也决不考虑这种事。该怎样回答他呢？

　　"南……南彬锋，我完全理解你的意思。可是，你该清楚，生活还不允许我们那样做。你读过小说《柳眉儿落了》吗？"

　　南彬锋点点头。他骂自己，糟糕透了，南彬锋，事情果真如你所预料的那样。这会是你人生道路上的一大失败。你会永远地为此而感到懊悔的。你真是有些头脑发热了。可你得承认，她是一个好女孩，一个能够了解、理解你的女孩子。但是仅仅凭这一点，你就该这样要求于她吗？为了事业，你本来下决心抛弃其他一切的呀！

　　看到南彬锋点了点头，她对怎样回答有了信心。

　　"我们就像那篇小说中的两个主人公一样。生活的海洋会无情地打散乃至彻底地摧垮我们这两只小船的，你明白吗？生活绝不允许我们做那样的选择，面对我们的只有一个选择，那就是：做事业上的朋友，你说好吗？"

　　不！南彬锋突然冲动起来。我时常感到寂寞。一个人奋斗太孤独、太冷寂，真需要一个理解我的女孩子给我以鼓励和安抚啊。但南彬锋还是压抑住了自己，脸上浮出了一个会心的微笑。他对自己说，你还太年轻，你还太嫩，你有时还爱冲动，这一点太不好啦。这对你的事业真是一个致命的弱点。

　　"那么好吧，静茹，就让我们做事业上的朋友吧，需要你帮忙的时候，可别忘了伸出你的手啊！"

　　他还是那样大度和洒脱，从不为自己的失败而表示沮丧和灰心。林静茹感到有些失落和遗憾。但继而她也笑了笑："好的，我也会需要你的帮助的。为了我们永恒的目标，努力干吧!"

南彬锋坚定地点点头。突然他好像想到了什么，问："你的生日，是不是 7 月 26 日?"

林静茹睁大了眼睛："对啊，你怎么知道?"

他笑了笑："你和毛茅、郑克是同一天生日。再过十几天，你们的 18 岁就要来了。同学们要为你们贺生日，同时举行毕业联欢晚会。7 月 26 日下午 8 点，在校会议室。希望你一定来。我走了!"

林静茹点了点头。她看着那个挺拔的身影一直走进了太阳的光晕里，轻轻舒了口气。

18 岁，你就要 18 岁了呀。你将从此永远地永远地离开你梦幻般美丽的中学时代了。你就要扬起你奋斗的帆，冲向生活的汪洋了。但你将永远地怀念这个美丽的年轮。它永远是五彩缤纷的。它永远是透明的，是清纯美丽的。

她感到生活更加可爱了。在这个千帆竞发的世界里，为自己争得一个空间真不容易。但正因其不容易，方才有那一份创造和进取的欢乐。

生活已经张开双臂迎接我们了。只有不畏艰险的人才会把握住自己的舵。你还得好好地学点东西，她想，你还浅薄得很呢。你简直连一滴水都不是呢。你得使自己强有力起来。

这不，蝉儿又在热烈地为你加油鼓劲了呢!

十二

窗外，星汉迢迢，银河耿耿。蟋蟀们快乐地演奏，使得毛茅躺在床上翻来覆去睡不着。高考刚结束，毛茅就开始行动了。父母亲终于同意了他的冒险行动。而他一向反感、上次差点进监狱的哥哥，以及姐姐总共支援了他 400 元。加上他自己的积蓄和杜薇支援的 100 元，还有同学们的赞助，已基本上够用了。一切准备都已就绪，就等出发了。

想到这儿，躺在床上的他自信地笑了。班主任汪老师给予他很大的支持。要不是他说服了父亲，父亲才不会同意毛茅的行动呢。可气的是，有些同学居然认为他的这次行动是毫无意义，简直是白送死。其实，根本不用跟这号人去辩解。人生的目的和追求因人而异。"长江漂流队"漂流长江以后，人们对此不是争论了好久吗？只要有人能够理解就行了，哪怕只有一个人！

他又想起了高二放暑假时他独自一个人骑自行车考察天山的情景了。

当他终于面对着近在眼前的天山的时候，突然流出了眼泪。西部的山太伟大了。没有见过西部的山的人，是难以相信它的挺拔、它的高峻、它的傲岸、它的忍辱负重、它的精神力量的。

在西部大山的面前，你绝不会有任何不严肃的表现。你只能默默地仰视着它那巨人般隆起的躯体。这个时候你会突然懂得人生的坎坷和磨难其实是自然而然的。这个时候你会明白你年轻的生命应该干些什么。这个时候你真为你是大西北的儿子而感到万分的骄傲！这个时候你思潮起伏、感情澎湃，这个时候你简直不能抑制自己像岩浆一样的激情。这个时候你简直就要踉跄着扑向前去，跪在这高峻的、坚韧的、宏伟的山脚下，流着眼泪喊一声："父亲啊！我们大西北所有男人的父亲啊！"

你会用目光无声地询问：你是更新世古猛犸最后仆地的不屈吗？你是中生代恐龙最后挣扎的痛苦吗？为什么沉默地站着，任大漠狂风吹散漫天冰雪覆盖你，任太阳折磨你、削砍你，任云雨轻薄你？但是，终将有一日，在你的肩头，将会有一群年轻的登高者们，执号角昂然地吹……以示威、以无畏、以挑战般的姿态，执号角昂然地吹……以示威、以无畏、以挑战般的姿态，执号角昂然地吹……

他在床上又翻了个身。他听到自己的激动的泪流出来的哨声了。他一直为自己有这样的经历和感觉而骄傲。是的，只有扎根于这片神奇的土地才能找到属于自己的艺术，才能找到自己真正的归宿！对了，临走前一定要去雨花台，给曾为解放新疆献出生命的烈士们献上一束花，而后再义无反顾地踏上征程。

上午南彬锋告诉他，说 7 月 26 日要为他、郑克和林静茹庆贺生日——三个人将在同一天的同一时刻，一同告别黄金般的中学时代，而后，昂然地步入生活的旅途，去拼搏，去奋斗。这是多么令人激动的事啊。

这两天杜薇情绪不好，原因正是自己的这次远征。她真是一个好女孩子，她最理解他了。但他们之间并不是爱情，而纯粹是友谊，更确切一点讲，两人拥有的只是互相之间的信任，尽管同学们私下说些他俩的怪话。

他笑了笑，翻了个身又摇摇头。真是个小孩子家，有什么可担心的呢？小女孩，你其实还不真正了解我呢，你只知道我的血液里有着一种躁动、不安分的因子。你还不知道我初三时就到过额尔齐斯河，高一时到过兰州，高二时又单独一人考察过天山呢，有这些经历就足够了。小姑娘，不要为我担心，你知道为了理想我一向是一往无前的，放心吧。

爸爸妈妈，我很感谢你们。是你们给了我生命。爸爸，你曾以你凛然和大度的气质，使我变得更加热爱人生、向往未来了。我也不再是10年前还向你撒娇，拿你当马骑的孩童了。我从你身上继承了足够的勇气、胆识和力量。前辈人的优良天性由于遗传而转给了后代，所以，你交给我的不仅仅是躯体，你还给了我一颗热烈的心和灵魂。这些是我一生都受用不尽的。

妈妈，你曾是我敬爱的人，但后来你的圆滑和世故使我对你产生了隔阂。你的变化是社会造成的，而我则试图改变它使之变得更好！

还有汪老师，你是一个历经磨难但仍不失去热情的人。你20世纪60年代来疆扎根，你教会我们思考人生和社会，你教会我怎样处世为人，以及用一双率直的眼睛来观察生活和世界。你教会了我怎样用知识来武装自己，同样，也是你教会了我做一个平凡的、默默地工作的人。我会报答你的，不仅在事业上，将来也在生活上。我不会忘记你还有一个瘫痪多年的妻子，还有三个上中学的孩子。我怎么会忘记这一切呢？

渐渐地，他沉沉地睡去了……他感到自己骑着车飞跑着，豪迈地行驶在无边的、由于朝日的映射而泛着金光的千里大戈壁上。那迎风招展的红柳、梭梭树，仿佛在向他招手……多么蓝的天、多么辽阔的大地啊。在这千里无人的静地你才会真正明白生命的伟大和大自然的魅力，你才会更加珍惜你年轻的生活……

你迅速地蹬着轮子，它像一叶小舟，欢快地载着你奔向了延安宝塔山……老山麻栗坡……火狐、大蜥蜴和沙鼠远远地注视着你，为你有这样的胆识而钦佩不已，更有那一片片年轻的胡杨林在远处向你致以绿色的问候！你也从它们那挺拔的身影悟到了生活的严峻和多彩，更加坚定地蹬动车轮，在这无边的空寂之原上，向着心中的目标进发……那轰隆隆巨响着的沙暴正是为你送行的声声战鼓……

不知不觉，窗外渐渐明亮起来，东方现出了朝霞。

十三

父母同意郑克先做生意、后去念自费大学的决定了。

几次买卖，使他手头有了一些积蓄。他决定再借一些，做一次大一点儿的买卖。

齙齙牙告诉他，说最近服装市场上西装销路很好，而且进的货价钱很低，都是外国产的。他又去找了齙齙牙。

"如果你真需要钱的话，我可以借给你一千元。不过，你得给我一件值钱的玩意儿做抵押，以免过期还不上你小子赖账。在这个世界上我只相信钱。怎么样？我还可以帮你跑跑腿，帮你搞到一批西装。你把钱都给我，赚来的咱们三七开，我三你七，怎么样？"

郑克沉吟不语。他对这家伙的话既感到高兴又感到担心。高兴的是如果这一次成功，那收益是很大的。担心的是这家伙很狡猾，万一上当怎么办？

然而他还是选择了与之合作。因为冒险所获得的成功总是出人意料的。他细细一算，依手头的钱，可以弄到 150 套西服，每套赚 15～20 元，那么可赚 3000 元左右，三七开，自己可得 2000 元左右，这可是一个不小的数字。郑克激动得捏紧了拳头。

他决定拿父亲珍藏的那一盒古钱币给齙齙牙做抵押，以期得到他的1000 元借款。

齙齙牙办事相当麻利，这一点令郑克很满意。当他清点大叠各色西装时，一阵喜悦涌上了心头。

"150 套，没错。"郑克亲热地拍了拍齙齙牙的肩膀。他却没有察觉到对方的嘴角浮出了一个得意的、难以捉摸的微笑。

"三七开啊。"齙齙牙在郑克走出门的时候，还没忘叮嘱一句。

郑克拿着这 150 套西装，经过了一个星期的奔波，心一下子凉了。

原来这些西装全是从外国"进口"来的旧西装，据说有的衣服上还带

邱华栋中篇小说选

有艾滋病毒。而且他也从几件衣服上分别检查出枪眼和血迹。他这才意识到自己落入了圈套。这圈套其实是早就设好的，专等他这个笨蛋来踩的。

得找那个混蛋算账。豁豁牙，你小子可把我害苦啦。郑克感到了一阵阵的悲愤。他似乎看到了父母亲脸上温存的微笑，正像旧墙皮一样一片片地剥落下来，他也似乎听到了父母对他那水晶般透明的信任顷刻崩裂的咔嚓声响。一定得找那家伙算账！

连着找了3天，也没见豁豁牙的踪迹。准是躲着我呢。但今天晚上12点以前一定得找到他，把那盒古币索回来。

想到古币，他浑身一震。真是愚蠢透顶啊郑克，你真是一个混蛋！那可是父亲最珍贵的收藏，价值上万呢。其中有几乎绝迹了的伊尔汗国银币，东西周环钱，还有珍贵的唐代诗文钱、龟兹无字小铜钱、突骑施铜钱等珍品。几年前有一个外国收藏家想花重金从父亲手中买走，父亲都没肯卖……你怎么把它给了那家伙做抵押呢？一定得把那盒古币要回来。自己再也不能做对不起父母的事儿了，对他们你在感情上已经负债累累，恐怕今生今世你也报答不了。你小子真浑啊。他使劲骂着自己。

天渐渐黑了。他在一家酒馆喝了点酒，拍了拍腰间那把匕首，走上了大街。豁豁牙真鬼，他想，连个影子也没见着。据说他自己买了一辆车跑运输，没有固定单位。他早就不在上次郑克去找他的那儿了。妈的！他能跑到哪里去呢？

对面有人走过来。郑克一下子认出来这人曾在豁豁牙那儿赌钱。他心中一阵狂喜。

他迎了上去。那人刚走近他，他猛地出手，一把抓住那人的衣领，只一提，就把那人从人行道上给提到墙边，按到墙上了。

"你干干干干……什么？"那人害怕得哆嗦起来。

"说老实话，豁豁牙在哪儿？"

"他……他在和平区四马路31号他女朋友那儿。"

郑克这才松开对方，微微一笑："谢谢了。"就撒开大步走了。

终于找到地方了。他仰脸把门牌看了3遍，确信没有错，这才悄悄推开门。

屋里亮着灯。果然，豁豁牙正坐在沙发上悠闲地弹吉他呢。他看见郑克冲了进来，吓了一跳，一个蹦子站起来，想跑。

郑克一个箭步冲上去，但猛然他觉得这个时候要保持冷静，于是他放下了去掏匕首的手，两臂交抱于胸前，尽量把声音放平稳，说道："那些衣服全是旧的，外国的垃圾。"

"真的吗？那……那我们可吃大亏了……我那一千块钱可白扔喽！"豁豁牙很会装，他故作吃惊，一边狡黠地转着眼珠。

"真不要脸，还挺会装模作样。"他猛地抓住对方的衣领，把他按到沙发上：

"你说，是不是弄了圈套害我，是不是！"

豁豁牙那双三角眼快速地一转，蓦地把小胡子一挺："我怎么知道那是外国垃圾？我苦心帮你找货，你反倒说我设圈套整你。要知道，那里面还有我一千块钱呢，我干嘛要拿自己的钱买假货呢？"

说得也是，郑克想。他慢慢放下了抓着对方的手。

豁豁牙见自己的话起了作用，心中十分高兴。他不失时机地问："那些衣服你都出手了？"

"我全烧了。我他妈不像你这个王八蛋，拿着外国人穿剩的旧衣服坑害别人！"

"那……我那一千元呢，你可得……"

"给你，"郑克啪地甩出一叠纸币——这是他瞒着父母从家里取出来的，"把那盒古币还我。"

豁豁牙却没有动。

郑克感到有点不妙。他又一把抓住对方衣领："你今天不还我，我就用这把刀放你的血！"

豁豁牙哆嗦了起来："古币……古币我……我卖给一个……日本人了……"

"混蛋！"郑克大吼一声。杀了他！他对自己说。这时他又想起一年前豁豁牙坑他的情景……杀了他！

寒光一闪。他停住了手。这寒光多像父亲严厉的指责啊。自己差点犯了大错。不能因杀了这个臭小子而毁了你的一生。你的路还很长。犯不着这样。

可……可这次受了骗，总得让他偿还点什么吧？更何况那盒古币是父亲的心爱之物……顿时心火又呼啦啦蹿了起来。他开始猛扇豁豁牙的耳光。一阵劈劈啪啪的响声使他获得了音乐般奇妙的享受。眼看着对方的脸由白变红，由红变紫，又由紫变青，并且迅速肿大起来……直到他颓然地顺墙壁瘫软了下去，郑克才罢了手。

这太便宜你了，他想，我还得给你留个纪念。他擦了擦那把刀，迅速地、干净利落地在豁豁牙的惨叫声中割去了他的两只耳朵。

出了门，望着那璀璨的星空，感受着温柔的风的抚摸，他吐了一口浊气。

这时他想起来了，明天，7 月 26 日就是他 18 岁的生日。自己该以怎样的姿态来面对那个神圣的时刻呢？

十四

7 月 26 日这一天来了。

不大的会议室早早地布置好了。五彩缤纷的彩带、纸花、灯笼，对称地布满了整个空间。50 多张可爱的面孔，今天又都聚到了一起。橘黄色的宁静的灯光铺展在整个温暖的房间里，也泻进每一个人的心中。班主任汪老师静静地坐着抽烟。他的心绪像波涛一样起伏。在这个时候你这个做班主任的该说些什么呢？孩子们，从明天起，你们这个温暖的、结实的团体就将被社会无情地打散，就要各自为战，在社会的各个层次、各个阵营进行艰苦的搏战了，我真为你们担心啊。20 多年来，我不知送走了多少学生，而今天又一次面临这个出征的场面了。你不能表现得忧伤。你必须给同学们以自信。你要使晚会办得像母亲给出嫁的女儿送别一样，要高兴！几十年的人生经历告诉你，人是多么需要温暖、力量和爱。今天你要又一次送走一批你心爱的和不放心的学生了。此刻你才忽然觉得，你这一生更加有了意义。这个时候你完全忘了自己和学生之间的一些瑕隙，忘了学生们与你发生过的摩擦。这个时候你才像父亲一样，用慈爱而又大度的目光默默地注视着你的每一个学生。你希望你的目光永远留在学生们的心里，使他们在远离你的时候，依然信心百倍。你的一生历尽艰难，历史同样无情地在你的身上、心上留下了许多难以愈合的创伤和疤痕。你时不时地感到疲惫和困倦，你知道自己总有一天要枕着这塞外的黄土长眠，但是你清楚：你的青春，你的生命，都将会通过你的千百个学生得以延续，直到永恒。你这辈子活得真不亏啊。世界上最幸福的人莫过于你和你的同行们了。因为你们可以通过学生而获得永生……

这一个个熟悉的面孔，一朵朵熟悉的微笑，向日葵般地围在了你的身边，你浮在一片温暖的海洋里。没有比这更幸福的事儿啦，你想，要让他们永远地珍存这一份美丽的记忆，让他们永远珍存这一份温暖。

门开了。汪老师从沉思中醒来，回头一看，见郑克面有异色地走了进来。好了，人到齐了。该宣布晚会开始了。他站了起来。

主持人南彬锋和杜薇见汪老师朝他们点点头拿起了麦克风：

"同学们，大家静一下。今天，我们举行这个联欢会，是为了纪念和永远地告别美丽的中学时代。我们真诚地希望大家永远珍存这一份温暖的回忆。我们将不再感到孤单。下面，由我们班三个今天满18岁的寿星吹蜡烛。"

毛茅、林静茹、郑克走到大厅中央。桌上摆着三个大蛋糕，上面各插了18只闪亮的蜡烛。主持人喊："开始！"他们一一吹灭了流着泪的蜡烛。

"噢——"大家欢呼起来。轻快的舞曲奏了起来，在每一个人的心间柔和地回旋。三个"寿星"把分好的蛋糕端到每一个同学的面前。汪老师高举酒杯，说："来，让我们举起这醇厚的美酒，为我们三个亲爱的同学祝贺生日。祝贺他们永远地拥有美丽的18岁！"

"生日快乐！"一片欢快的干杯声响成了一股清亮的祝福。

林静茹静静地坐在灯光的暗影里，她的心头奔流着小溪般的欢乐。汪老师正在发表毕业告别演说呢。他站在大厅中央，精神饱满地、热烈地给大家鼓着劲。他讲得太好了，她想，已经有几个女生悄悄低着头哭了。看到这些，她的眼睛湿了。这正是他们这一代人珍惜友情的表现。

她感到更加有力量、有信心了，准备冲向心中的目标。这一时刻她拥有了无尽的力量和爱。杜薇、任辉、南彬锋、齐砚、郑铃铃、时念国、杨烨、童军、郑克……一张张面孔在她湿润的眼睛里闪过。我会永远地记住

邱华栋中篇小说选

你们，因为你们使我懂得了一个人的成功并不仅仅属于他自己。为了你们，我也得大干一场！

杜薇唱的歌真动听……这个小才女在此时把她那珍重友情的天性充分显露了出来。我真为能拥有你这样的朋友而感到高兴。你唱的是什么歌？这么忧伤，这么深沉，又这么温暖。谁还能够忘记这首歌呢？谁会呢！

南彬锋娴熟地弹着吉他。他为大家唱的歌是欢快的。直到今天他才露出了毫不掺假的微笑。这个时候他才是最真实的。但愿他多一分真实，少一分虚妄，真实地生活、奋斗。

杜薇对我示意了一下。怎么，该我表演了吗？

我可是没有文艺细胞的人啊。不过，今天我唱一首歌，一首一直在我心里激荡和回旋的歌。我把它奉献给爱我的大家……该我唱了。不要慌，你要用心灵唱这支歌。

听林静茹唱着歌，毛茅有点儿吃惊。真没想到，往日被自己认为只会死读书的她居然能唱这么美丽的歌……橘黄色灯光给她那平静的脸镀上了一层恬静的色彩。她亭亭玉立在大厅中央，任一条垂下来的彩带轻拂她的肩头。这该是一座多么美的雕像。他感到了一阵创作的冲动，他忙把纸铺在腿上，抽出预备好的炭笔，画了起来……慢慢地一尊美丽的雕像浮现在白纸上了。不，她也将留在我们每一个人的心里。

明天，我就要出发了，就要单枪匹马地冲向我的目标了。此刻，他不由地感到了一份沉重的忧伤。

是啊，从明天起，这个有和谐也有争吵，有间隙也有亲密，有苦恼也有欢乐，有悲哀也有希望的集体，将被社会无情地打散。

也许，大家不会再像这样相聚，每一个人都将各自为战，孤独但却顽强地在生活的洪流中驰骋。但是，感谢上苍给我们一个这样告别和互相鼓励的机会。我们将竭尽全力冲向社会，为占据一个小小的位置而战斗……

每当我在征途中灰心丧气的时候，我都会想到你们，想到这个晚会，想到美丽的18岁，想到我的身后你们那默默的祝福。

童军这家伙表演的哑剧太棒了。生活就是这样，别离也不仅仅是忧伤……南彬锋对我示意呢。该我为大家表演了。我该表演些什么呢？对，我来个演讲！我通过演讲告诉大家，我们不应该悲伤和流泪。我得用我的心对大家讲……

嘿，毛茅这家伙仍然是那么激情奔放，讲得真好。他一直对一切都充满信心和热爱。比起他来，自己也太没出息了。郑克，你遇到的这些都不算啥，你不过在生活的道路上偶尔跌了一跤罢了。你还会跌许多跤的。但是有了大家，你就不能失望和悲观。鼓起勇气来，为了让世界变得更美，首先得使自身变得更美好。你不能白白活此一生，虽然你走了许多弯路，但你将更加懂得珍惜人生。

以前你老是觉得人与人之间全是互相利用，尔虞我诈，今天你才知道你错了，你才有如一滴纯净的水滴一样的快乐。哦，这美丽的永恒的时刻。

听，窗外下起小雨了。那么轻柔，滋润万物没有一点喧嚣。你突然想起了同龅龅牙之间所发生的事。你觉得自己干得太不高明了，但显然为时已晚。那么就正视它吧，不要犹豫，努力干，以微笑的面容走进人生。

……

夜深沉。雨仍在淅淅沥沥地下着。灯光依然那么柔和。

突然灯全灭了。

"点亮面前的小蜡烛。"主持人轻声地说。

每一个人都这么做了。于是，每一只闪着温柔的火苗的蜡烛前都亮着一张年轻的面孔。

"来，我们大家合唱《友谊地久天长》。我们永远不孤独、不忧伤、不迷茫，也不失望。"

每个人都举起了蜡烛，如同举着他们真挚的心灵。每一只蜡烛下都盛开着一个温暖的微笑。歌声缓缓地响了起来……这是每一个人心中的歌！

……

老朋友怎能忘记掉，不时刻记心上？老朋友怎能忘记掉，那过去的好时光？

我们曾漫步山冈上，那野菊分外香。但以后分手去流浪，就不再有好时光！

我们曾荡桨小河上，从日出到夕阳。但海浪将我们分隔开，就不再有

邱华栋中篇小说选

好时光!

老朋友我们紧握手,来欢聚在一堂。快痛饮一杯欢乐酒,为过去的好时光!

亲爱的同学们干一杯,为过去的好时光,来为那友谊干一杯? 为过去的好时光!

……

歌声深沉,曲调舒缓。它汇成了一条巨大的感情的河流,在每个人的心里流淌……

突然,门开了,闯进来几个人。灯光唰一下亮了。众人凝目望去,却见是两个全副武装的公安人员。他们身后是学校的几位老师,还有郑克的父母亲。

郑克猛地站了起来。他明白这是因为他割了豁豁牙的耳朵。忽然,那只巨型挂钟敲响了。这沉闷的、带着悠长的尾音的钟声,仿佛在深情地告别什么,使得所有人,包括那两个表情严肃的公安人员,全都呆住了。

啊,17岁,人生中最令人眷恋的17岁,永远地告别了。难道每一个人,都注定要经过一次青春的洗礼吗? 钟声,请你告诉我们!

12下钟声不紧不慢地响过了。公安人员那僵直地拿着拘留证的手也缓缓地收了回去。

郑克走上前去。他平静地让人戴上手铐。

猛地他转过脸来。各种表情的面孔此时全都凝固了:他满脸泪痕!

他的眼睛里——闪过每一个熟悉的面孔……"我,对不起大家,给大家丢了脸,对不起你们!"他一转身,大步走了出去。

那歌声依然在大厅里回旋着,萦绕着,继而越过每一个人,冲出了大厅,冲向了这座城市的上空……混杂着雨声,久久地不散……不散……

怎样面对自己的18岁呢? 所有的年轻人都应该回答和准备回答。

我们这一代人都必须回答!

叙述草莓山坡

一个风和日丽的日子。李义说，我们上山吧。

从这里可以遥遥地看见那些深蓝色的山体。最高的山峰都戴着冰雪的王冠，还可以看见浓密的树林，共同把山坡涂抹得一片幽蓝。一些云掠过群山的头顶，阳光明净而且密集，暖暖地结在我和蓓的眉宇。

我们就坐在临街的啤酒摊上。蓓轻呷一口啤酒，大眼睛里掠过一阵清凉。她在法院工作，灰蓝的制服纤尘不染，透射出不可侵犯的庄严和某种小姑娘的顽皮。当然我们都不大。整整一个夏天我们都在一起，那时候她上班剩余的时间都支付给我了。我们有时候就只在空旷整洁的大街上走，彼此挽着胳臂，亲昵而不轻浮，谁也不说话，心中默数着天空中整齐走过的云朵，听任阳光和我们的头发低语。

那个时候我已经离开这座西部小城，去遥远的长江边一所重点大学里读书了。那是我上学后第一年暑假，蓓来陪我。她和我老是静静地坐在小树林的溪水旁，彼此都不说话。她则扯一把青草，扔进水里，看着鲜活的水流把它们逐一轻轻带走。

在作家老姚家里，我第一次碰到了那个慕名已久的写小说的女孩 W。她一头浓黄的头发，懒懒地披散直至后腰。那时候她已从师范学院毕业，在某厂子弟中学教书。她才华横溢，小说写得轻松而幽默。她的《走出山谷》一开头就把我吸引住了。这篇小说讲述了一个地质队员在天山深处和一个女大学生结伴而行的故事，开头是这样的：

"你叫什么名字？"

"我叫 SOS。"她说。

——在这个西部天山里发生的故事中，女主人公被蛇咬死，他把她的尸体送下山去，充满了热烈的幽默和忧伤。

我和蓓相爱已经有四年了。记得有一天学校举行歌舞晚会，蓓的俄罗斯踢踏舞深深地激动了我。舞场上，她和她的舞蹈老师，一名男士在聚光灯闪烁的光圈里，优美欢快地跳着。一向不喜欢舞蹈的我被深深地吸引住了。那时我就坐第一排，看得清楚而真切。有一段时间我甚至想数清她睫毛的数量，但这个尝试失败了，因为我又被她那幽深的大眼睛之湖给吸引住了。我记得很清楚，那一刻我的心中升起了一些暖暖的东西，我想，这就是爱情的鸟儿最初落栖而又升起的感觉吧。

W 把手伸给我，高贵而矜持。我轻轻地握了握，旋即松开了。作家老姚家里铺着地毯，W 轻撩长裙，斜坐在地毯上。身陷于沙发的老姚和我在安宁地抽烟。老姚爽快的嗓音不时响起，和我低沉谨慎的声音，W 轻柔的声音混在一起，组成了一部奇特的交响乐。我没有想到的是，能写出那么幽默顽皮的小说的 W，竟然并不很幽默、强劲、跋扈，只是柔柔的，有些娇弱的样子。有时候她会突然陷入恍惚和忧郁，脸上挂着一层雾一样的漠然。

回去的时候我忽然想起了李义的提议，就把我们打算上山的计划说给她听，最后还灵机一动，说："关键是草莓。那儿遍山都是草莓，跟我们去吧。"富于美丽幻想的 W 愉快地答应了。

歌舞晚会后的第二天，在我家绿荫铺地的葡萄藤下，我怀着兔子一样不安宁的心情，给蓓写了第一封情书。我已仔细地打听了关于蓓的全部情况，知道了她的姓名、班级、家所在的单位。记得在写完那封信之后，一群灰褐色的麻雀落在了院子里。那时候阳光明净，院子里的植物明媚青翠，鸟的叫声欢悦而响亮，骤然把我紧张的思绪给引开了。葡萄藤密密的叶子上阳光在蹦跳，轻柔的风掀动着信纸和我的头发。我站起身，揪了一颗圆圆的葡萄丢进嘴里，苦涩味顿时在嘴中弥漫开来，我不知道这预示着什么。

　　1988年夏天，沿天山脚下分布的所有城市里，都出现了一种街头游戏：桌球，像雨后的蘑菇一样在街上急骤地增加着。愉快而无知的年轻人，围拢在桌边，进行着类似赌博的游戏。同样，在1989年夏天这些桌案依然没有减少，不同的是大多桌案上冷冷清清。

　　我和李义是不久前认识的。这个面容苍老的二十岁的年轻人，戴一副高度近视变色眼镜，目光无定而又深沉。此时他与一件杀人案有关，在这座城市的五月，一家生意兴隆的商店里突然闯进两个年轻人，他们命令商店的男女售货员转身面墙，尔后在他们惊恐的惨叫声中杀死了两人，抢走了八千块钱，钻进一辆黑色小轿车，逃走了。而凶手之一与李义认识，李义举报了他，但他逃走了。从此后李义就被公安人员保护起来，以免那个逃走的凶手来进行报复。

　　李义打球的姿态又土又赖，但一打就准。我刚好和他相反。我的姿势潇洒自如，但球老是跟我开一些令我尴尬的玩笑，因此我老是对站在一边宁静地看我打球的蓓耸耸肩。她知道我最爱面子，宽容地笑笑，说没什么，接着打呗。有些不知趣的李义，根本就不理解一位男士在他女友面前的心情，硬是叫我输了个惨：五局中我输了个精光。

　　打完球我气鼓鼓地回到凉棚下的啤酒摊上，大口地吞咽着泛着泡沫的啤酒，望着仍在击球的如虾米一样弓腰驼背的李义，心中气闷而又无法言说。蓓则安宁地吃着雪糕，不时整理一下她的裙子，似乎对这一切都没有察觉。蓓每天上午很晚才上班，到下午早早地收班。那段时间她被借调到某镇的派出法庭当书记员，因此她上午则陪我到11点钟，下午下班后一直陪我到晚上睡觉之前。

　　蓓的性格开朗而又欢快，而现在比起多年前则显得安宁而沉静。她给我讲述很多法庭上的轶闻，最好笑的是她学两个打离婚官司的农民的神态举止，逗得我哈哈大笑以至于香槟冲荡着溢出酒杯。

　　那阵子的我，除了和蓓在一起，就是躺在家里睡觉和看书。我爱睡懒觉，有时候是蓓来把我摇醒，我则把被子蒙在头上，但她还有更厉害的一招：打开录音机，放一段狂热的霹雳舞曲，叫我忍耐不住，最终穿衣起床。

1986年5月上旬，我终于把情书寄给了蓓，之后心中充满着忧伤和不安。那年夏天令人奇怪地没有蝉的鸣唱，我的目光骚乱而茫然。

三天后，在我信中约的地点，剪着男式短发的她来了。我现在无论如何也难以说清当时我们说了些什么，总之她答应我们今后可以交往了。那时候我心中一阵阵地激动，一群白鸽掠过我颤抖的心房，隐入了辽远的天空。

事实上一切游玩的计划都与肖有关。肖是一个皮肤白白戴一副近视眼镜，但实际上野气十足的小伙子。在1989年夏天我们都进入了人生历程的浓荫里。他是我最好的朋友之一。他也是一个喜欢幻想的人，在他的血液里充满着骚动。他的组织能力强，豪爽，喜欢哈哈大笑，会做各种生意赚钱，尤其喜欢带冒险性质的旅游。1987年夏天我整整一个星期没有见到肖，后来他回来了，一脸苍黄，脸上整个儿退了一层皮，只留有鼻尖上那一小块，显得颇为滑稽。原来他是独自骑自行车在我们这面积二十多万平方公里的地区整整转了一圈。还有一次是他上中学的时候。他跟几个铁哥们骑车穿越了横于天山与阿尔泰山之间的将军大戈壁，到达盛产金矿的可可托海。这一回花去了他们十二天时间。他回来后又是整个儿瘦了一圈。1988年肖和我还有我们的朋友马，一同沿一条季节性枯河河道，向天山深处走去，走了近四天，行程近百公里。这是我第一次冒险型的旅游，在我那不经磨的脚掌上，整整起了十九个水泡。我们打算找到这条河的源头，但最终没能如愿，因为河源高居于海拔五千多米的雪峰之上。肖甚至还产生过孤身一人穿过塔克拉玛干沙漠和单人单车从乌鲁术齐出发一直到达南方前线战场的念头。他给多家自行车厂写信，请求赞助自行车，让我们为之做宣传，然而没人理睬我们。在我们的介绍信上，盖满了学校、市委、区委、省委的各种印章，无比辉煌而又灿烂。终因来自各方的种种压力而作罢。

现在回想起来，究竟是一种什么样的动力促使他疯狂地去冒险呢？我想是天性，西部人敢于拼闯的天性，在肖的身上那么优秀地体现出来了。

一向以"酒缸"著称的肖在1989年7月9日和我在啤酒摊上坐着，近视眼镜片后的目光闪烁不定。几年来，大家都变了，但维系我们友谊的纽带没有变，因而几乎每年夏天我们都要举行一次老同学的聚会，来纪念和唤醒我们共同经历过的岁月。

肖大口地喝着啤酒。散装啤酒酒精含量高，而卖主又掺了不少水和白酒，苦涩而有劲。他的眼镜片上闪烁着街道上五彩缤纷的灯光。这时候已是深夜了，凉风抚摸着我们的头发。在喝了足足五升啤酒之后，他说，我们上山吧，在那里的山坡上，到处长满了殷红的草莓，李义和我们一块去。

1986年5月以后，我陷入了爱情的疯狂和迷茫。纯净如水，留男式短发是那时蓓的突出特征，但我们避免在学校里共同出现在公众面前，行动小心谨慎而又互相充满渴念。在这样的情况下，我每天都显得满面忧郁，心事重重，直到下午放学后才去空荡荡的她的教室，约她一起到树林里或草地上坐下，拘谨地谈论理想、人生、社会、性格、爱好之类的问题。在那个年轻的夏天里，我们之间发生的一切都纯净如水，就连我和她的第一次接吻也是整整两年以后的事了。

时间很快从我们身边流逝而去。期末考试，我的成绩由前五名滑至第三十二名。这一切，大概就是我和蓓的幼稚初恋的结果吧，暑假里我在地区医院新建大楼的施工工地上干了整整一个月，又在水泥厂干了半个月。在给盖楼的包工头当小工的那三十天里，我的肉体上和精神上都有了某种升华。我真实地认识到什么是劳动，以及人为什么要劳动。在那年7月下旬的一个阳光绚丽的日子，一个小工在升降机上不慎失足，从六楼的高处跌落下来，我目睹了一个生命的完结。惨叫长久地回荡在我的记忆之中，使我惶恐而又迷茫，对死亡产生了真正的疑问和持久的恐惧。

1986年的暑假十分难熬。李义再次来到我家，和我商量了进天山的全部细节，最后定于7月1日上午出发，集合地点在我家。我又叫了我的朋友陈。陈才是一个真正风流倜傥的白面书生，但因为当了几年兵，现在身为记者，"匪"气仍然不减，可谓文武双全。我们商量的结果是：每人带一个女孩子，于1号早晨集合。

那一段时间蓓突然病了，在家中卧床不起，我不能带她上山，难免有点懊丧。

1986年9月，面对着迫在眉睫的高考，我感到气虚而短，终于下定决心降级了。蓓对此表示充分的理解。我们六个教室全在学校新教学楼的第三层，在长长的走廊里，我和蓓多次相遇而假装互不认识，彼此擦身而过，心中激动而又忙乱。我坐在靠窗的位子上，每逢她们班上体育课，我便透过窗子，我搜寻着她那轻捷的身影，心中无数遍地呼唤着她的名字，神情恍忽地不知老师讲了些什么。

W那一时期已进入恋爱季节，她的男友是本市职工大学的一位老师，大她5岁。在我们熟识以后她曾经给我说起过她和她男朋友之间的事儿。她说她体验的爱情是平静的，幽蓝幽蓝的。

交往久了，我越发觉着她的忧郁，一点儿也不像她写的小说那么张狂。她小说的主人公都有一些时髦的怪癖，而她则是一个内心生活的影子恍忽而又重叠的姑娘。他的男朋友我见过一面，身材高大，腰板挺直，戴一副金丝边眼镜。她说他在她面前大多数时候像个孩子，因为他的母亲在他很小的时候就死了。他说从她这里得到的更多的是母性的东西。她说他们俩的接吻。说这些的时候她很平静，她说他永远都笨得不知道用舌头而只用嘴唇。

多少年以后我才了解什么是母性，或者叫圣母之光。现代大工业社会科学技术日益发展，粉碎了人们心中上帝的影像，使人们失去了家园感，因而陷入某种不可调和的困境。那么，我们该拿什么来作为我们生存的依据呢？——我是从女人温暖的子宫里来的，我想我也该死在一个女人温暖的怀里。因为，对于男人来说，世界上总有那样一些最美好的女人，她们拥有的是圣母一样的善良、真实和美，她们甚至可一再地原谅丑恶肮脏的男子对她们犯下的罪过，用一种深邃博大的宽容之光来照亮他们。这样的女子就是我心中的圣母。

也许我注定要为圣母一样的女人而死。

7月1日伴随着太阳的升起而宣告来临了。我的打扮像一个典型的西部牛仔：一件皮坎肩，一条黑色马裤和一双长筒马靴，头戴深色毡帽，鼻梁上架了副细长条形美国产墨镜，腰挎一柄藏刀。

8点钟，上山的人们聚齐。他们是：电台记者陈和她带来的女孩周，肖带的是我们过去的老同学琦——一个丰满但娇气十足的贵族姑娘。我带的女孩就算是 W 吧。还有两对是：我和肖、琦过去的同学，现在在北京念书的 B 和她的江苏籍大学同学、男友汤；李义的中学同学，现在分别在西北大学和南京大学的男士岩和其中学的女友蕾，再加上单身的李义，一共十一人。

我们这十一个人热热闹闹地聚集在我家中，把天都快给掀翻了，录音机开得山响。只有 W 一人坐在院子里帮我妈妈剥豌豆。肖去取相机了。我们大家等他回来就立即出发。

我和蕾在我降级的那年关系有些微妙的变化。我们已无法抗拒疯狂的爱情了。我的数学、英语差，因此每星期蕾都用邮寄的方式给我写一封信，信后附有详细的英语或数学的习题和答案。我还是像半年前那样喜欢她，每个周末下午我们都要见一次面，安宁地坐在安静的地方，说一些孩子气的话。季节的车轮在天空中轻轻地走过，在深秋的一天，我们议论起我们未来孩子的名字。

我说，要是男孩，叫他"烈"吧。她点点头，明净的大眼睛闪过一丝狡黠。要是个女孩呢？我想了许久，想不出更好的名字。她说，叫"祺"好吗？我一拍大腿，好极了！于是我们又陷入了沉默的湖泊，看着落叶飘洒而不言语。

现在想起来那时我们是怎样的纯净呵，谁也不能指责我们可笑，但可以说我们幼稚。因为那时我们说的话都是真诚的，既不虚妄，也不猥亵，没有一点过火的行为，有时我拉一下她的手，两人便立刻羞得满面绯红。但我们相信我们将来肯定会在一起，而且永远，永远。

1989 年的夏天天空高远而又深沉，阳光比以往任何一年都明媚，我回到故乡，感到是那么的亲切和温暖。我在这座西部小城里生活十几年了，对它十几年来的变迁扮演着见证人的角色。我亲眼看见那些漂亮的楼群是如何崛起的，马路是如何拓宽的，姑娘小伙是如何潇洒英俊起来的。

我和蓓荡舟在公园里，彼此无言。这是一个星期天，人格外多，到处都是欢笑声，像花一样在空气中绽放。我们上了岸，行走在绿荫密布的柳树林子里。

走了一会儿，她靠在一棵长满节疤的树干旁，怜爱地看着我。许久，她说，这一年大学把你上苦啦。你真的变苍老了，离家太远，今后可要自己保重呵！她的声音轻淡如水。我走过去，缓缓地把她揽在怀里，用嘴唇轻轻地吻了一下她，说，蓓，永远别离开我。我们相爱四年了，你圣洁的女性之光，一直照耀着我。我从你身上看到了圣洁和博大，你就是我的上帝，我……我死也要死在你的怀里。

肖拿着一架"东方"相机来了。我们这十一个人一个人背一个大包，打扮得干练而又潇洒漂亮，每人上交二十五块钱，由北京大学财政系的 B 管理。B 的男友汤负责采购。我们在市场上买了两袋子蔬菜，又带上干粮，坐上公共汽车出发了。

我们要去的地方叫板房沟，它离我们这座城市只有八十公里。李义在那里有亲戚，我们可以在那儿过夜。车上，我们谈论的更多的是草莓。新疆的草莓一般有指头肚那么大，橘红色，耀眼，美丽，吃到嘴里弥漫出一股奇特的清香。在谈论草莓时，每个人眼前似乎都出现了它，大片青绿的山坡草原中，它向太阳反射着红玛瑙一样的光芒。我们打算在山里过三天时间，真正愉快、疯狂、洒脱的三天。

岩和女友蕾已相爱几年了。岩胖胖的，留一边倒发型，脸部饱满。我那个会弹吉他的朋友马和他是好友。他、李义、蕾、周，是我们市一中的老同学，而我、W、B、肖、琦，则是二中的旧友。这伙子人像链环一样，一个认识一个，最后串成一串儿了。蕾学俄语，在车上教我们发"γ"这个卷舌音，我们大家都像青蛙一样彼此地"啦"起来。车内一片欢笑之声。

我们这十一人中，成双成对的只有 B 和汤，岩和蕾两对儿。B 是锡伯族姑娘，是我念高二时的同学，先我一年进了北大财政系。她丰满、豪爽、大方，颇像美国电影里的西部女庄主，与我和肖关系融洽。我们曾一同在街上卖过一星期啤酒、冷饮。在那儿，B 充分地显示了她的理财水平，以致肖不无幽默地说：我算明白了为什么男人要娶妻子的原因了。我们中间，除了记者陈和李义、琦不是大学生外，其余都是正统的学院派青年。

车开出城市后，速度明显加快，沿一条笔直的柏油路向天山深处驶去。透过车窗，我们看见了幽蓝的天山山脉连绵不断，像凝固的波浪，企图接近天空。最高的山峰雪冠高戴，冷漠而又庄严，看着它们离我们越来越近，我们的心都是一样激动，一样惶恐。

再过十分钟，车就要到达山脚了。

1986 年冬到 1987 年秋这段时间里，我和蓓的感情不断增加着浓度。在这近一年时间里，我陷入了痴情人所有的疯狂。

我们俩在一个年级，但那时学校管得严，我们见面的时间由每周一次减少到每月一次，更多的是用书信来倾诉心曲，所以几乎没有人察觉到我和蓓之间的秘密，可见我们那时多么克制而又谨慎啊。

在那时，有多少个夜晚，每当华灯初上，夜幕降临，我就步行三里地，来到她所住的地方，盯着三层楼上她那扇窗户，心中一遍又一遍念着她的名字，直到灯光熄灭我才悄然离去。我也时常陷入突然来临的痴傻状态，两眼茫然不定，而手指在泥地上写下的却是一连串的蓓，蓓，蓓……我知道我永远也走不出她的女性之光的照耀了。

1987 年 5 月的一个黄昏，蓓惊惶失措地找到了我，告诉了我一件悲惨的事情：她的同班同学、校学生会副主席 D 的死亡。D 是一个颇有组织才能的女孩子，是被一辆汽车轧死的。

第二天下午，我和蓓前往医院的太平间，去看 D 最后一眼。

肮脏的乳白色塑料布慢慢掀开，突然出现了 D 的已不像样的脸和身体上部。在那一瞬间，蓓惊叫一声向我靠拢，她的手紧紧地抓住我的手，瞪着她的大眼睛直呆呆地看着 D 的惨相，身上掠过一阵阵战栗。这是蓓最熟悉的人第一次永远地离开她，我知道这样真实而又恐怖的死亡会给她带来什么样的震动，总之整整有一个月她都是那么恍恍惚惚，她的影子在5月初夏的黄昏中沉重地移动着。——是呵，一朵花还没来得及绽放就凋谢了，这意味着怎样一种深沉的悲哀呵。

那一刻我不能给她任何慰藉和解答，走出太平间我发现我的手上鲜血直流。我仰天对空深深地呼吸着，我们都感受到了生命之中不能承受的累。

暮色像水一样铺展下来。西天边一抹美好的殷红，向我们揭示着什么。车到站了。我们喧哗地下了车，高叫着从一处高坡上冲下，迅疾地跑过一片草坡。我们的面前，是一片灰色的平房，李义的亲戚家就在这儿。几条黑色大狗闷声不响地朝我们接近，疑惧地看着我们。我们沿一条灰土小路，跟着李义走进了他亲戚家。院子里种植着欣欣向荣的各种青菜，有一小块地上种着罂粟，花已开放，异常艳丽。

房主人是一个高个子青年，二十六七岁，戴一顶旧军帽，他愉快地把我们让进屋去。女主人带着孩子回娘家去了。屋子里挂着壁毯，摆着录音机和电视机。

我提议在吃晚饭之前我们出去走走，大家都兴致勃勃地答应了。于是我们十一个人又走出了村子。我们发现这小村离山大概还有一公里多，有一条公路一直延伸进去。在与群山相对的方向，到处都分布着农田，种植着豌豆、苜蓿、玉米。小麦已经收割过了，田野里弥漫着一股清新的气息。黄昏的雾霭慢慢升浮起来，天和地陷入一片苍茫。我们笑着在田野上奔跑，忽而和一头闷头吃草的驴合一张影，忽而躺在一面大草坡上，十个人共同用身体躺成"人"字，由汤站在高处给我们拍下照片。远处的群山山体突兀，背衬淡灰的天空，那些戴着雪冠的峰顶，此时都被晚霞染上了一种绮丽的红光。那种肃穆和深沉，是无论如何也无法用语言名状的。

我们再次走进李义亲戚家时，黑夜已经笼罩下来了。我们打开带来的蔬菜干粮袋，开始做饭。掌瓢的是岩和蕾这小两口——他们以会生活著称于熟识他们的人中间。其余的人看电视，打牌，写日记，算命，都渐渐进入了安宁的休息。

我们饿了一个下午，一顿狼吞虎咽，很快地就消灭了两个脸盆里的食物。深夜了，主人搬出许多条被子。我们十一个人睡在一张大炕上，男的统统睡左边，女的睡右边。躺下来之后，年轻的我们又兴奋又激动，讲了一晚上的笑话。就这样，我们进山的第一天就结束了。

我和蓓的感情有了裂缝是因为丹的出现。

那是1987年秋天，潮湿、深沉而又肃杀的秋天，一点一点地在我们生命的影子里延伸。那时候，蓓和我都已是高三的学生，再过一年就要毕业了。

丹是从外校转来的女孩，低我一年级。其时我刚就任记者团团长，正在招兵买马，她便成了我的兵。我们就熟识了。

由于工作原因，我和丹几乎天天可以碰见。她那火一样的性格燃烧着我。当时谁都认为我才华横溢，对女孩颇具吸引力，我察觉到她对我的好感在骤增，已开始向我表达她的爱慕了。

可我的心中只有蓓。那时我和蓓交往已有一年半了，感情已经很深了，所以闯入我们俩中间的丹暂时动摇不了我们什么。

在一个突降初雪的晚上，丹和我自习下课，一同回家。在道路边的树影里，她猛地扑入我的怀里，亲吻着我，热烈而又难以自持。我紧张地应付着，之后，推开她说：这不太可能。我认你做干妹妹吧。之后的一段时间我记不清了，好像她说要去死。我踩着吱吱作响的碎雪跟着她，在十字路口停住。

这里的车辆来往异常频繁，是车祸多发地。一辆辆汽车开着车灯，呼啸而过，冲进了雪的夜幕。雪花仍旧飘个不停，落在我的手上、脖子里，渐渐融化，有一种沁凉的感受。

丹的肩膀抽动着。我站在离她两米远的地方注视着她。车辆在她面前驶过。我冷冷地说：你倒是死呀。她听了这话，迎着一辆汽车就跑过去了。我想这下坏了，一把从背后抱住她，把她带到路边。尔后，一直送她到家。

从此，丹的活泼大胆的影子，整天在我周围转。她总是想尽所有办法来接近我，自然，我也不是冰人，更何况丹本来就不错，再加之我和蓓一个月才见一次面。

没有想到我竟因此而跌落到我深感罪恶的渊潭里。

早晨的阳光明媚地蹦跳着。我们十一个人起床，洗漱，吃过早饭，就各自背上各人的包，出发了。

我们三两成群地步行在清晨的大路上。一切显现出刚刚醒来的面貌，天空浩渺、湛蓝而高远，风习习地吹着。我们之间有的人不太熟悉，比如我和蕾、周、岩，汤也是才认识不久。这个高高瘦瘦的江苏小伙，面皮白净，戴一副近视眼镜，说话"Z、C、S"和"ZH、CH、SH"不分，但很幽默。他背一个小包，挎着相机，有时一个人走在前头，给正在行走的我们拍照。肖背着一个很大的帆布旅行包，这是他出门的一贯打扮，大步倾身向前。李义走在最后，和琦一块儿。丰满圆润的琦像一个洋娃娃，不时地发出一声娇笑。W有时和岩走在一起，有时又与B同行，而我更多的时候和蕾走在一起。她的男友岩则和汤走在最前面。我们互相之间隔一二十米，拉开成一个散兵队伍向前行进。

和蕾的谈话当中我得知了她和岩的事。他们过去同班，以憨厚著称的岩主动追求蕾，他们于是好上了。蕾给我讲述了许多她和岩之间两年多以来发生的许多痴情人都会做的事，最后，不无遗憾地说：我和他在不久前关系出现了裂痕。我们都越来越不能容忍对方的一些缺点，关键是我们脾气都太冲，两个月来老吵架，前天又闹翻了。李义叫我们俩一起上山，意思就是叫我们俩和好。不过谁知道有没有这种可能呢？她说这话时，一群大鸟悠然掠过晴空，隐入阳光之海里了。

我说，恋人之间吵架是常有的事，这证明你们现在还有吵头，如果哪一天连吵架都不能继续那才是爱情的终结呢。她奇怪地笑了，笑容之中不无某种凄切。——是呵，年轻人谁不渴望爱情，而谁又没有在爱情的沼泽地深陷过呢？关于什么是爱情，我给它下定义说，爱情是男女之间精神和肉体的双重占有和互献。但又觉得定义中缺少些非理性的东西，不能涵盖爱情本身的浩大、疯狂、冲突、宁静和痴迷。

1988年对于我来说是多事之秋。是年一月，我和丹的关系越来越近；在二月中旬过年的时候，我因为腹部肿瘤的原因，开刀住院；随后三月，蓓因为对我的绝望而痛不欲生；四月我接到了H大学的录取通知书；五月，丹神秘出走，直到次年七月底才得知她的消息；六月，我和蓓言归于好，而她哥哥因为强奸案被判入狱。而在八月，我第一次告别了我的边域，连同户口一起，坐上火车到内地去求学了。噢，1988年的每一个月都令人激动，无论是高兴的或者是忧郁的。刚刚理解人生的我们是多么惶恐呵。

我静静看着你，蓓，看你在雪原上的白杨树林里，肩膀一下一下地抽动，你真的不能理解我原谅我吗？刚才你一进学生会，我办公的地方，就看见丹正和我说笑着，丹见了你就不说话了。你脸色一变，跑了出去。你亲眼证实了某些传闻。

我算是知道什么叫吃醋了。蓓，你不知道我爱的只有你吗？丹不可能使我们之间的一切中断和消失。给我一次机会吧，蓓。枯了的白杨叶随风抖动，和风以及阳光喧哗着。远处，这座城市的最高建筑拔地而起，企图向天空接近。世界被雪冷冷地包裹了，我可以看见你呼出的白气，顷刻便被寒风带走了。

你为什么不说话？蓓，我不愿再解释了。我知道你已不信任我了。要走你就走吧，可我，真的是喜欢你。可你为什么不说话？

我看着蓓消瘦的背影向远处移去，心中涌起一阵酸涩。蓓就这样不理我了，在寒风中心潮汹涌。白雪的大地上，我黑色的影子被阳光一点一点地拉长。

现在我们已经进入天山峡谷。一群招揽生意的人围上来，他们牵着许多匹马，肖和他们激烈地讨价还价。商定以后，我们全都翻身上马，奔跑、照相，背景是阳光如瀑的天空和翠绿、墨绿层次各异的天山。我们心中充满明媚的阳光，一阵阵笑声像水波一样随着空气荡开。

我和周坐在树荫下的草坡上。草翠绿得流水，我们看着汤、肖、李义他们骑马互相追逐，马嘶鸣着踏过草滩和河谷。肖手里拿着一把长柄藏刀，嗷嗷叫地进行着冲锋陷阵的游戏。

我们坐在草坡上，随手扯下一些青草，使劲向天空撒去，看它们慢慢飘下来的轻柔。周长得很平常，目光明净，敏感而又忧郁。周问我：为什么人总是得不到她（他）所爱的人，而爱她（他）的人也得不到她（他），老是都有着一种失望？

我不知道如何回答。的确，一个人爱另一个人，另一个人不一定爱这个人。爱情的追逐有时形成了一种循环的失望，即都在追求着意中人，也同时抛弃着追求自己的人。

我猜想周默默地爱着记者陈。周的父亲是陈的上司：广播电视局局长。二十三岁的陈在我们这座城市里大名鼎鼎，他在部队时就以写新闻报道而连续三年立了三等功，后来复员分到了广播电台。他相貌英俊、气度潇洒，又是舞场高手，追他的女孩自然很多。

有几次他突然来我家，向我诉苦说他不知如何拒绝××、×××等向他的求爱。我说不出。

后来，每当他情绪好的时候，我知道他一定是又成功地拒绝了一个女孩，获得了解脱的轻松。我真不知他到底想要个什么样的姑娘。

陈诚实得近乎古板，他从来没有撒过谎，这样品质的人我长这么大只见到过他一个。有一次在乌鲁木齐，我俩走在大街上找不见厕所，于是进了一家高级宾馆。看门人问我们干什么，我刚要撒谎说到三楼找马经理，陈已经凑过去，小声而忸怩地说，"我们去上厕所。"

自然，人家把我们轰了出来。

这时候，我望着遥远的翠绿的山坡上点缀着的羊群，想到这一切，不禁笑了。周神色茫然，她举起一只小蚂蚱，通过蚂蚱的身体看那颗变形了的太阳。

肖气喘吁吁地回来，坐在我和周身边。他翻开堆在我和周身边的包裹，取出一瓶汽水，大口地喝着，之后就高谈起在马背上颠簸的感觉来。我们放眼望去，见李义已经和琦共骑在一匹马上。李义戴着我那顶毡帽，手中提着一把长鞭，一边催马向前，一边不断地甩动着，发出一声声的爆响，跟美国电影中的西部豪男侠女一模一样。

我心里赞叹道：呵，这一对倒蛮般配啊。我同时感觉到，肖的眼睛里掠过一丝不安。

难道是因为琦是他带来的吗？

我知道他过去曾经挺喜欢她。

一群鹰在峡谷上空高高地盘旋，它们就像一张张剪纸，展平着在空中一圈又一圈地滑翔，姿态傲岸而又潇洒。

对面山坡上，塔松们紧密地站立在一起，像一个个互不抛弃的兄弟，我曾经惊奇怎么会有这么统一的齐整的松树，一些山羊在峭壁之上攀缘上升，仿佛生命之花在绝壁上盛开。

B、汤和W也回到我们的坐处，大家又热闹起来了。这时我看见岩和蕾各坐在一块岩石上，相隔两三米远，蕾低着头，岩侧着脸看天。他们又吵架了？

一会儿，肖大声喊着玩兴正浓的李义和琦、陈，还有呆坐的岩和蕾，要开饭了。

我们打开了葡萄酒、汽水、草莓罐头，拿出了饼子、肉干，开始我们山中第一次野餐。

看来蓓是打算彻底疏远我了。1988年我过生日那天，她没有送我一件礼物，没有给我一句祝福。

我不知道该不该怪罪她。当然我心里不愉快。因此我打算一个人度过这样的生日，不惊扰任何人。

天渐渐黑了下来。外面还在落雪，雪花安宁而细碎地飘洒，我一个人坐在学生会的屋子里，躺在床上，脑海里往事像海潮一样一阵阵袭来。

没有开灯。窗外一些橘红色的灯光渗进来，柔曼的雪花带着片片阴影，向下飘落，我感受着一种清澈的凄凉。

门忽然开了。我坐起来打开灯，进门的竟然是丹！她的小脸蛋被冻得绯红，一边抖落身上的雪，一边哈着气搓手，叫着冷死啦冷死啦，这鬼天气。她给我带来一束塑料花和一个蛋糕。

她那漂亮而又聪明的眼睛穿透着我。我们面对面坐下。她点亮蜡烛，切开蛋糕。她挑起一块，不说话，递给我。我微微一笑，张开嘴把它衔住，吃下去。

我们就这样不声不响地坐着，吃着蛋糕，不时呷一口香槟酒。

她说：快乐吗？

我说：是的。

她说：为什么？是因为我占据了蓓的位子？

我在她的目光逼视下无言以答，此时心中涌上的的确是一些酸楚。我低下头，摆弄着那把晃动着烛光的餐刀。

她站起身，走到我身后，用手抚弄了下我的头发，手落在我的肩膀上。我站起身，转过脸，她顺势扑进我的怀抱，把嘴唇迎了上来。我和丹吻在了一起。

许久，我们松开，我出了口气，不知所措地看着她，心里想：这就是我的初吻吗？笨拙而又慌忙。

她再次扑入我的怀里，轻声诉说着什么，渐渐地我体内的一种东西骚动起来，我不能自持，她慢慢向后退去，把我拖向那张床……

我们沿这条进入天山腹的简易公路走着，三两成群拉开了四五十米散兵线。两边峭壁耸立，岩石突兀，颜色深沉而又坚韧。草坡不太多了，代之出现的是挺拔的塔松。一些鸟儿在树荫中欢快地鸣叫，向天空和阳光歌唱着他们的欣悦。

有一件说起来怪好笑的事。在天山之中有一种鸟名叫呱呱鸡，颜色灰褐，在岩石与土地上很难辨认。李义背着一柄小口径枪。他是我们那个城市射击队队员。我们在一棵树枝杈上发现了一只呱呱鸡，李义举枪瞄准，连开三枪都没打中，倒是岩大步向前，走了六七步，伸手一把给逮住了。大家见状，哄堂大笑。

还是那些脆亮的阳光。还是我们这一群年轻人。天空还是那么湛蓝而又高远。周围的群山还是那么峭拔坚挺。山间溪流还是一边飞奔，一边溅射出激越的火花。我们的笑，还是那么爽朗和年轻。

蕾给我讲了个故事：十九年前，出生了一个女孩，可她的爸爸妈妈都不喜欢她，就商量着把她放在一个街头的垃圾箱上。两天过去了，爸爸去一瞧，发现她还在那里，觉得上天不允许她被抛弃，就又把她抱了回来。多可怜的小女孩。这小孩就是我。

相貌妩媚的蕾脸上笼罩着一丝平实的凄凉。听她说这些的时候我就想起了蓓。蓓的妈妈在蓓三岁时就死了。她那酒徒爸爸不懂如何教育孩子，把蓓的哥哥整天打得嗷嗷叫，直到蓓的哥哥在1988年夏天因强奸罪被判刑四年为止。

一些雪峰移入我们的视线。我们都想起了一些久远的事情。

等到我们到达简易公路的尽头，也就是一家二层楼的旅馆时，我们都累得歪倒在台阶上。再往前走就是山道了。李义和肖同这家空旷的、几乎无人居住的旅馆经理谈妥，我们包了两个房间。然后，我们稍稍休息了一下，吃了点东西，就又出发了。

1989年七月底，季节的车轮深深地走进夏季。我和蓓行走在夏日浓烈的黄昏里，行走在麦田之间，麦子饱满而且金黄，温柔地在黄昏阳光的笼罩下摇曳。淡蓝色的雾霭浮起在天地之间，把远山给抹得一片朦胧。

我问：蓓，1988年二月份你的心理状态是什么样的？

蓓想了想：你那会儿开刀住院，我还能想些什么？也许那会儿我只是在恨着丹。

我们两个都笑了起来。爱情呵，你老是捉弄年轻人，像对付小傻瓜一样。我的脑海里浮起了医院里雪白的墙壁，好像闻到了病房里强烈的来苏水味儿。

呀，草莓！W高声唤了一下，正在崎岖的山道上蜿蜒前行的队伍都把注意力投向了她所指的地方。那是一片碧绿的山草滩，分布在涧雪水溪边，一片葱绿。在耀眼的阳光下，强烈而令人惬意。W这时已经走上那片草滩，蹲下身。我们也围拢过去。不多时，W举起一枚橘红色的硕大的草莓，眼睛里放射出一种奇异的光。

大家觉得累了，就东倒西歪地躺在草地上。我这时才好像明白过来：喂，李义，你说这里有大片的草莓，可它们在哪儿？在哪里？——就这么一颗。大家笑了。纷纷做出责怪李义的样子。李义目光呆痴，他先看着天，再转身看了看身边的草：我不骗你们，真的。草莓山坡在另一条山沟里，明天我们去。在那里，背阳的碧绿的山坡草滩上，到处都点缀着草莓，硕大、晶莹而又饱满。

大家欢呼起来，都躺在地上。在每个人的心中，都幻化出那片草莓山坡。碧绿的草滩之中，点缀着殷红的草莓，在阳光的亲吻下，闪着宝石般的光芒。

1988 年一月起我就感到肚子里不太舒服，老是有个什么东西沿小肚子一侧上下游走。我预感到了什么，直到月底考完期末考试，才去医院进行了检查。得出的结果是：纤维瘤，要立即开刀。

　　死亡的猫头鹰在我的头顶盘旋了。离住院还有三四天，我每天都沉浸在对死亡的猜度和幻想之中，当然也有惧怕。

　　我不知道上苍待我如何。如果我死了，虽说遗憾但也无奈。可是作为家中老大的我，被父母辛辛苦苦喂养到这么大，还没尽点孝心就夭折了，这也太不公平了。我的眼睛老是笼罩在一片阴影之中。

　　开刀那天我很平静，打了麻药就没什么感觉了，只是在缝针的时候我痛得抽搐了一下。晕了过去。

　　醒来之后已是次日早晨，我看见我瘦弱的父亲、憔悴的母亲焦急地站在床边。我干干地笑了笑：没什么，爸爸妈妈，我还活着。接下来我感受到早晨的阳光轻轻铺进来，洒在白色的床单上、被子上，某种透明的轻松在我的心中涤荡开来。

　　而这时，离过年只有两天了。也就是说，我必须在医院里过年了。窗外，到处都是白雪，它安静地覆盖着一切，也吸收着声音。

　　现在我和琦走在一起。琦的眼睛妖媚迷人，长睫毛，脸圆润，皮肤白皙、丰满。我、肖、B 和琦中学时同学，毕业后，琦到一家大公司当了打字员，给我们写信都用打字机，简洁而俏皮。她给人的感觉是娇贵、敏感、快活，像个大洋娃娃；她衣着入时，神态举止有时显得有些做作，但看上去还像个淑女。我上大学这一年，听说她和肖来往密切。肖就在本市念师范，离她所在公司很近，自然来往就多啦，何况肖是个优秀的小伙，而琦也极不错。

　　我说：琦，老实交代你现在爱的是谁？

　　琦调皮地看了我一眼，假装支起下巴想了一会儿，说：我现在爱的是……空气、阳光，还有透明的玻璃。

　　你看李义怎么样？——挺好呵，也许我今后会爱上他的。

　　肖呢？——当然也不错，今后我也许会爱上他的。

　　我们笑着一问一答，尔后又笑了起来。她又说：喂，刚才 W 把那颗草莓给陈了。这意味着什么？我说，不知道。

草滩在微风中轻轻地颤动着，山石褐红而坚硬突兀。这时候，天空的湛蓝、塔松的幽绿、草滩的青翠和山岩的褐红，诸多颜色在午后强烈阳光的照射下被突出地强调了。我们呼吸着在山谷中冲荡的年轻的风，心中充满了轻松和愉悦。

一些最要好的朋友都来病房探望我。一个人在他面临某种灾祸和困境时，才会知道友谊是多么重要，多么令他感到温暖。

丹也来看我了，带来很多水果、食品、书籍。她讲笑话给我听。在欢快之中，我却越来越强烈地想念着蓓。已经有一个多月未见她了。现在我躺在病床上，她……我……的心中充满了对她的怨恨。

大年二十这天下午，蓓来了。当她穿着橘红色羽绒服的身影出现在病房门口时，我的心中迅疾掠过一阵雷电。我立刻想坐起来，但还没拆线的腹部刀口处一阵剧痛，只得躺下来。

蓓明显憔悴了。她手里提着东西，我注意的却只是她的眼。在那一刻我就原谅了她。

她无声地坐在我对面的空床上，不看我，也不说话。我心中激荡着河流。

我说：你不该不理睬我。在我心中，你的形象依然如故。也请你不要恨丹。

她眼圈红了，取出一个笔记本，连同手中的东西一并放下，然后跑出去，走了。

我打开这个笔记本。花了整整一个下午，才读完这本长达十万字的日记。里面详细而又逼真地记录了我和蓓近两年来几乎每一天发生的各种各样的事情。特别是近一个月来，她在日记中写的是那么痴狂而又凄切。是的，她还爱着我，爱着我。我劳累而又困顿地放下笔记本。她不知道我心中仍然只有她。我该怎么办？

就在这一天夜里，我左边床位上的一个回族老人在经历了长达一小时的回光返照之后，真实生动地死去了。我目睹了一切。第二天凌晨，隔壁急救室里又传来号啕大哭声：一个年轻的女人因上吊抢救无效死去。此时是大年初一了。偌大的病房中唯我一个病人，空空寂寂的。窗外，雪花在飘洒，悠然而又宁静。这些具体而切实的死亡连续在我身边发生时，有多少人沉浸在迎新年的欢乐之中？谁也不会去想有人在这个时候痛苦地死去。

望着窗外孤寂地飘落的雪花，我的心安宁而凄凉。下午我忍痛第一次走出病房，在长长的走廊里走着，那么缓慢。三十米长的走廊，我用了好几分钟才走到尽头。尽头拐弯处便是妇产科。我走累了，在椅子上坐下休息。

很静，没有人声的喧闹。我开始回忆往事。突然，一阵哇哇的啼哭在附近的婴儿室响了起来，愤怒、悠长、响亮。紧接着，又有许多音度高低不同的婴儿哭了起来，一下子组成了一部生命的大合唱。这一瞬间！我的心立刻将新近的死亡和新生婴儿强劲的哭声联系在一起，新生的倔强的哭声和生命失去的茫然共同在跃升着，此刻，我略略领悟了生存、死亡。

岩的背影看起来质朴而又厚重。现在他一个人闷声不响地走在队伍最前头。我们进山以来，很少见到他和蕾在一起。看来他和蕾之间的确出现了危机。岩的背影宽大，他敏捷地在山岩小道上腾越，把我们落下十来米。队伍稀稀拉拉拖了百来米长，有些人已经看不见了。我快步地追了上去。

我问岩，你怎么不理睬蕾？

岩笑了笑：没有哇，我们挺好的。——脸上掠过一丝不安。

接下来我们谈论的是大学的生活。他原打算搞中文，谁知进了中文系才发觉自己并不适合而想改学管理，但木已成舟，为此很苦恼。这时，蕾在后面唤着岩，岩停下脚。而我则依旧大步向前走去。

现在我们已经进入天山腹地了。不远处的雪峰覆盖着凝脂一般的冰雪，白云在天空整齐挪动。一群快活的哈萨克族骑手骑着马，从山上下来，马蹄击打岩石，绽出耀眼的火花。他们弹着冬不拉，纵情高歌，从我们身旁掠过。

这些快活的"山神"们，我想，在他们面前我们活得真猥琐，像鸟儿一样被关在笼子里，城市中空间狭小，人们彼此明争暗斗，衣冠楚楚而又道貌岸然。

一些花褐的野鸽，呼啦啦从深密的山林间飞出来，在山谷之中飞翔、飞翔，又倏地钻进了一片浓密的青翠里。

我转过身，俯瞰着。群山在我眼前铺展开来，雄浑而又博大。我们一小队人在上山的小路上蠕动着，三三两两的，我还看见岩帮蕾背了一个大包，琦和李义在山溪中戏水，W和肖走在一起，而陈和周坐在一块草坡上休息，B和汤手拉着手，正在攀越一块岩石。

我是大年初四出院的。坐在父亲叫来的一辆车里，我注视着窗外雪幕里的大街、行人、商店和戴着白帽子的树木，稍稍感到了亲切和陌生。十几天我一直躺在病床上，一面呼吸着沉闷污浊的空气，一面不停地幻想和回忆。此刻，我又和世界真切地相遇了。家里的一切还是那样温暖而又古朴。现在我又可以身陷于我喜欢的书卷和藤椅的环围之中，而洁白的台灯光又能将我轻轻地笼罩。关于死亡的一切噩梦和想象已经远去了，我又可以继续生活了。恶魔在我腹部种的咒语被摘除了，我的确感到十分轻松。

寒假已过了大半，剩下的日子我就坐在家里看书、写作、回忆过去。朋友们还跟过去一样，常来我这里玩。热闹过后仍是怅惘。我没法出门，下雪的时候就站在门边，看雪花一片片从半空落到地下，心中一片晶莹和平静。丹两三天来一次，可是蓓，你为什么不来看我？那本蓝皮日记，记录的是我们近两年来的梦吃和想象，难道它是埋葬我们之间的一切的墓地吗？呵，不不。我的心中只有你。我和你有雪一样的纯净和向往。

开学了。那是三月五号吧。那时我的伤口差不多全好了，一条红色的蚯蚓已在腹部形成。就在这天下午，我才听说，蓓服安眠药自杀了。但没有死，又被救活了过来。

现在很难想象在1988年初春雨雪交加的日子，我听到这个消息是个什么样子，心中是怎样的惶乱和震惊。我知道这是一个痴情女子出于对爱情的绝望。我是个罪人。我必须忏悔。我坐在蓓的床边，将手伸给她。她的手苍白而又冰凉，和我的手握在一起，脸上浮起一层温柔的笑。没有言语。那一刻我们的手彼此交流和表达着什么。一切可笑而又可悲的互相埋怨全部消失了，我们互相原谅了。那时候我被笼罩在橘黄色的台灯光里，她身陷于灯光阴影里一片宁谧的幽暗。

这里是快接近山顶的一处平坦的草滩。草滩的一侧紧挨险峻的山峰。沿着草滩流过的雪山溪水清澈、明亮而喧哗。溪水过去是向上的山路，再过去就是另一面山坡。

我们愉快地坐下来，放下包袱，开动嘴巴，大吃了一顿。肖说：大家可以自由活动了，爬山，采蘑菇，随大家啦！

我就向紧挨草滩的陡坡走去。山坡上，青嫩的三叶草、五星花轻轻摇曳，颜色嫩得滴水，一股清新的草香弥漫在四周，我快活得像小马鹿，沿着山坡向上登去。身后传来蕾的呼唤。等她来到我身边，我递给她一把蓝蓝的小花，欣喜地说：快看，多么美好而又自然！她高兴地接了过去，我们一起攀高。这里是一个呈半面漏斗形的陡坡，枯木、巨大的石块从山上滚下来，现在都停在了山坡上，和草、树木一起与阳光低语。在一株枯松的根部，蕾意外地发现了一块奇怪的蘑菇。我告诉她这是灵芝。蕾高兴地对山对面大声呼喊：喂——我找到了灵芝——

山谷对面是汤和 B 还有李义的声音：救命啊——下不来啦——

我们都笑了。这些调皮的家伙，又乱开玩笑了。我们接着搜寻。我觉得既然蕾能发现灵芝，那么我一定可以发现人参。于是在浓密的花草间搜寻着，凡是有四片叶子对称生长的我都下手挖掘，结果还真挖了一棵小小的，像人参一样的东西。我欣喜地和蕾下山，陈和 W 坐在山下听音乐，陈一见我手上的东西就笑了，那哪是人参啊，是米兰草嘛。

休息了一会儿，我和蕾又第二次登上了这面山坡，拿了一个小塑料袋，去寻找蘑菇，因许久没下雨，蘑菇不十分多。蕾又在一根枯木上发现了一朵灵芝。

等到我和蕾再次下来时，只有周一个人坐在石头上读席慕容的诗。我问，李义、琦、肖、陈和岩，还有 W 上哪儿去了？她说，他们也上这面山坡了。不过是从另一侧上去的。

于是我们把蘑菇洗净，在草地上跳舞。这时的风、阳光和山林比什么时候都更加明媚，更加可爱，我们快乐极了。

过了一会儿，岩和李义下来了，我和他们爬到对面一个悬崖上掏了一窝鸟儿。红色的鸟儿。可是两小时过后岩又把它们放了回去。因为老鸟的叫声太惨了。天空中飘过一层灰黑的云，天色立刻暗了下来。我说：走吧，快下山回旅馆，要下雨了。

岩说，肖、琦、汤和B，还有陈和W都还没下来呢。刚说完，一粒雨点就砸在他的鼻梁上，我和蕾看见了，笑了起来。雨稀疏而且慵懒。我们收拾好东西，沿着崎岖的山路向山下走去。蕾和岩走在最后头，有些亲热地挨在一块儿。我们一行人小心地跨过突兀的石块，迈脚，抬腿，弯腰，前行，雨点不经意地吻着我们的头发和脸庞。

这是我中学的最后一个学期了。面临着越来越近的高考，我的心中疑虑重重。人生的确由那么关键的几步构成。我能迈好这一步吗？我加紧地学习着。

我和蓓自然是和好了。然而由于功课繁重，我们还像过去一样不常见面。而丹，我开始对她冷淡了。那时正是四月，天气骤然变得温和起来，到处都是冰雪在融化，到处都有热腾腾的蒸气，在太阳的照射下袅袅升起。一个新的季节来临了。

一个下午，在空旷的大操场上，我对丹说：我们之间这样的关系不能再维持下去了。我们之间没有情感的基础。我们做朋友吧，而不做情人。

丹听后，长久地沉默着。随后冷冷地笑了笑，把我扔下，骑着她那辆"小白鸽"走了。

我不知道那时我心中充塞的是惆怅、遗憾，还是轻松和幽深的负罪感。

二十分钟以后，我们五个人先到了山脚下的旅馆里。这时，雨停了。只是云还是那么黑，山谷里弥漫起一层雾气。我注意到蕾的眼睛红肿了，显然是刚哭过。岩一脸阴沉。他们俩之间显然发生了什么。

李义和我到附近一座兵站联系了晚饭，天快黑了，另外六人才下来。吃饭的时候，我觉察到有些不太对劲儿。

晚上旅馆里举办舞会，琦和陈两个舞星自然要去大大地表演一番了。W、汤、B、肖和我留在屋里玩算命的游戏，蕾闷头盖着被子睡觉了。肖似乎也不太高兴。他喝了好多酒，和我独坐而无语。我大开他的玩笑。他说：邱，你说得好，说得对！咱们哥们儿三四年了。我现在更加珍惜我们之间的友谊了。听着，小子，你今后一定还要像这样说我！他的笑有些艰难。
——他感冒了。

入夜，蕾起来了，约我一块儿出去走走。此时暮色已经湮没了一切，周围的群山黑黝黝的，空气冰凉。我们沿一条大道走着。我问她和岩怎么啦，她说他们之间算完了，什么也没有了，就在刚才。接下来是沉默。她问我：你说我们到底为什么而活着？我回过神来说：为了爱你的人而活。直到死。

我说这句话的时候声音深沉、短促而又坚定。黑暗弥漫在我和蕾的四周。

1988 年五月起的三四个月里，是我最惬意、最放松的日子。还有比拿到大学录取通知书更能令人舒畅的事吗？几乎每个白昼我都泡在台球桌案旁边，晚上则和朋友们去咖啡馆和啤酒店。就在那时认识了李义。当时他已高中毕业一年，大学没考上，开了个咖啡屋。他的店装潢华贵典雅，我常去那里，和蓓一道。

那时蓓也高中毕业了。预考过后，她就去参加了招干考试，被召入法院当书记员了。

五月中旬，丹突然神秘地离家出走，在我们学校引起了不大不小的轰动，谁也不知道确切原因，包括我。我和她分手后，有时见她和一个身材高大的小伙子在一起。可她为什么要出走呢？什么话也没留下，只拿了两百块钱就走了。

在这年五月夏天的浓荫里，蝉那么热烈地叫着，时间像水一样在我身边悄悄流走，母亲开始为我准备行李了，她的白发，每天都在我眼前晃动。她明显苍老了。妹妹因为哥哥被大学录取，变得更加刻苦，她那因近视而低垂的头颅沉得更低了。噢，1988 年的夏天，在这个永恒的夏天里，我看见我的生命像鲜血，在西天边上殷红地流淌；我听见我的青春像雷声，轰隆隆地在地下走过。我感到我的生命像一只青葱的苹果，生长在这年夏天的浓荫里。

天亮了。我们十一个人在旅馆里吃了早饭，按照头儿李义的安排，开始向另一座山谷挺进了。那儿就是草莓山坡的所在地。我们一路上走得很轻快。我和汤，还有 B 走在一起。看来他们的感情很笃厚，彼此很关照。我和他们愉快地开着玩笑，沿着一条褐黄的山沟向前摸索。

W 的目光开始放出异彩来。她居然唱起了歌。我知道在她的幻想中，草莓大片大片地点缀着草坡。我们在强烈的阳光下走着，我们翻过了一座又一座山，还是没有到达草莓山坡。可我们每个人的眼前都浮起那一大片草莓，满山坡之上，向天空投射着反光。

一些羊像白色的棋子儿，在遥远的山坡上闷头吃草，几只黑鹰盘旋飞翔，在我们头顶上的阳光之中穿行。在我们面前，天山展开了它全部的美好，它的一切是那么自然、雄浑，而又质朴。我们一行被城市所异化了的人，在这里找到了放纵的场所和机会。我们无所顾忌地开怀大笑。

1989 年八月十二日，就在我将于第二天乘火车去内地上学之时，丹领着她现在的男友，在大街上碰到了我。

原来她去了河北一家地区电台当了播音员，她的男友是一个歌舞演员，瘦而干练，气度潇洒。丹显得比过去更成熟，也更妩媚。丹，你可不知道你的出走令多少人担心啊。我也是有罪的，因为我不该接受你的对我所支付的一切呵。

我默默地看她走近。她看见我，先笑了，恬静而又自然。她把手伸给我，我轻轻握了握，她笑着对她的男友说：啊，这就是我过去的老情人，怎么样，是个不错的小伙子吧？语态自然洒脱。我多少有些尴尬。我们没有说什么，她摆了摆手，和我告别，就转身走了。我看着她和男友亲热的互相偎依的背影在人群之中消失，心中平静而又骚乱和茫然。以往经历过的难以言传的那些东西，又深深地抓住了我，不禁有一些失落感。

高度在我们的脚下不断地升起，苍茫的天山以它的雄浑，吞噬了我们的惊奇。李义突然兴奋起来：快呵，翻过这座小山，对面就是草莓山坡了！我们一听，疲惫立刻从肌肉里消失，我们都加快了脚步，比赛一样地翻过了山坡。

在我们面前呈现的是一大片的青嫩的草地。阳光缓缓地铺洒下来，那里一棵树也没有，只是一大片翠绿无比的草坡。李义说，那就是草莓山坡。

我们像旋风一样冲下山坡，我们飞快地掠过一条喧哗的小溪，我们疯了一样一边大叫着，一边把背包扔得满山坡都是，我们像飞驰的马一样驶入了那片山坡。

我们都站定，大家突然都安静下来，低下头，眼睛瞪得大大的，在草丛中搜寻着。许久，我们终于作罢。因为这里根本就没有一颗成熟的红草莓。可是，这片山坡的确生长着草莓草，然而，没有一颗草莓成熟。因为属于它的季节还没有来临。

我们就这样怔怔地站着，任年轻的风拂过我们的额际，我们彼此深深地凝望，谁都没有说话。但我们没有失望。因为毕竟这里就是草莓山坡，只是草莓还没有成熟。谁能说这是遗憾的事？

我永远忘不了 1988 年八月底，我坐上火车去遥远的内地求学的日子。那是我第一次出远门。我还从来没离开过父母亲的身边，可从那一天起，迎接我的一切都要由我来独自承担和领受了。

火车渐渐开动了，我的母亲流着眼泪，父亲向我挥手致意，蓓躲到一个大柱子后面了，因为她怕我见她落着泪。车渐渐远了，我装出一副兴高采烈的样子，火车一出站，我的激动就变成了感伤。

我们后来就下山了，紧接着我们又在城市的各个角落，忙开了自己的事。岩和蕾又和好了，W 和她的男友常常去李义的咖啡屋，有时候在那里可以碰见蓓和我，我们彼此矜持地笑笑，沐浴在一片壁灯的光晕里，安静地喝着咖啡，彼此礼貌地问答着什么。肖又忙着跑生意，一方面野性不改，报名参加了乌鲁木齐到伊犁的自行车拉力赛，一方面又去乌市搞拳击比赛。B 和汤已经乘火车走了，他们开学早。而琦呢，她到北京去进行为期一个月的学习。至于记者陈则忙于他的采访和报道，我几乎见不到他的影子，见了面也只是互相打个招呼，谁都没提起过那片草莓山坡。它已经作为一个梦想，被我们深深地埋在心底了。

一切是那么平常，又是那么令人惶惑。我以为我们进山会有许多新的变化，可一切故我，相爱的一对对依然和好如初，有过裂缝的也更加亲密。

是的，在 1989 年夏天，我们十一个男孩女孩，在三天放纵而又快活、轻松的深山旅游过程中，什么也没有发生。是的，什么也没有发生。

只有那一片草莓山坡，在我们十一个年轻生命的幻想中，在天山深处阳光覆盖的草坡上，熠熠闪着红宝石般的光芒。

时间飞鸟

一

父亲在他临死之前的那些日子，总是不停地说他看见了一条河流。那是一条巨大的河流，它闪闪发光，从天空的深处滚滚而来，河流中夹杂着岁月的荒草和沙砾，还有我爷爷的身影。他说，你爷爷总是和河流一起出现，他的头上戴着奇特的羽饰，口中衔着一柄尖刀，背部的肌肉在阳光下闪耀着红铜般的光泽，在河边的一面悬崖之上攀登和腾越，就像是一头敏捷的山羊。

我没有见过我爷爷。我出生那时他就已经死了，隔着遥远的时间帷幕我看不清他。我爷爷是锡伯族人，如今我身上有四分之一是他的血脉。时间就像是一面凸形镜，让一切痕迹只在现在时态映现。那么，我能够沿着时间上溯，最后抵达他的影子和声音吗？爸爸，我问我父亲。

父亲在临死之前猛然变成了一个忧伤和脆弱的人。他总是不断地沉入回忆的河里，去打捞那些已经沉入水底的往事的花瓣，使得细节像巨石一样在河床上凸现。在他的手边，放着一些能使他沉入回忆的凭借物，我清楚地记得，那是一柄镶着两枚蓝色玛瑙的匕首和一件丝制绣花褡裢，几枚图案奇特的小石子儿，一张蜥蜴皮，一节断了的生铁箭头，一块明代的青瓷龙凤盘子的残片和几张发黄的照片。照片上没有爷爷，只有父亲在以西北地貌为背景的场景中笑着，年轻而质朴。看着它们，父亲的眼睛总是能够立即闪亮起来，然后渐渐变得幽深而又黯淡，显然，他沉入了悠远的追思之中。不久之后，他在一次咳嗽中吐血死去了。

二

时间的树叶哗哗地在历史的肩头落下，曲线就是事件的轨迹。透过天空中凌乱的树枝的空隙，你会看见二十世纪三十年代末期的一支凌乱的队伍，正在一片草原的天空下疾走，就像是一条怆惶游动的黑色土蛇。

他们看见前面草坡上立着一个石人的时候，是这年秋天的一个露水丰盈的早晨。地上的白草在风中歪斜，发出了难听的尖利的呼叫。一束明亮的阳光打在他们的脸上，你会蓦然看清他们。他们的颧骨很高，眼角呈三角形向内陷，腰间都扎有一条黑色的宽布带，带子上一左一右饰有两个铜铃，铜铃在他们走动时发出了清脆而悲怆的声响。男人们十分高大，女人则头戴草花环。

他们看见石人的时候，太阳正在徐徐升起，新的一天降临了。他们中间的一个人挥了一下手，人们都单腿跪下了，只有三个表情坚毅的男人站在那里。他们就像是从一个铜模子里铸出来的，手上紧紧握住刀柄。他们就是我爷爷辈的三兄弟，我爷爷排行老大。

据我父亲讲，那一次锡伯氏族"庄"部落的大迁徙一共进行了三个多月，从额尔古纳河一直向西南方向迁移。我无法猜测夏天就出发了的他们，在这年秋天面对草原石人之时，已经经受了多少磨难，两百多人的部落已经死伤大半。

空气之中震颤着刀锋的回声，今天，我似乎仍能在半空中抚摸得到，并且全身战栗。1938年秋天的那个早晨，爷爷甩开了黑色的衣袖，向前疾奔几步，他用手罩在石人的前额，我想他的抚摸一定痛彻肌肤，那天，他的表情古怪而又沧桑，两行泪儿从眼角滑落。

草原石人的双眼暴凸，肚腹上刻着蝌蚪一样的文字。爷爷低低地吼了一声，七八十人的队伍中响起了歌唱的声音。歌声像大鱼在深海之中的浮游，或如暴风掠过密集的森林，雄浑而又低沉。他们盯着太阳徐徐从辽阔的大地的子宫中跃出，并且缓慢上升。他们是在唱着歌颂家园的歌曲。怅望家园，作为浪游的异乡人，他们离开了额尔古纳河边的篝火、炊烟、梦想和木屋、铁炉，另一种风景在他们的心灵中涌现。

父亲告诉我，在到达那个草原石人之前，爷爷领着"庄"部落在迁移的路途中共进行了九次激战。这九次战斗，他们与苏联人、日本人、蒙古人、伪满洲人以及八路军的东北抗日联军都交过火。那天他们已经弹尽粮绝，但爷爷的眼睛中闪烁着一团奇异的火。我多年以后沿着时间回望，心里把他和犹太人的先祖摩西做了类比，因为他们都带领着自己的部落走出了故乡。

歌声停止，人群中纷乱了起来，两个中年人被人推了出来。他们神色疲惫。他们都有着现在残存在我脸上的锡伯人的特征。

"巴海龙，巴雨清，你们为什么要离开大家？"爷爷突然低下了头，叹了口气，抚弄着他腰间的一个铜铃。

"巴天喜！你会把整个部族都带到死亡之地的！"巴海龙向着爷爷怒吼，"我们为什么要离开额尔吉纳河，为什么要离开家园？为什么？"

"为了活着，为了让更多的儿子和孙子出生，而不被杀掉和饿死。"爷爷苦笑了一下，"把他们绑在石人上吧。"

"我先杀了你！"巴海龙和巴雨清奋力地挣脱开了捆绑，跌撞着向爷爷扑去，脚下的土地响起了一阵紧密的锣鼓之声，匕首的寒光四下辉耀，人影在阳光下的追逐与扑击中十分凌乱。之后，我爷爷肃然而立，两个人被捆在了石人上。几个人剥去了他们的衣服，在他们的身上涂满了蜂蜜。不久，大群的蚂蚁闻蜜而至了。

时隔六十年，我仍能听到巴海龙和巴雨清那撕肝裂胆的嚎叫，父亲对我说。我爷爷那时的心情一定十分复杂，当他数年之后死在国民党一个独眼的连长手里时，他一定不会不想起那一天。那天部落人都含着泪水，默默地看着巴海龙和巴雨清渐渐变成了两副完整的骨架。空中有很多黑色的兀鹫盘旋，叫声空洞而暗哑。我爷爷三兄弟拔出弓箭，箭飞弦响，七只兀鹫像七块黑色的石头一样坠落。

我爷爷和二爷巴天福、三爷巴天寿招呼人掩埋了巴海龙和巴雨清的骨架，而这时，太阳作为一只长了翅膀的白色大鸟，已然跃入中空。

涣散人心的两个人被惩罚之后，大家感到了心情的复杂和坚定。队伍继续出发。人的脚踩在草上，发出了昆虫被惊醒的声音。铜铃声和刀柄、刀背的磕击声也四下溅射开来。

一九九〇年夏天，我神色苍然地乘坐火车，穿越了内蒙古腹地。一路上我看见了一些草原石人，它们带着坚韧和隐秘的历史表情站在天空下，有多少岁月的水花击打过它们？当时，我的耳边只响着风沙声。是的，只有风声是永恒的，只有风，才能给我送来他们六十年前的身影和声音。在这一天傍晚，我爷爷他们跃上了一道山坡的脊梁。靠着下沉的夕阳，他们看见一条闪光的金带在脚下铺展。

河。那是一条大河，有人说。爷爷在那年临河吹来的风中细眯起了眼睛，他向前遥望。我们要渡过去，他说，他的眼睛被风吹得再次滚落出几颗巨大的泪水。

河，河。人们倾听着河水冲撞土地的巨响和山体内部的吱吱声，喃喃自语地说，一些白色的鸟在浊黄的河面上像飞絮一样飘落和上升。他们看见的是黄河。

三

一九五九年夏天，我父亲站在了河南南部伏牛山区的一座山坡上，神情惶恐地向河谷中张望。他的唇上长出了一些像杂草一样的胡子，年轻而又苍老。周围的绿色大山围住了他的目光。他疾步向前，草地上被轰起的蚂蚱飞动发出了轻灵的琴弦抖动般的声响。在远处的山谷中，一条小河类似于银带，在闪亮、扭曲和婉转。河边的沙滩上，废弃的炼钢炉是几只瞎了的巨眼，不再冒出烟火。乌黑的煤渣和木炭灰堆在炼钢炉的四周，远远看去，像是被割过的猪的生殖器。

半月前的婚礼没有使他消除内心深处的焦虑。我父亲那一年二十二岁。现在，我可以清晰地看见他站在山梁上，满怀悲怆地眺望家乡山水。那一年的"大炼钢铁"，使得河边的水车在短暂的飞速转动之后，永远陷入了沉默。山的另一面的一个小村子中，有三分之一的人饿死了。就在昨天，他送新婚妻子回娘家送粮食的路上，看见在一块凸起的石头上，躺着一个两眼暴凸的死去的老人，他的手上紧紧地攥着一把草根。死尸鼓胀的肚腹在他经过时突然爆开，内脏像是一朵鲜艳的花一样猛然开放，轰起了密集其上的苍蝇。新娘子立刻呕吐了起来。

父亲的脚在一九五九年的山冈上移动着，蚂蚱成群地飞舞和落下，羽翼上闪着凶年之光。他有时能听到脚底下蚂蚱被踩死时的"毕剥"声响，一只瘦弱的野猪在他的视野中慌乱地出现，又消失于一片山刺梨树丛之后。他觉得口干舌燥，狠狠地掐掐自己的喉咙。

一个身穿黑色夹袄，腰间系着一条草绳的人迎面急急地走了过来。"四锁！"父亲的声音听上去干燥和焦急，"情况怎么样？"

"国庆和黑狗都同意了。大哥，我还开好了大队的证明，我们明天晚上就走吧。"眉目清秀的四锁说。父亲和四锁、国庆、黑狗是高小同学，那天上午，父亲和四锁坐在一块凉石上悄悄耳语，一些蚊蝇在风中被吹得倾斜着翅膀跌进了草丛。良久，父亲焦黄的脸上露出了诡秘的笑意，"就这样吧。走，我们回去。"

大概三十五年后父亲在给我叙述那一年他和四锁的秘密谈话时，发现时间已经模糊了一切，犹如墨水被打翻，浸染了白布。父亲告诉我，一九五九年夏天，一个令人振奋的消息传遍了豫南的这片山地：在遥远的新疆，到处都在招工，而且天天都有白面馒头和粉条炖猪肉吃。于是，一个激动人心的想法同时在他们几个人心中产生了。

我可以猜测父亲在临走前一天晚上面对他的新娘的杂乱心情。一束月光打进屋里，映出了老婆丰满的臀部的侧影，他用手热烈地抚摸着它流畅的轮廓，手上的老茧引起了手下细腻皮肉的不规则抖动。土地和老婆的肉体一刹那之间在他的幻觉之中成为一体。然而，这年夏天，土地上已没有多少青绿的秧苗了，那么，在秋天，谁能够等来收获？他的手烦躁地在滑行，猛然又盖住了浑圆的乳房，他由于心情缭乱而用力过猛，樱桃般的乳头从手中滑出，他听到了新娘低声的呻吟，他长叹一声，仰天躺在了床上，让黑暗打湿了自己。空旷的孤独感浸透了他的全身。

第二天下午，四个年轻人就像四条鱼一样钻进了长途汽车，从山寨中出发了。在他们的脑海中跃动的全是五彩缤纷的憧憬与猜测。他们个个激动不安。尸体腐臭和青麦香气混合的气味儿从窗口涌进，他们掩住了脸，悲伤地看着故乡渐渐远去。

父亲走后的第三天，他的新娘就投井自杀了。她不能忍受这样的背离与丢弃。这一切，我父亲在随后的多年中却浑然不知。

有时候，我站在时间的高地上回望，依稀能看见父亲他们四个人身穿黑蓝色土布衣裤，在长途汽车上颠荡，表情渐渐变得忧伤，像是四只茫然的乌鸦。

后来，他们在西安坐上了西去的列车。拥挤的车厢里弥漫着那个年代的人情味儿和臭烘烘的热气。四个人在此之前，从未走出过方圆五六十里的山地故乡，陡然面对广大而陌生的世界，他们必然惶惑不安。在单调异常的车轮和铁轨的摩擦声中，父亲歪斜着身子，靠在了那一年的火车靠背上，睡着了。他梦见了群鸟在树顶之上上升。

车过兰州的时候，他被惊醒了。早晨昏暗的晨光使得这些离乡人睁大了眼睛，端详着车窗外随着煤烟和时间向后移动的景物。一切正在发生变化，沙石裸露出稀疏的草地，犹如正在局部腐烂的牛皮。空气变得干燥。"血，血！"有人惊呼了起来，父亲眯着眼睛，看见四锁的鼻子流出了血。他知道，这是由于车窗外干燥的空气引起的鼻腔毛细血管破裂。他感到裆部黏湿一片，十分难受。几个小时之后，黑狗莫名其妙地发起高烧来了。

一九五九年六月七日列车抵达终点站，尾亚车站。父亲和他的伙伴下了车，站在了那一年西部的天空下，觉得异常新奇和害怕。他们被人群裹挟着向前走着，四周是泥沙俱下一样的人声。所有的人都是表情兴奋和茫然。出了大栅栏，他们面前出现了更为热闹的场面。

尾亚车站现在是个非常小的车站。它坐落在新疆和甘肃大致交界的地方。1989年夏天我经过那里时，将头伸出列车窗外去想象1959年的云彩、天空，以及天空下人们的走动，但是，这一切全都被无边无际的黄沙大戈

邱华栋中篇小说选

壁取代了。只有车站上的几间砖房固守在风沙中，站台上两颊被风吹得有两片苹果红晕的女值班员，手拿旗子，表情空茫地看着列车飞速驰过。一些鸵鸟的枯骨散落在道轨旁，此外，就是一些鹰在空中盘旋。那一年的人连影子都已被时间过滤，被风沙带走了。我这样想着，将头又伸回进车窗。

一九五九年那一年，我父亲看见四周到处都是草绿色军帐篷，很多身穿蓝色棉袄的人在帐篷前搭起了桌子，吆喝着人们前去。

黑狗已经不能走路了，由四锁和国庆搀扶着。父亲的背上负重很多，透过时间的镜子可以看见他像一匹骆驼一样滑稽。父亲告诉我，那一天他胆怯了，甚至还产生了回家的念头。

"喂，修公路你愿不愿意干？有白馒头和猪肉炖粉条吃，干不干？干了就来登记啊！"帐篷里光线暗淡，桌子后面一个干部模样的中年人热情地招呼我父亲。

父亲愣了一下，陡然之间他想哭，但忍住了。他像树桩一样转过身，有些犹豫地对四锁和国庆说："咱们就在这里登记吧，他们有白面馒头和猪肉炖粉条吃。"

那天夜里黑狗因持续高烧，进入了谵妄状态。在梦乡中他大喊大叫。父亲、国庆和四锁像一道篱笆围住了他。半夜，不断在噩梦中挣扎与呼喊的黑狗脸上出现了一片潮红，之后，他就再也不动了。

他是因为破伤风才死的，因为他的脚被一根生锈的铁钉扎破了。父亲后来告诉我，黑狗的死使他们的西行变得灰暗无光。第二天上午，有人帮助他们，一同在车站边上的沙地上掩埋了他。一九八五年我去了那里，父亲说，那里什么也没有了，只有风、沙和骆驼刺。黑狗的坟完全消失了。

那一天下午，剩下的三人坐上了敞篷大卡车，向哈密进发了。所有招募进疆的人都要在那里重新被整顿和安排。父亲坐在那一年殷红的晚霞之中，心情沉重。汽车经过一座古代西域留下的破土城时，大群的野鸽子从土城中蓦然飞起，在天幕中滑行。四锁在车中失声痛哭，我父亲怅望苍茫大地，没有作声。

四

一九三九年，在一条河边我爷爷他们停住了。他们已记不清这是第几次遇到河流了。爷爷发现这条河十分宽阔，水极浅，只及人的膝盖，河宽足有一百五十步。一些白条鱼和麦穗鱼在水底翔动，砾石花花白白地反射着阳光。

在渡过黄河之后，部落又损失了一半。那些人陷入浊黄的水流中时的恐惧表情，依旧历历在目。爷爷开始相信带领大家走出家园真的是一个罪过了。在进入了豫南山地，陡然出现了这条河流，他的心才稍微舒畅了一些。

他趴在河边，端详了一会儿自己的影子，然后俯身大口地喝起水来。河面水波轻轻荡漾开去，他看见自己的面容在河面上破碎开来。

剩下的三十几个人都纹丝不动，神情沧桑，一齐仰着脸看对岸树顶的乌鸦。

爷爷喝饱了水，然后站了起来。穿越时间的隧道，我看见他们都已改变了服饰，身着中原人的对襟褂子。一辆乌篷马车上拉满了乔装改扮后的行李物品。爷爷的目光十分空洞，他眯着眼睛，沿着河水流动的方向看了很久，犹如眺望霞光的消逝，然后，他对自己的二弟、三弟说："咱们就在这里分开吧。你们看，这里有一条河，一条大马路和一条进山的小路。咱们兄弟三人，就沿着三个方向，分头走吧。"他说完，泪水掠过了他脸颊的阴影，像是拖过了一条黑线。

"不！我们已经完了，就让我们死在一起吧！"他二弟、我二爷大吼一声，他把手中的大耳刀向空中劈去，空气发出了丝绸被割裂的声响。人们大都惶惶然。一些翠鸟在河岸边的石头上跳跃，一上一下地抖动着长尾巴，追逐啄食着脆亮的阳光。

爷爷又开口说话了，他的大手在挥舞中击中了一只飞动的蝴蝶，蝴蝶歪斜着掉入了河中。后来，大家终于同意兵分三路了。

那一天，爷爷的眼前出现了青草的幻影，它们把他的梦想分割开，他觉得自己已经失败了。他从一个皮口袋里取出一件十分精致的瓷盘，两手一分，瓷盘应声裂在地上，成了三块。

"来，一人一块，今后，咱们兄弟仨兴许还会有再相见的日子，那会儿就靠这个相认吧。"爷爷说。

在一阵低沉的歌声相伴中，两小队人分开后向着两个方向消失了。爷爷站在一片青草丛中，草掩埋了他的脚踝。他仰头想了一会儿，挥了挥手，领着七八个人向着进入深山的那条小路而去。

青草们被风吹得低伏向山冈，纺织娘躲在暗处忧伤地歌唱，刚才摔开瓷盘的地方，有一队蚂蚁和一队蜈蚣相遇了。彼此对峙良久，各自向右而行。

爷爷领着几个人行走在山路上，四周的白桦、红松静立不动，爷爷能听见虫在吃树叶的密集声响。山地的空气潮湿，沉闷。爷爷的表情很杂乱。

这个时候，他听见远处的天空中滚过一道闷雷般的声音。他抬起了头，发现了一只银灰色大鸟正吼叫着划过天空。那鸟十分巨大，但又不扇动翅膀。他有些奇怪，以至于脚上的大拇指像被针扎一样跳了几下。这是他生平第一次看见飞机。

他不会知道，在这个动荡的时代，在不远的山间和平原、在麦田和道路上，有好几种浊流一样的军队在厮杀与流血，世界极其纷乱。

他把视线拉平，因为那架飞机消失了。他看见了一个老头儿领着一个身穿素白色衣服的小媳妇，小媳妇的左臂间挎着一个篮子，正在左边的岔道上走着，腰间拴有一个惊吓野兽的铃铛，兀自清脆而鸣。铃铛声类似于水波，在空气中微微颤动。

爷爷心中立刻生长出一片蘑菇。他呆呆地站立在那里，听着铜铃声渐近。老头儿领着小媳妇走过他们身边时，冷漠地横了他一眼。爷爷的目光痴迷地盯着小媳妇。她眉眼含俏，脸庞上笼罩着一层红晕，眼睛向斜看去，表情嗔怒而又欣悦。她在经过爷爷身边时，抬头扫了他一眼，一刹那爷爷感到五内俱焚。看着老头儿和小媳妇沿着山道走远了，爷爷目光一片迷蒙，他感到眺望使得脖子十分酸痛，心中的洪水汹涌。他很奇怪：为什么看见大鸟的同时，会看见这样一个俏丽的女人？

我多年以后猜测爷爷在那一天骚动不已，那年他刚三十岁，正是血气方刚的时候，他二十五岁时娶的媳妇叫日本人在一次伏击中杀掉了。而那天，眺望灰衣老汉和白衣小媳妇在时间的山梁上消逝，他说："我们快点跟上！"

我听我父亲说，爷爷追上了老汉和小媳妇，了解到他们也是逃难的。我爷爷当天就向老汉求婚，说要娶了他女儿。老汉不同意，并在那一年用一把藏在手杖中的刀砍伤了我爷爷的左肩。

几天以后，我父亲说，爷爷一脚踢开小媳妇栖身的一个破庙门，闯了进去。很快地，他提着一颗血淋淋的人头往小媳妇的床前一扔："你爹叫我杀了。你就跟了我吧。"

那天他像一头豹了一样扑向睡眼惺忪的小媳妇。他的动作粗暴极了，当他生命的树干进入她的身体时，他感到她的手绝望地在他背上抓出了五道血槽。她感到下体一阵刺痛，就昏了过去。后来，她就成了我的奶奶。

事后她并没有记恨爷爷杀了她的父亲，和他恩恩爱爱，多年以后叫知晓此事的后辈们感到匪夷所思，大吃一惊，后来，爷爷就在豫南山地扎下根了。他和我奶奶变戏法似的生了十四个儿女。等到一九五九年五月我爸爸举行婚礼的那天，第二辈人都已经出生九个了。

五

父亲说：人的经历就像是原野上的荒草，你看不见它的生长，但它们的确又在生长。回首望去，过去的道路杂草丛生，一切已近乎不存在。

现在，我清晰地看见父亲坐在一九六二年的一台"东方红"牌推土机里。作为年轻的推土机手，他的脸上洋溢着一种年轻而又新鲜的微笑。

西部的天空异常晴朗、明亮。明净的云在天际延展。这是一个高歌猛进的时代。父亲那时的眼睛里燃烧着一种激情。我通过许多发黄的照片证实了这一点。"每一次开动推土机，我的眼前就会出现我爸爸。推土机在推动泥土的过程中很美丽，那泥土像一层层波浪一样被推了起来，使我感到自己好像是航行在大海上。那时候，人人都已经开始发疯了，在互相防范，我却独自开着推土机在天山脚下前进。我的眼前是一望无际的戈壁沙滩和飞奔而过的黄羊……"

父亲浑浊的眼睛盯着天花板，口中喃喃自语着。往事的细节在叙述中凌乱地凸现了。

当年，父亲、国庆和四锁分别隐没在一九五九年建设新疆的人流之中后，父亲就再也不能完整地叙述他们了。国庆在一九八一年死于一次意外事故。那一天，他站在卡车厢里，背靠车厢靠板，望着迅速离开的土地，陷入了苍茫的沉思。

汽车开过一座大桥，大桥桥梁很低，汽车飞速地掠过它下面时，它刮碰到了国庆的头。他口中"咦"了一声就倒在了车厢里。

一个小时后汽车停了下来。司机爬上车厢时，发现无头的国庆早已死在了车厢里，有十几只灰白花各色的鸽子栖落在他的尸体边，安静地咕咕叫着。

国庆有自己的故事。从一九六〇年以后他就在民航局工作，经常去巴基斯坦。很快地，在一次飞行中，他认识了一位巴基斯坦女郎，和她相爱了。

人的历史是被杂草充满的历史。我的父亲常常这样说，而重大事件犹如那些石头，从杂草中显露。尤其是死亡与爱情。

那个巴基斯坦女郎肤色黝黑，眼睛大得像两颗黑罂粟，面庞圆满，耳垂上挂着一对巨大的银耳环。她笑起来太妖冶和幽深了，我父亲对我说，就是她的笑把国庆给迷住了。

我隐隐约约可以看见国庆和那个中亚女郎走在一起的情景。四十多年前模糊的雨水在我眼前哗哗地流淌，身穿民航制服的国庆笑吟吟地给那个女子提着皮箱，走向一架飞机。女郎身穿巴基斯坦民族服装，头上蒙着一面神秘的面纱。她身上的"纱丽"在那年阴暗的天空下非常娇艳，因此，我可以猜到国庆心中火焰的形状。

在随后的一年当中，他们以奇特的方式相爱了。那个年代飞机驾驶员奇缺，短短两年中，国庆就由飞机加油工到副驾驶而后就当上了飞机驾驶员。他的脑袋太聪明，什么东西一学就会了。

每一次他驾机飞往巴基斯坦，那个女郎就以乘客的身份登机。然后国庆就设法把她藏在飞机场，到下一次国庆驾机回国，她就又坐回去。

一年后她终于没有再出现在他的飞机中，他心急如焚，坐卧不宁，终于他驾驶飞机去往巴基斯坦时，乘人不备，悄悄地消失伊斯兰堡的大街上。

这成了当时一个重大的秘密事件。他是投敌叛国了吗？他是被人暗杀还是被人绑架了？所有的猜测都像水中月一样没有结果。飞机当天只好由巴基斯坦驾驶员又开了回去。这成了一个政治事件，甚至形成文字被送到了高层的国家安全机关。

然而，一个月后，中国民航班机又一次在伊斯兰堡降落的时候——那一天是一个大雨天，所有的人都看见国庆疯狂地向着飞机奔来。大雨冲刷着他凌乱的头发，他身上一件黑色衣衫在风雨中飘动，就像是一只黑色大鸟。

后来，等待着他的就是铁窗的岁月了。一开始他被判为死刑，后来又改判为无期徒刑，这样，他就从那个时代的日常生活中消失了。

我弄不清楚国庆在那年夏天一个人奔走在伊斯兰堡，悄声呼唤、四下寻找情人的焦急绝望的心情到底如何。他一定是失望了，因为，他整整找了一个月也没有结果。我可以看见他站在那一年的伊斯兰堡的大街上，身穿巴基斯坦服装，仰望着伊斯兰风格的建筑的楼顶那一弯新月时的情景。于是，他终于憔悴地重新走向了他的国家。他心中的火焰终于被那一天的大雨浇灭了。

一九七九年的一天，国庆出现在我的家中，他和我父亲握住手之后便流下泪来，他已经变得又老又瘦了。那一年我九岁，我仰脸看着两个才四十多岁就都已头发半白的人痛哭流涕，感到吃惊而又好笑。是什么让他们扭曲变形，在二十年间变得这样苍老、丑陋和脆弱？我在那一年里低头思想。

父亲说：要是国庆没有被判重刑待在狱中，那么，他也会在一九六六年发动的"文化大革命"中出事，因为他是个太爱出风头的人。塞翁失马，焉知非福？后来他至少又多活了不少年。你看，一九七八年放他出来，平了反，又补发了工资，他这是老来福啊。可后来，三年后他竟然死在过于低矮的桥墩梁下，人的命，难道是一堆杂草吗？

成年以后，我和日渐衰老的父亲常常肩并肩地站在我家门口，我们就像是两棵树，一棵年轻青翠，另一棵饱经风霜，站在一起，向着远方的群山和流逝的往事眺望。我看见遥远的西天山无限向西，云在空中飞动，永恒的风在吹着，是什么样的细沙，在父亲浑浊的眼睛里沉淀和滚落？

六

爷爷和奶奶的生命经历了那么多年的风吹雨打之后，仍旧毫不褪色，像是一只鲜艳的梨子一样悬挂在时间之树上。

那些年月，世事纷乱，然而山中平静，民歌像落叶一样在空中飘洒，透明而又金黄。

山冈上，锡伯族猎人的后裔、"庄"部落最后一位酋长我爷爷的身影，在敏捷地腾越。他从小擅长与野兽搏斗。在额尔古纳河流域，他的足迹踏遍了大兴安岭的浩瀚森林。爷爷一生的经历中填充了各种各样的杀戮事件，血光四溅。他杀过狼虫虎豹，杀过苏俄人、日本人、蒙古人，杀过鄂伦春人、汉族人，也杀过锡伯族人。到他年老之后，多年以前曾经溅在他身上的血花竟然从皮肤下显现出来，类似于一只梅花鹿身上的斑点，奶奶在他开始变得像一只梅花鹿之后便不再喜欢他了。

一九四二年的风冰凉地吹着。正值壮年的爷爷背着奶奶在战火硝烟中穿行，像是两只鹿一样在伏牛山区穿行和腾越。栗树、桦树、红松、橡树、山楂和百合花在那一年的风景中摇曳，一些黑色的乌鸦穿越了那一年的天空。

父亲告诉我，我奶奶实际上是一个女海盗。我至今仍旧可以看到一九四二年的爷爷和奶奶的面孔：一个异常坚毅，另一个美丽绝伦。奶奶在遇到爷爷之前的丈夫就是一个海盗头子，传说他共拥有六条大船，船上安装着土炮和火铳。六条大船排成"一二三"的队列在东海之上航行，"牛头骨"旗在风中飘扬，不断袭击过往的商船。

到一九四五年国共战争又一次开始的时候，回想当年豪举的奶奶，依旧极力地怂恿着爷爷前往海上故乡，由崇明岛出发，顺着大洋流向南而下，到达一座石英岛附近，去打捞一九三七年他们击沉在那里的一艘印度商船上的传说中的金银珠宝。

奶奶在那一年天光暗淡的树影之下对爷爷说：一九三七年我们凿沉那艘印度商船的时候，海面上香气四溢，船上装载着的印度迷迭香在水流中冲荡着，以至于十几里的海面上都浮起了被熏昏的鱼，它们尽情地翻起了白肚皮。还有一条海蛇，足有三丈长，弯弯曲曲地浮在一片红水藻之中，口中尖利的长牙森然可见。奶奶述说他们曾经见过一条巨大的海怪，几乎和他们的船体一样庞大，在迷香四散的大海海面上痛苦地翻腾着。那艘沉船奇异地翻了个底朝天，船底的木板嘎吱嘎吱地裂开，在沉入水中的一刹那，无数黄金和珠宝闪光地飞溅开来，在空中掠过了许多条闪亮的光线，引起了所有海盗们的惊呼，可他们却无能为力，眼看着大船和珠宝一起在海面上消失了。

我把奶奶的前夫想象成一个独眼的彪形大汉，他肌肉发达，英武地站在二十世纪三十年代末期的船头，冰凉的海风锻打着他的肌肤，他身上的黑色衣衫在海风中漫卷。

实际上我完全错了，父亲告诉我，我奶奶的前夫看上去就像是一个读书人。他总是穿一件灰色长衫，手中拿着一柄小巧精致的西湖檀香扇。在一九三八年和日本军舰的近海交战中，他和两艘海盗船全都沉入了大海。

我奶奶在她前夫死后，接管了剩下的四条大船，在海上又冲荡了六个月，直到手下人引发了一场大哗变，四艘乌檀木大船烧的烧、沉的沉，终于四散而亡。奶奶这才扮成了一个小媳妇，重新回到了崇明岛上的渔村，和她父亲一起，乔装打扮，在那一年阴沉的天空之下向中原内陆逃亡。

在路过的所有的乡村和城市之中，他们看到，四野里到处都是萧瑟和慌乱的景象。潮水一样在大道上奔跑的饥民被日军飞机追赶着轰炸，大地上轰响过后，不断地开出了有毒的蘑菇云。有一次，一枚黑红的眼珠溅到了她挺起的胸脯上，她惊叫了一声，第一次乱了方寸，脸色潮红，是她的父亲用手指拂去了它。

他们看到，许多村镇之中，死尸遍地，哀鸿遍野，狗和狼在山道之上一同出没。

那一年的大地之上阴云密布，战火在天空下到处映现，衣衫破烂的死人伸出的手凌乱地抓向天空，成为这个年代的永恒意象。

爷爷杀了他那倔强的岳父，强娶了身处于危难之中的奶奶，成了山中的首领，在伏牛山中聚集了二百多个逃难的饥民，在那一年开始了他的草寇生涯。

那些日子里，他总是不断地梦见无数只大鸟在空中飘浮，并且一直为这个梦想折磨着。

他想自己制作一只大鸟，在天空中飞翔。一九四〇年他就开始一边紧锣密鼓地和我奶奶生儿育女，一边开始实施他的梦想了。

他先是叫奶奶领着山寨中所有的妇女加紧织着一种雪蓝色的土布，后来，又用这布缝制成了一只兜风的大鸟，在鸟的瓜子上挂了一只竹筐，然后，他坐在竹筐里，借助风势从最高的山峰上飞身而下。

蓝布大鸟被山谷风吹荡，在密林上空迅疾地滑翔，竹筐中的爷爷激动万分，乐不可支。他看着脚下飞速移动的山谷、闪亮的小河、红松、桦林一一掠过，不禁为自己梦想的实现而在空中嚎叫了起来。很久以后，许多人仍然能够传说那天的情景，爷爷那激动的哭嚎声在天空中回荡，响应着巨大的林涛。蓝色飞鸟在空中滑翔而过，在山谷中被风吹来荡去，在一片背风的山坡上忽然落地，爷爷鼻青脸肿地从蓝鸟中穿了出来，对着一九四〇年的大地高声地喊叫。

我知道爷爷当年企图飞翔的梦想是多么伟大、真诚而又徒劳。一九八〇年我和父亲回到家乡探亲。十岁的我站在了伏牛山中最高的峰顶向四下看去。山峰之上，到处可见有巨石垒就的古堡，一座破败的庙已被疯长的青草填满，只是我发现了一块石板上刻着一幅远古的岩画，画的内容与生活和繁殖有关。我在一刹那感到了时间的力量，我哭了。我似乎看到了我爷爷的面孔悠然浮现，那是一张阴沉坚毅而充满了梦想色彩的脸，后来，一群红色的蜻蜓出现，我欢呼着追赶着它们而去了。

七

父亲在新疆的三十多年的经历中开始出现了玫瑰色。作为追溯时间的飞鸟，我沿着岁月的风向过去飞翔。父亲的脚步踏遍了天山南北广阔的土地——沙漠，冰川和大戈壁。父亲精瘦的身影像是一条黑鱼一样在几十年缺水的岁月中艰难向前。

一九六六年"文化大革命"开始了。四年后我出生。那时候我父亲作为一名年轻的推土机手，已经有十年了。

那些年月，空气中隐含着异常鲜亮的火药气息，大地上一片鲜红。穿草绿色军装的人是红色海洋中漂浮着的绿草。世界开始变得极其简单而又复杂。

很快地，枪声刺破了我父亲的睡梦。一九六六年，一天深夜，我父亲惊愕地坐起来，打开了灯，看见一颗流弹击破了窗玻璃，进入了天花板。地上铺了一层死去的蛾子。

我想象父亲那天晚上一定吃惊地侧耳倾听了许久。作为单身汉，他一直住在筑路队大队部的房间里。第二天早上，他和同事在隔壁房间里发现了大队长的尸体。

父亲告诉我，他们的大队长是个好人，那一年五十多岁，但他是一个"保皇派"，所以被"造反派"的人杀死了。他趴在那一年温暖的土地上，脸上残留着做了美梦的笑意，眼睛睁着，仿佛趴在地上倾听着大地的心跳。只是他的身下洇开了一朵硕大的乌黑的血花花。

那些日子里城市之中一片凌乱景象，空中的飞鸟都已消逝不见，树上挂满了死猫的尸体，尸臭在那一年的空气中传播着。

父亲被那朵乌黑的人血血花给吓怕了。"后来，我哪一派武斗都没有参加，我只是带着几个学开推土机的徒弟开推土机。那一年最让我难忘的一幕，是"造反派"的总部大楼被攻占了，火舌和浓烟从窗口中涌出，一个身穿绿军装的女孩子高呼口号，像一片树叶一样从楼顶坠下，重重地摔在了大地上，我的心使劲儿一沉。"

我知道一九六七年冬天，父亲就被派到天山冰大坂中去推雪了。这可以说是对父亲回避革命的一次放逐。然而，他却兴高采烈地带着九个推土机手，开动十辆推土机，浩浩荡荡地沿着盘山公路，向天山深处进发了。

他们到达拉库次克大坂时，已整整走了六天。所谓大坂，是指高山的山脊处山两边交通线的中点。每到冬天，这里巨大的雪崩会从天而降，湮没整个公路。

父亲说："那一年冬天给我的印象除了寒冷就是死亡。我们的推土机在山路上缓慢地推进，尾随着我们的是运输汽车的长龙。有时候，我亲眼看见一些车轰鸣着滑入了白雪皑皑的山谷，汽车油箱爆炸声和火焰腾空的情景惊心动魄。"

"有时候，在天空中盘旋的黑鹰会因为寒冷而忽然从空中坠落下来，死在白雪堆上，醒目异常。有时候，公路上的积雪高达两米多，我们顽强推进，推出的积雪之中会不时地出现死人和死羊。在这年冬天，我们总共发现了两百多只死羊，和十五具被雪崩掩埋的牧人的死尸，每一具尸体的脸庞都灰白如纸，神色惊恐，僵硬。"

父亲早年的生活照片中依稀显现了他的这一段岁月。发黄的照片上，他站在推土机上，在那一年的阳光下微笑。在他的身边，站着一个更年轻的小伙子。他叫王小强，我父亲说，他和另外三个人都在那一年冬天的推雪中，掉进冰崖里死了。父亲说着，眼睛里下了一场浑浊的雨。

我可以推测那几台推土机掉进冰崖的一瞬间。它们作为重物，在空气中下坠得很快，一声巨响，更多的人在惊呼，雪在远处的红松上被震得簌簌落下。

一只雪豹站在冰峰之上向远处眺望。许久之后，它的脊梁一耸，就又重新消失在雪峰之中了。我父亲看见了它那花褐色的身影。

那一年冬天他被雪山之上的朝阳和夕阳所长久地激动着。那种玫瑰色和血色的阳光被千年积雪折射开去，一些清纯的香味儿在风中弥散。父亲脚穿翻毛大头皮鞋，下身穿着羊皮裤，上身穿着皮夹克，又披了一件羊皮大衣，动作缓慢地踩着吱吱作响的积冰，向着太阳升起与落下的地方走动，凝视。那些时刻他的心情一定十分平静而又空茫。

有一天，他面对着一块山岩惊住了。

这面山岩从时间的屏障后面缓缓地移出，挡在我父亲的眼前，一束玫瑰色的阳光打在上面，山风卷起的雪晶落进他的脖子，潮湿温暖。

山岩上画着许多人在舞蹈。那一定是几千年前的塞种人，父亲想。更多的画面表现的是生殖和交媾的内容。远古人生殖与生活的欢乐场景让我父亲感到了迷醉和忧伤，那一刻他一定想到了很多。比方，他想起了家乡的农耕生活，想起了他媳妇的自杀。阳光在他的额头被碰弯，他听见马蹄声清脆地从前面山道上传来，他转过身，看见一匹花斑马正向他这边移来。

马上端坐着一个高鼻深目、美丽妖艳的异族姑娘。她不是哈萨克族，就是维吾尔族，或者是塔吉克族。她轻扬马鞭，马就像是在雾气之中浮动一样向他走来。

喂，你们的营地在哪里？我饿了，有羊肉干和热水吗？她说着飞身而下，向我父亲走来。她头上的纱巾是玫瑰红色，像是一团火苗。你愣在那里干什么？姑娘愠怒地说，你难道不会说话吗？

这时她才发现我父亲在看岩画。她抬头细眯起眼睛，仰脸看了一会儿岩画，转过脸来，和我父亲的目光相遇，我父亲有些慌乱。

你的脸红了。喂，我说，你们的营地在哪里？领我去好吗？那个姑娘的气息和声音让我年轻的父亲心惊肉跳，头晕目眩。

八

到了一九四三年的春天，空气中传播着一种浓烈的腥味儿。这时，爷爷已经在伏牛山腹地不声不响地度过了四年光阴。奶奶以每年一个的速度生了三个儿女，其中就有我的父亲。那一年，奶奶的头上总是包裹着一帕方巾，眼角下密布着一层阴影，像一只笨拙的母象，穿行于山林之中。

他们在伏牛山中，依靠打猎和种植谷物为生。在爷爷的堂屋里，挂满了虎皮、狼头、熊爪和野猪头骨。他的左腿上还留有一个大疤，疤内深深地嵌进了半颗野猪牙，在夜晚来临时便在皮肉下闪着荧荧的光芒。

那时候，爷爷已经能够驾驶着他的木制大鸟在山谷中滑翔了。这是由原先的蓝布大鸟改造而成的。爷爷坐在大鸟的吊箱里，双手握住舵杆，掌握着方向，在山谷中滑翔，快乐得像个孩童。

到了这年春天结束的一天黄昏，坐在大鸟之上，他看见了进山的大道之上弥漫起了一股黄尘，尘土像黑云一样从峡谷中腾起，在山林上空形成一条混浊的黑龙。爷爷压住内心的惊慌，在峡谷上空滑行，他看清楚进山的大道上蠕动的全是密密麻麻的人头，爷爷明白了，那是潮水般的逃荒的饥民。

事实证明了他的发现与猜测，那些在地面上绝望地蠕动着的人头正是灾年的逃荒人，他们一个个有着蝗虫的面容，眼睛里燃烧着破碎的光。他们所到之处，所有的禾苗，还有那些没有成熟的浆果、麦穗、树叶，统统都在一阵"喳喳"的细碎声响中被他们消灭殆尽，就连老鼠的洞穴，也被他们掘地三尺，挖掘以尽。有时候，他们互相易子而食，婴孩白嫩的皮肉在路边支起的大锅中翻腾。他们所经之处留下了无数堆粪便。

看到这些场景，爷爷在半空中倒吸着冷气。山外的世界到底发生了什么？他不得而知，在随后数天的飞行侦察中，他发现，这些蝗虫一样的饥民队伍正在飞快地向着他的村寨移动。当他把他所看到的情景告诉了山寨中的人们时，二百多个男女老少都有些惶恐了。我们不能等死，我们得制止他们。奶奶坚定地说。

那年春天，她率领村寨中所有的妇女和孩子，进山采摘一种叫"黄攀"的植物，捕捉五寸长的红头蜈蚣。男人们则支起了大锅，将黄攀、蜈蚣和大粪一同烹煮，奇特的香臭气从大锅中升起。奶奶叫大家在口中含着一种叫"地灵"的植物叶片，才免遭其毒。那气味冲上天空，空中不停地掉下来兀鹫、乌鸦、黄雀和大雁来。后来，他们把在大锅中烹煮的液体倒入了安有机关的大木桶，然后把它挂在爷爷的"大鸟"翅膀下面，之后，在山风的鼓荡之下，爷爷飞在了空中。

我可以模糊地看见在一九四三年春夏之交，爷爷的"大鸟"在山谷中滑翔的情景，他那时的目光坚定而又疯狂，"大鸟"飞抵饥民上空时，他拉开了装有毒液的木桶阀门。

天空中落下来了黑色的雨点之后，大地之上立刻响起了一片哀号。那液体只要人沾上一点，就会迅速地溃烂，很快毒液便会蔓延到人的全身，然后暴死。当爷爷第四次驾驶着大鸟飞翔在空中时，他看见了沿着进山的公路上，到处都躺满了发黑的尸体，但他发现，在山外，依旧有一群群的蝗虫般的饥民，像潮水一样向山中涌来。

爷爷终于绝望地感叹了，他发现了人的生命的无常和价值的丧失。一九四三年他明白了这个道理之后十分沮丧，他发现人只是像虫子一样爬行在大地上，对飞临头顶的厄运毫无知觉。

奶奶在那一年站在一棵千年老红松下的姿势像传说中的白桦。她手搭凉篷，向山下眺望。整个山谷之中弥漫着一股死亡的气息，蝗虫般咀嚼植物的声音依旧很响亮。她一定看到了死亡的可怕阴影正在逼近。而她所策划的空中打击显然收效甚微，因为那些饥民们开始化整为零，像一条条多腿蜈蚣一样在密林里向着山寨而来。

到了第七天凌晨，大批绝望的饥民们终于涌进了山寨，所到之处他们张开利牙，尽情地消灭着一切可以食用的动物和植物。在有限的抵抗之下，山寨中的二百多号人大部分被打死了，我爷爷趁着混乱，爬上了一棵大桑树顶上的一个巨大的鹰巢，用破布塞住了幼年的我父亲的耳朵和嘴巴，一动不动。

父亲告诉我，爷爷抱着他在树顶上整整待了六天，亲眼目睹了饥民们如何消灭掉了他积存的粮食，如何吃掉了散发着余温的族人的尸体。六天中他靠吃鹰巢中的蛋卵活着，到后来，他随手从松树上摘下来一些松毛虫，在嘴里咀嚼，然后再喂给我父亲，这样，他们终于活了下来。

饥民们在七天之后离开了山寨。当时血红的夕阳染遍了整座群山。爷爷神情异常悲壮地看着饥民的队伍消失在下山的道路上，而后，他从树上下来，呼喊着我奶奶，却不见一点回音。山寨中空空荡荡，剩下的只是血迹斑斑的农具和人的枯骨。他再也找不到我奶奶和其他的孩子了，他们可能都被杀死或者吃掉了。

九

在长大的过程中，我越来越奇怪于家中竟然没有一张我母亲的照片，也没有多少人在我面前谈论过她，我的记忆之中也没有她的影子。她的存在类似于水中月、雾中花，时隐时现，若有若无。但是，我有一张满月形的脸，一双像波斯人一样深陷的眼睛和分布奇特的胡子，这些异族特征表明了我母亲的一些痕迹。

现在，更多的花瓣落向了迷茫的水，并被漩涡带走。我看见父亲相貌葱茏，腼腆地笑着，站在一九六七年的冬天里，仰脸看着天山冰大坂上的岩画。

画面上，原始人的生活、生殖、欢歌起舞的质朴而幸福的场景打动了他。那时候，中国大地上正掀起着红色的风暴，作为边缘人的父亲却带领着一队人马远在冰山之巅，心静如水地推雪开道。我可以猜想父亲那个时候对社会现实产生了深深的怀疑。

那个异族姑娘从上次去了他们的营地之后，十个孤寂的小伙子的生活有了某种变化。他们似乎在这个时代和季节的双重寒冬中，闻到了一丝花香。

她是维吾尔族和乌孜别克族的混血儿，她告诉我父亲说，她叫阿依努尔。

阿依努尔是什么意思？我父亲一边往火炉中添煤，一边拘谨地问。

月亮。美丽的月亮。她说。

阿依努尔在那些日子里给大家跳起了舞蹈，她活泼扭动的腰肢像美丽的蛇。隔着三十多年，我仍能够听到我父亲的血液在那一年冬天叛乱的声音。

于是，事情不可避免地向某种结局挺进了。就在那面洋溢着生命的欢乐气息的悬岩下的山坡上，在两件铺开的羊皮大衣里，我父亲的身体和阿依努尔的身体合二为一，成了岩画上新的注解。知道了这一切，我茫然若失，我的妈妈竟然是阿依努尔。就是在那一年的冬天，我作为一枚种子，开始在阿依努尔的腹中孕育和成长了。

父亲的生命之光在那一年明亮了起来。这使得他不断地在那一年怀想更为遥远的时代；几千年前的塞种人如何在这里生活与歌唱，和雪豹为伍，在山林之间穿行。那些日子里他的青春之血猛烈地激荡着。

然而，春天来临的时候，阿依努尔就消失在群山之中了。父亲在那年的四月率领他的推土机队伍下山的时候，一定心情复杂，满怀惆怅地望着冰峰上映照出的空洞的霞光。

后来，我父亲才知道阿依努尔的父亲是维吾尔人的一支叫"刀朗"人的一员。刀朗人就像是欧洲的吉卜赛人，是大地之上的流浪者。他们总是到达一个又一个村庄，进入一座又一座城市，而后再离开那里，他们穿越山峦、戈壁和沙漠，像水流一样在定居的人群中出现和消失，给人们带来短暂而又新奇的快乐。

后来关于我出生于桥下的说法终于找到了证据。作为刀朗和乌孜别克族人，我的生母阿依努尔与父亲之间的恋情，是不能违背她不可与异族人通婚和刀朗人流浪四方的族规的，所以，阿依努尔的消失显得十分突然。我父亲也并不知道我已经开始在她的腹中光荣而又有预谋地生长了。

在这年秋天，父亲拿到了一张歪歪斜斜的字条：你的儿子在涵洞桥下，快去拿回来。

他大吃一惊，慌忙去了那里。在那里他发现了一个羊皮小包袱。他打开了它，看见他十分熟悉的尼泊尔丝巾中包裹着一个粉红色的小家伙。他就是我。他被一阵冷风吹得皱起了眉头，哇哇大哭起来，显露出了对已知命运的悲伤。

我父亲想：也许阿依努尔真的只是一轮月亮，只是高高地挂在天上，以遥远的距离送来冰冷但却明亮的光。

多年以后我弄到了一些关于刀朗人的资料。传说他们居住在塔克拉玛干大沙漠的中心。他们总是纵横天山南北，穿行在村镇与城市间，给这个世界中生活的麻木的人施舍欢乐。那么，在这群能歌善舞的人中，那个长有一双波斯人的大眼睛的、头戴一方尼泊尔丝巾的女人，阿依努尔，我的生母，我在哪里能够找到通向你的路径？

父亲的那场短暂爱情给他的生命造成了隐痛与内伤。年老以后他总是目光空茫，月圆时他总是独自在大街上蹒跚。一九七〇年，他在一个阴雨天，和从四川来的一个女盲流结了婚。在现存的一张照片上，那个咧嘴宽厚地笑着的女人，怀中抱着几个月的我，和我表情仓皇的父亲，一同站在那一年的风景中，对着镜头茫然若失。

十

爷爷抱着我父亲在那棵老树上待了七天，等到那些蝗虫饥民消失之后，他才抱着我父亲从树上下来。他的脸部有些浮肿，目光呆滞疲惫，走起路来感觉像是浮在半空。整个村寨之中一片狼藉，到处都是白骨、枯树和青烟。

爷爷取出了塞住我父亲耳朵和嘴巴的布团，父亲那张憋得通红的脸上浮现出一股乖戾之气，他愤怒地哭了起来，哭声在空荡荡的村寨之中显得很空旷，我父亲愤怒地四下张望，他所看见的村寨就像是被飓风洗劫过一般，这给了他童年的眼睛以永不磨灭的苍凉印象。

壮年的爷爷的面容在那一年的村寨大洗劫之后变得衰老、沮丧和疲惫了。他一个人孤独地抱着我父亲，坐在一块巨石上，沉入了较为久远的回忆，往事的烟味和香味一同袭来，他激动、惆怅而又痛苦不堪，他想起了几年前与两个弟弟在河边的分手，他们现在到底去了何方？他们的脸是否像草一样变得青黄？

父亲说，爷爷在一九四三年抱着他开始向东北老家进发了。他在伏牛山中辗转、穿梭，七天之后竟又莫名其妙地重新回到了山寨之中。他想，兴许是上天叫他不要离开？

"后来，你爷爷就开始进行村寨的重新修复工作了。你爷爷又娶了一个老婆，也就是我的后妈，她是一个小脚女人，是山沟里靠纺线织土布为生的农家女儿。你锡伯族爷爷跟着她学会了种谷子和稻麦，纺线织麻，又开始轰轰烈烈地生儿育女了。你爷爷白天上山打猎，晚上就着灯光和我后妈学习织布，在米粒中拾出稗谷，生活得十分安详和幸福，直到他有一天被一种奇异的迷香所诱惑。"

事情的发生和消失都显得十分奇异，在这年夏天中的一天，天空中呈现出一种水淋淋的色泽，爷爷弯腰在山梁的玉米地里锄草，似乎感到天空中在飘落着什么。

他抬起了头，看见头顶上悬飞着一团缤纷缭乱的蝴蝶，它们上下飞舞，变幻着奇异的方阵，他有些惊呆了。

蝴蝶越聚越多，成了一层彩云。后来，一阵风荡来，蝴蝶变成了一条长龙，在微风的吹拂下，向山下飘去。一阵阵迷香迎面拂来，他感到头晕目眩，他就跟着向山下走去，七拐八弯，他走到了一个山洞里，蝴蝶群在洞中依旧向前飞去。

山洞之中水声叮咚，一些青蛙在鼓噪着，水波映在洞壁之上，明亮的细细水纹在波动。前面半空中蝴蝶扇动翅膀的声音无声无息，神秘、美丽。爷爷的脸上挂着一层汗珠，他预感到可能会发生什么事情。

他涉水跟着蝴蝶群走进了洞中。

洞中的幽暗旋即吞没了他。

水越来越深，后来他又开始游了起来。蝴蝶依旧引着他向前。渐渐地从半空的洞壁上洒下来一些光亮，前面是一片钟乳石的景观。

光波在水面荡漾，那些形状奇特而又美丽的钟乳石叫他惊叹不已。蝴蝶们聚成了一团，在水面之上蹁跹。

他游向那群蝴蝶的时候，借助微弱的光亮，发现了在水面上漂浮着一个物体。

那是一条暗红色的木制大船。爷爷的心中咯噔地响了一下，他登了上去。

我无法想象爷爷发现那艘大船时会是一种什么样的心情。他一定在船上摸索了许久，他还发现了大船上有好几具已枯死多年的尸体，他翻动他们时，已化为灰烬的衣衫之灰飘然而起。他清除了舱里的杂物，后来，驾着这艘木制红船，沿着那条地下暗河，悄然出发了。

从那以后他离开了伏牛山，一去就是四年，一直到一九四七年他又突然出现在我后奶奶的面前——那时候我父亲已经长到他的胸部那么高了。他驾驶那艘红船的时候，心中一定异常激动和忧伤。他想驾驶着大船一直到达大海，去搜寻我奶奶所说的那些沉入海底的印度珠宝。我猜想爷爷并不是非常喜欢珠宝，他仅仅是着迷于对梦想的沉醉和想象，以及对我奶奶的怀念。他甚至认为是我奶奶的灵魂指引着他，要他去大海。那天他驾着大船，在地下暗河中穿行犹如穿越时间隧道，他能够抵达吗？他能够找回一九三七年沉入海底的珠宝和美梦吗？那一天的他对此一定和我一样一无所知。

十一

　　父亲站在一片浩瀚的沙漠边上，隔着沙尘向我这边眺望，犹如在春天里眺望秋天庄稼的成熟。在二十世纪七十年代后期，父亲的身影显得晦涩不清。父亲是一个谨慎的人，他不会为某种激情所驱使从而使自己走向盲目。二十世纪七十年代后期的几年中，中国大地之上阴云密布，云层之中隐隐的雷声不断。大地震和三位伟人的相继离世，使得神话时代趋于结束了。

　　一九七七年的春天，积存了一冬的晦暗的街道积雪开始融化为乌黑的雪水；鸟鸣和灰蜻蜓忽然间布满了树林和草丛；一场奇异的青蛙雨猛烈地降临这座城市，在晚风习习的夜晚尽情鼓噪。一些黑山羊和白山羊成群结队地穿越城市向遥远的夏季牧场进发。一天，地下吱吱叫着钻出了无数株色彩艳丽的蘑菇，一件不明飞行物破空而来，在城郊的麦地之中炸开了一个年代久远的古代墓穴。许多老墙每到半夜就开始吱吱呀呀地叫着，渗透出来无数只老鼠、蟑螂、潮虫和蚊子。正是有这些奇异的事情相伴，有一天夜里，我父亲突然被惊醒了，他看到了窗外天上奇异的幽蓝的月亮，心中咯噔地响了一下。他决定要去做一件事情。

　　现在，在已经在青春时代里经历过爱情的疯狂与激情的我看来，父亲一九七七年的失踪是可信而且完全可以理解的。在岁月的云雾之中我看见他目光痴迷，穿行在戈壁、冰山、雪原、山林和沙漠之中。他表情坚毅。他下定决心去找回阿依努尔，他的美丽的月亮，我的生母。有时候他甚至怀疑她是否真的存在过，这兴许是一个梦，一个幻想。他像是一个圣徒一样，披荆斩棘、昼夜兼程地向新疆南部而去。

　　后来他告诉我，那时候在他的心中澎湃着一条河，那条河叫塔里木河——传说刀朗人就沿这条河而居。他想沿着那条河一直走下去，就能找到他的阿依努尔。

　　在汽车中，在吱呀作响的牛车上，在颠簸的马背上，他的忧郁的脸微微晃动，犹如风中一朵行将凋落的黄色菊花。一九七七年的西部风景不断地在他的眼前晃过，在向南疆进发的旅程中，他感到天气越来越燥热，而且，在穿行一些小型沙漠时，他像一条夏天的狗一样伸出舌头，使劲地在空气之中搜寻着露水。

他终于来到了塔里木河的一个河汊口。他脸上的皮肤已经被风剥去了一层，他的眼角里也积满了沙子和忧伤。在路上，他被人洗劫过三次，如今，除了身上的衣服，他已经什么都没有了。

他开始沿着塔里木河向着沙漠纵深处进发。所有看见他的人都认为他是一个疯子，在一九七七年的夏天里他披着一头散发，眼睛里燃烧着令人迷惑的火焰，顽强地向着不可知的地方进发。

父亲在后来的叙述中，没有谈及他那次长达两年的疯狂寻找过程中的种种细节，但我能够从他混浊的眺望与怀想往事的目光中，依稀触摸到它们。

在他那一次的寻找中，他深入到了塔克拉玛干的腹地。他握着我爷爷传给他的一柄匕首，坐着一条维吾尔人送他的胡杨木小舟，顺流而下。

在沙漠腹地，他见到了最为壮观奇特的场景：他见到过几百只凶猛的兀鹫，在一起争抢尸肉；见过数目庞大的野马群，在大戈壁之上疾驰；一群毛发耸立的沙漠狼在岸上紧紧地跟了他两天，直到发现了一群黄羊，才舍他而去。有时候，满天的繁星叫他沉醉，有时候，他站在木船中用激越的声音呼唤阿依努尔，但回答他的只有风、飞沙和冰凉的阳光。他还见过最为壮阔的胡杨林，绵延在河边几百公里。最后，他与自然融为一体了，沉默不语。

我把父亲的这次寻找视为他对人生的意义的一次确认。那一年他38岁，他肯定觉得自己全部过往的生活庸常琐碎。他必须要确认自己，我想我没有说错。

他说他的船搁浅的那一天天气十分燥热，船底猛地一震，他从船舱中坐起来，发现这条季节河已在沙中消失不见了，呈现在他的眼前的是一片大沙漠。新月形的沙丘阴险地包围着他，他突然感到了茫然。在四周，到

邱华栋中篇小说选

处都是鸵鸟和兀鹰的尸骨。

他正茫然不知所措的时候，听到了风送来的一阵鼓声，他奋力地登上了一个沙丘，发现前方二百米处，一片沙漠海子的旁边，有几百个人正围着一堆石头在跳舞。父亲明白他找到了沙漠中的原始部落。

一声响箭，父亲惊魂未定，看见一柄带峭的木箭插入了他脚下的沙地，尾部的鹰羽在颤动。他拔出了箭，发现箭头是鱼骨做的，他再次抬起头来的时候，发现有几个人手持着长矛，远远地飞速向他奔来。

十二

爷爷驾着那条红木船，在一九四三年的一个阳光明亮的日子，舍弃了他的大山，悄然地沿着暗河出发了。他要到那波涛汹涌的、他只是在想象中曾与它会面和亲近过的大海去。站在船头，回头怅然望去，他那时一定十分想念失踪的我奶奶，脸上弥漫着依恋和怅惘。

后来，他的红木船漂进了伏牛山谷中奔流的小河。水清澈碧透，他还多次在水面上看见自己倒映出来的影子。他一定对水中那个披散着长发、一脸迷茫和疯狂的人产生了好奇，但他的船还是在一阵嘎吱吱的响声中向前驶去了。

两岸的景色不停地变换着，空气时而新鲜，时而浑浊。爷爷仰脸闻到了空气中战火的气味。他还看到了许多尸体就像是僵卧的蚕，倒毙在河的两岸，一些抢食尸肉的乌鸦站满了尸体边。大群大群的土黄色蚂蚱在农田里像云团一样移动，到处是一派衰败气息。

他的船顺流而下，很快就到达了丹江口。在河南和湖北的交界地带，他的船开始进入了宽阔的水面。一天，他发现在船的左前方的水面上翻腾着一条白花花的大鱼，他准备用鱼叉去搏击的时候，却发现一个精灵鬼怪的小男孩的水淋淋的头从水中冒了出来，挑衅似地对爷爷喊："嗨，打鱼的，我要爬上你的船，否则，我就要被淹死了！"

那个贼精的小男孩长了一双灵活的黑眼睛，转动的频率非常快。他告诉我爷爷说，他叫"屁孩儿"，他的父母亲不久前在炮火中死去了，只剩下了他像一条混江龙一样在丹江上靠捕鱼为生。"屁孩儿"那天站在船头，冲着翻腾的江面上欢快地撒了一泡尿，然后转身对我的爷爷说："你收下我吧，老头儿，我什么都会干。我会划船，抓鱼，潜水，我还会用飞刀扎中蟑螂。我已经没有爹和娘了，你到哪里，我都会跟着去。"他说完，向前一扑，就跃入了激流暴跳的河水之中，很快地，他又从水中钻出来，手中举着一条长着胡须的黑鱼，一边踩水，一边冲我爷爷笑着。

父亲给我讲述早年爷爷的这些经历的时候，声音艰涩而又忧伤，使得这些年代久远的传说像一幅幅色彩鲜艳的油画一样映现在我的记忆之中。我终于发现，父亲和爷爷两辈人的一生都在寻找，而他们的寻找又与河有着十分密切的关系，然而，他们到底找到了什么呢？

"找到了一片杂草，生长在迅速流动的黄沙之中。"父亲以近乎虚无主义的论调这样对我说。

爷爷的船上从此多了一个十四岁的小帮手。后来，他们的船进入了汉水，数天以后，就到达了长江。

爷爷第一次见到长江时十分惊奇，他的船上下颠簸，像是一片树叶一样晃动着。他这才发现自己的船太小了。但江面上隆隆的炮艇前进声震惊了他，巡逻队迎面向他围了过来。他被投入到了江岸看守所。

六天以后，他神奇地死里逃生，从看守所中逃了出来，和"屁孩儿"一块偷了一条更大的船，乘着夜色向下游进发了。

后来，在见到大海的时候爷爷感到了一种真正的欢欣与舒展。大海漫无边际地泛着蓝色的波涛，海面动荡不安，他的船开始真正地漂浮在带着咸味的水里了。在经过崇明岛的时候他又找了一个只有一只眼睛的渔民，说他们要去海上捞宝，这样，船上的人共有三个了，大船继续顺着海流的方向向南行驶。

爷爷按照奶奶给他的那张印度沉船的方位图，找到了嵊泗列岛。他们开始在那一片海域中疯狂地寻找，并躲避日本军舰。但一年过去了，他们仍是一无所获。

但是在一九四四年秋天的一天，他们在捕捞大群的带鱼时，发现了水底有隐隐的黑影。三个人便开始轮流下潜了。第四天，"屁孩儿"浮出水面时，手里举着一件东西，欢快地向大船游去。爷爷发现那是一尊观音木

邱华栋中篇小说选

雕，他知道这是印度货，他明白自己终于找到了。

接下来的打捞过程惊心动魄而又令他们心醉神迷。他们三个人在墨绿色的水草中穿行，发现在海底岩石的缝隙中，到处都散布着珠宝和金块。不远处的小海沟里，赫然沉睡着挂满了水草的沉船。这一片水域中弥散着一些奇特的香味儿，在出入那艘沉船时，那个瞎眼渔民，绰号叫"石磨"的人被舱眼卡住，死在了沉船之中。

第四天，他们已打捞了满满六大箱宝物。然后，爷爷决定启程向回航行了。

这天白天，天空中响起了低低的咆哮。不一会儿，他们发现有两架飞机正在海面低低地掠来。那是日本人的飞机。

飞机在飞经他们的船上空时开炮了，"屁孩儿"像是空气中战栗的红罂粟一样满胸鲜血，栽到了海水中，旋即被海流带走了。爷爷也飞身跃入水中。在一阵震耳欲聋的爆炸声中，爷爷痛苦地从水面下探出头来，发现他的那条船已经荡然无存，海面上浮满了碎木片。

十三

父亲在二十世纪七十年代末的塔克拉玛干之行充满了神秘莫测的细节。这一切在时间的冲刷下已经荡然无存。只存下了几块回忆的巨石。父亲告诉我，在塔里木河消失的沙漠腹地，他遇到了沙漠原始人群。他们的部落是荷鲁（音译）部落，是古代中亚塞种人的一个分支，他们居住在沙漠的中心，已经好几千年了。

在一阵欢呼声中，父亲被荷鲁族人带到了他们的人群中。父亲发现他们每个人的脖颈上都带着用飞鸟的头骨做成的颈圈，男子肤色黝黑，头上都戴着羽饰，女子的身上穿着麻做的大围裙，高鼻深目，眼睛是黑色、黄色或是淡灰色的。父亲来到人群之中，才发现他们正在举行一年一度的祭祀仪式。

父亲说，"荷鲁族人每年都要处死一个人，作为向上天的祭祀，来祈求灾难免于降临头顶。"

他还发现，荷鲁族人的图腾崇拜是沙子。在他们的居所和日常用品上，都刻有放大的沙粒。他们对着包围在四周的流沙有一种无限的畏惧与无可奈何。

处死祭品的过程是残忍而又充满激情的。由于他的到来，使得他们暂停了片刻，后来当他被引到族长——一个红头发、鹤骨豹眼的老人身边之后，祭祀继续进行了。

父亲怀着疑惧的心理观看处死祭品，他听到了阵阵的擂鼓之声。他看见，木架祭台上的白布打开之后，里面躺着的是一个十分丰满美艳的女人，她的表情冰凉，仿佛对自己的命运无动于衷。父亲的心悬了一下，确认她不是他要找的女人。他看见她披散着长发，躺在那里，像一条已经死去的鱼一样一动不动。在一阵欢呼声中，祭司举着匕首猛地下刀了。血像喷泉一样溅起来的时候父亲的心像青蛙一样乱蹦着，他赶紧掩住了脸。

很快地那个女人被分成了许多块，被每一个部落人分吃了，她那颗还在隐隐而动的心脏，则被送到了族长身边。族长伸嘴咬了一口，然后把它递给了我父亲。

父亲惊恐地躲闪了起来：不不，我不吃，我只是来找阿依努尔……

阿依努尔？鹤骨豹眼的族长皱了皱眉，摇了摇头，指了指天空中的太阳。阿卡鲁。他对我父亲说，阿卡鲁，阿卡鲁。说着，自己又吃起了心脏，人群中响起了欢呼声。

现在，透过时间的雾霭，我看见年轻的父亲一脸疑惧之色，夹杂在一些头发褐黄、面孔狭长的荷鲁族人中间。荷鲁族人生活在茂密的胡杨林里，他们的家是像鸟巢一样建在树顶上的。原始胡杨林里还生长着红柳、麻黄、红花、芦苇和芨芨草。父亲被带到了族长的家中。在那里，父亲见到了木质的各种生活用品，仿佛来到了木器时代，族长请他喝一种由木薯酿制的白酒，并且，他终于吃到了久违了的肉干。

第二天清晨，许多女人来到了族长的家，围住了我的父亲，依次仔细地打量与摸捏着他，犹如在挑选一件器物，许多女人都摇了摇头，大概是嫌他太瘦。女人们都哄笑了起来。但后来有一个非常健壮的女人拉住了他的衣袖，对族长说：乌哈衣罗。

族长拍了拍我父亲，意思是叫他跟着那个女人走。女人们又哄笑了起来，父亲明白他被这个女人收留了，他想，他们可能不会杀掉他了。

我无法想象父亲身居异乡异族中是怎样的惊惧和孤寂，那个领走父亲的女人名叫嘉丽泽，并且，在随后的日子里以饱满的热情，在每天晚上都把他收拾得像一只空空的海螺。父亲没有找到他的月亮、他的阿依努尔，却成了荷鲁族人的一员。

他后来发现，荷鲁族人以畜牧业为主，主要吃羊肉、牛肉和骆驼肉，并穿用它们的皮毛。每天早晨，男人们都出发去打猎，去捞取远处的河鱼。他们还种植大麦和青稞。女人们则纺麻与编织毛毯。到了黄昏，打到了草鹿和黄羊的男人们纷纷回来了，大家一同唱着祈愿之歌，但愿太阳第二天照常升起。

一晃，一年多过去了，嘉丽泽那时已怀上了我父亲的孩子，马上就要临产了。而父亲却越来越忧郁，他甚至搞不清楚他所经历的这一切是否全都是梦境。阿依努尔的影子一直在旋绕着他的脑海，但他却无法将她找到，因为，塔里木河的流向已经消失。后来，在这年秋天的月黑风高之夜，他悄然地摸出了胡杨林。

他在沙漠中迷了路。天亮的时候他绝望地发现他根本就走不出去，因为他一直向西走，但却没有活物与道路。他痛哭着跪了下来，用手抓起一把沙子，看它们迅速地在指缝中流动。后来他抬起头，发现了一些人骑着马，正向他赶了过来。

决定拿父亲当作祭品处死分食，是族长命令的。怀有身孕的嘉丽泽痛哭流涕，而祭台搭好后，第二天一大早，太阳徐徐在东边的沙海中跃升，父亲被裹上了一层白色麻布，由四个女人抬着，族人们跟在后面，唱着歌曲，一步步地走向了祭台。

十四

爷爷的木船被日本人的飞机击沉以后，他逃到了一个海岛上。在那个海岛上他埋藏了不少珠宝。孤岛像一块木头一样漂浮在苍茫的大海上，四周全是幽蓝的海水。爷爷在那一年中第一次感到了孤独，他经常沉入回忆的湖底。他想起了自己的两个弟弟，他们是否已分别从两条岔道，走进了时间的杂草丛中迷失？我的奶奶、他的前妻，那个美丽绝伦的海盗老婆，她也像烟一样在天空中消失，"屁孩儿"被击中后，鲜血之花陡然开在前胸。这一切，依次唤起了他抚摸过往生活之间裸露的石头。现在，打捞财宝已成为实现了的愿望，他才知道自己该向何方了。

他在那座孤岛上待了三个月。每天，他都坐在礁石上，眺望远处澎湃的海面，盼望有船经过。有时候，船的帆影在天边映现，他大声呼喊，但帆影又消失了。

他慢慢地变得消瘦了。这一年冬天，当三条乌黑的大木船停靠在孤岛边，从船上下来了六十多个人，他们在沙滩上处死了三个人之后，爷爷知道，他碰到海盗了。

父亲告诉我，爷爷当上海盗是一九四三年冬天的事。后来，爷爷将他藏在岛上的珠宝全都挖了出来，交给了海盗头子乌龙。乌龙长得五大三粗，腰间插着两只驳壳枪。后来，爷爷说动了他，又购置了三条大船和一些枪械，与日本人开战了。

他们在海面袭击日军的供给船。乘着夜幕，偷袭停靠在港湾中的日本军舰。很快，他们的木船就剩下两条了，更多的人死于子弹来袭。乌龙在一次袭击中被炸成三块，剩下的海盗们逃的逃，另外的则拥戴我爷爷为首领。春天，爷爷又购置了七条大船，继续在沿海战斗。

爷爷的历史是杂草与小麦共生的，黄金与泥沙俱下。一九四四年春天，日本军舰围迫我爷爷的舰队，在日本军舰强烈的火力攻击下，他们向后溃退了。

夜幕降临时，他以仅剩下的几条船逃进了一片港湾。日军盲目地用火炮射击，但什么也看不见。

就在这时，日本军舰突然放起了烟火，烟花腾空而起，迅速地在高空中炸开，在空中开成了绚丽的花朵，夜空被一次次从内部照亮，每一艘日本军舰都在向天上放着烟花，好像在过什么喜庆的节日。爷爷披着披风，站在船头看呆了。他愣愣地看了许久，说道：真是好看，好看极了。他的脸上荡漾起一种痴迷的表情。然后他对大家说：我们明天一早就向日本人投降吧。

我不能肯定爷爷向日本人投降是为了了解烟花的秘密。我猜想那个烟火之夜，他可能感到了自己一直在被一种神秘的力量左右着。他率部投降时正是春天，海风和青草的迷香阵阵。日本人杀掉了他全部的部下，把他一个人关在狱中，严刑拷打。一年以后的夏天，日本人投降了，监狱被国民党接管，爷爷乘着混乱逃走了。

他在一九四五年十月回到了伏牛山区，回到了他原来所建的山寨。他看到，庄稼在那一年中都结出了坚实的果实，树上挂满了透明的鸟鸣，我的后奶奶领着我年幼的父亲，在打谷场上的一棵老桑树下晒太阳。

爷爷向他们走去时泪流满面，步履凌乱，眼睛里闪着一条久远的河。

一九四八年开春，国民党的军队像水流一样漫上了整座伏牛山。他们抓住我父亲和爷爷的时候，爷爷正在擀制着一张熟牛皮，我年幼的父亲正在石磨边跳跃，用鞭子抽打蒙着眼睛的毛驴推磨。

枪声在空中刺破了宁静，爷爷从鲜血淋漓的牛皮上抬起了他那张饱经沧桑的脸。

他看见密密麻麻的穿灰色服装的军人，正沿着山路向上攀缘。

"小兔崽子，给我当个小勤务兵算了。我正缺一个勤务兵呢。"瞎了一只眼睛的国民党连长拎着二十响驳壳枪，一只脚踩在石磨上，另一只手摸着我父亲的小脑袋。父亲看见他的绑腿上沾满了血迹，一些苍蝇从草丛中起飞，向他的绑腿上聚集。

"他是我儿子，不能给爷们当兵。"爷爷站起来，放下了手中的一柄刮刀，冷冷地搓着手说。

"你不把儿子给我，我就要你的命了。"独眼连长干笑一声，犹如乌鸦在旷野中飞过。"把小家伙给我吧，当兵吃肉，不会亏待他。"

"不，我说了，不行。"爷爷坚决地说。我后奶奶和他站在一起，用手拽住他的衣襟。

"王八蛋!"独眼连长骂了一句,在原地转了一个圈,斜眼看着爷爷,"算了。你去帮我把那两节电话线接上,我就放了你们。"

爷爷迟疑了一下,这才走过去。在电线杆下,一条电线断成了两条僵死的蛇。爷爷弯腰抓起了一头,他刚刚抓起另一头的时候,只觉得浑身一震,他发现身上冒出了青烟,脑海之中电闪雷鸣,他感到眼眶中喷出了火焰……爷爷死于一九四八年三月十四日,他死的时候我父亲抱紧了他后妈的腿,看着在地上抽搐不已的、眼眶乌黑的父亲,惊惧万分,张开了嘴巴,开始哭了。

十五

一九七八年父亲从荷鲁族人中逃走又被抓回去,成了要被处死的祭品。那天我父亲心情阴暗,裹在白布之中,耳畔响着咚咚的鼓声。往事像数条交叉的河流交替着映现,他感到十分沮丧。

白布一层层打开的时候他没有张开眼睛,但他呼吸到了阳光。阳光像青草一样撩拨着他的鼻翼。

行刑的人唱起了歌,他知道自己就要被处死了。族人围着祭台跳起了舞,颈饰和腰饰、脚饰上的铜铃发出了悦耳的声响。沙子依旧在大地上悄悄地流逝着,父亲骤然感受到了前所未有的明亮的痛楚。他安心地等待死亡降临。

然而,空中传来了飞速逼近的轰隆声。父亲躺在了行祭的木架上,他听到了周围的荷鲁族人发出了惊恐的呼叫。远处腾起了一朵巨大无比的蘑菇云。他不知道,那里有一个核试验场,正在进行着一次原子弹的爆炸实验。

后来,他睁开了眼睛,发现空中有一架直升机正迅速地降落着。荷鲁族人号叫着四散而去,显然他们从来没有见过空中这么大的"飞鸟"。

"喂!你们在那里干什么?你是什么人?你说话呀,你是什么人?你怎么跑到这里来了?"一个穿蓝色衣服的人对躺着的我父亲大声地喊,父亲一脸苍茫,一句话也没有说。

父亲到底没有找到我的生母阿依努尔。他被塔里木盆地石油勘探人员用直升机带出了茫茫的沙漠腹地。在飞机上他一声不吭,看见大戈壁上黄羊群在奋力奔跑，远处，塔里木河像银带一样在闪亮。

爷爷和父亲的寻找就这样分别结束在不同时代的同样的黄昏里。后来，我父亲常常陷入回忆的流沙，总是说一些莫名其妙的偈语。那一段时间他常和几个已弯起了老腰的老朋友，在城郊的树林里比赛打麻雀。我却在一边悄无声息地迎风而长。我知道属于他们的一切已经正在被回忆的灰尘所覆盖。在向着时间的上游回溯中，我只能打捞起一点泥沙。人的经历像荒草一样长在大地上，到底哪一棵是稗草，哪一棵是麦子？

现在，时间飞速游动，往昔像一些阴暗的大海深处的水域，神秘莫测而又模糊不清。我父亲混浊的眼睛似乎看到了更深的事物，只是他无法描述它。在我的想象中，那些年代久远的，犹如褪了色的画布一样的传说中，爷爷和父亲像是两只猿猴，敏捷地穿行与跳跃，沿着岁月之河流盲目地呼喊，细雨在他们头顶飘落。

我从时间的河流中探出头来，神色疑惑地向上追溯和向下眺望。我几乎什么都看不清，但一切又历历在目。一些大鸟沿着河面快速滑翔。在我的时代里，一些东西在更加迅速地破碎与流动，每个人都在捕获转瞬即逝的快乐，而唯独我想采摘时间之树上的传说之果，我伸手可及但又摘取不下。

我很绝望，在梦中我是一只候鸟，飞翔的姿势轻灵，沿着河流，口中衔着那些闪闪发光的传说的种子，向着遥远的黑暗与光亮共生的地带奋力飞翔。

空心人舞蹈

—— 一部四重奏

第一章

1

最初关于青春和成长的印象已被记忆之外的闪电斩断，并悬于幽暗的时间的屏风上被蛛网所尘封。现在，梁洪波从镜子里的河流中探出身子，然后她缓慢地向我们走来。

她发现大学时代已经毫不容情地改变了她许多东西。也许我已变得面目全非了。本科毕业时她又选择了报考研究生，她考上了。又可以在梦的冰面上自由地滑来滑去了，这使她很兴奋，她把这个消息告诉了她的男友、物理系研究电磁波的博士生胡克。

胡克表示了祝贺，并用他那刮净了的下巴亲昵地蹭了蹭她的脸。他们的相识要追溯到一年以前。那是一个刮风的日子。她躲在学校的一片小树林里看一封家信，当时她还在读三年级。毕业分配的乌云开始在她头顶凝聚，但母亲的意见是要她回家乡，也许可以当个私塾老师什么的。她想起了南方那个群山环抱的山村中，阁楼里劈着青竹的头发半白的母亲。当个私塾教师？她觉得好笑，于是笑了起来。

她把信重新装进了信封，这时一阵大风吹来，将她手中的信吹跑了。后来她追出了树林，看见一个身穿灰色风衣的男孩子正表情茫然地环顾四周。手中拿着风传递到他手中的那封信。

邱华栋中篇小说选

"那是我的，你还给我吧。谢谢你。"她接过了信，对他笑了笑。这一刹那的对视中，她觉得他有些特别，因为他的脸苍白得像一张纸。他的神情在那个大风之日显得非常沮丧和游移，失血的嘴唇在风中抖动。"我看见一只血红的飞鸟，从这信封里飞走了。"他说。

三天后，他摸着记忆中那封信上的住址，在宿舍中找到了她。他直截了当地向她表示了爱慕，她接受了下来。

2

半年之后，他们第一次睡在一起。这是博士生胡克向一个朋友借的房子，房间里充满了油画颜料的气味，这使得心情紧张的梁洪波感到很不自在。

"我……在这方面一直有障碍，"梁洪波咬着嘴唇说，"我大学时代整个是郁闷的。"

然而胡克已像托起一叶纸片一样地抱起了她，把她放在了床上。梁洪波抬头看见墙壁挂着一幅埃舍尔的《时间的错位》和《魔镜》两幅复制品，一排排蜥蜴奇异地在画面上突破了三维空间。胡克节奏缓慢地，犹如在演奏克莱本叙事曲一样地亲吻着她的嘴唇和耳侧脖颈，然后他一件件地解开了她的衣服……

她感到了微微的震颤与快意，她微微地睁开眼睛，忽然发现在她胸前蠕动的胡克变成了一个孩子，一时间她分不清楚这是否是她的幻觉，但她感到身体两侧浮起了那股强烈的颜料气息，她立即厌恶起这间房子来。不不，我要坐起来。她用力地推开了胡克。我讨厌这张床和这间屋子。那我们怎么……胡克有些着急，犹如渐进的叙事曲突然被人无礼打断。我……要坐到那张椅子上去。胡克听见她这么说，忽然为某种想象力所催动，他立即又抱起了她，他看见阳光穿透窗玻璃投射在她的乳房上留下的一块半圆的阴影。

后来他就坐在了椅子上，用手环住了她的腰，他紧贴了上去，感到自己进到了一片温柔的水草中。他开始耸动的同时，听见了她疼痛的呻吟，环抱在他肩部和背部的手把他抓得像烙铁烙过一般。然而他像一个坚定的农夫一样挖掘着她。同时他感到了火车在行进的力量。火车冒着白烟，在疾风中疾驰。他渐渐感到她的身体在由僵硬变得柔软起来。

空心人就是在这个时候突然出现在她的脑海中的。他们一共有 12 人，都穿着黑色的晚礼服，但他们的脸色苍白，毫无表情。他们似乎都没有心，没有心脏在搏动。他们神情冷漠，目光空洞而哀伤。他们 12 个人手拉着手，在十分空旷的以天鹅绒幕布为背景的舞台上跳着舞。波尔卡？玛祖卡？空心人跳得十分有韵律，12 个人不停地变换着队列与节拍，他们遥远而空洞地注视着她。这时她真正地感到了恐惧，她"啊"的一声大叫了起来。

与此同时，胡克已不可挽回地进入了叙事曲的结尾部分，他感到自己像一架落地的飞机，带着巨大的轰鸣声机翼在长久地震颤着。

"我们终于跨过一道门槛了，我想，我是爱你的。"胡克满意地躺在那张床上说，他浑身的汗珠闪闪发亮，犹如一条刚刚跃上沙滩的鱼一样在喘息。梁洪波用毛巾被盖住身休，她感到小腹非常不适。她发现自己流血了。

"空心人。我看见有许多空心人。"梁洪波凝望着射进屋子的光圈儿，痴呆呆地说。

"你在说什么？莫非你有了幻觉？这屋子就只我们两个人，什么空心人？真是可笑。"

3

其实她觉得真正可笑的应该是他，是胡克。那天她十分悲戚地写了一张纸条："从今天起，我不再是少女了，我多么感伤！"她像是一个小资产阶级那样把这张纸条装进了一只褐色的玻璃瓶，并把它埋在了校园湖边小山上的一棵巨树下。

在以后和胡克的肉体亲近中，作为他的女友，她总是被动地接受他。她觉得他有节奏的冲撞的确十分可笑，而且，胡克在她身上有时候像一个孩子那样，让她觉得男人也许真是一种可笑又可怜的动物。有时候，无论是躺在那里，或者是趴在那里，她都没有怎么去理胡克折腾，细心地在脑子里分析着语言学中语义的生成与转化之类的问题。

后来有一次两个人躺在床上的暗影里，月光漏进来打在地上。她说："我其实是一个完美主义者。我其实更喜欢强壮的男孩，有时候和你在一起我只能去想些别的，借此转移我的一部分沮丧。"

她说这些话预示着他们后来的分手。就在梁洪波读硕士生第一个学期结束前，她找到了他，告诉他他们俩是两驾马车，在跑向两个方向。而这时的胡克正躲在实验室中，写一篇哲学论文《人格的迷宫》。"这是否与空心人有关？"他问。

梁洪波愣了一下，但她还是点了点头。"兴许。但重要的是，我是一个完美主义者。"

"我们不过是迷宫中的两个走错方向的人而已，"胡克朝她扬了扬手中的论文，"你走吧。"

4

在攻读东方文化学硕士研究生的第二个月，梁洪波和住她上铺的高萍发生了一次争吵。

在梁洪波看来，高萍就像是一个以追求浪漫为目标的风风火火的法国女人。她总爱穿一套像火焰一样的裙子，类似于一团耀眼的火苗在校园里飘动。争吵的缘由很简单，大约是高萍参加完舞会回来，哼着歌曲上了床，睡下来的时候将床摇了几下。

"高萍，你可以尽力安静下来吗？"忍耐了一个多月的梁洪波终于说。

上铺沉寂了片刻。"可笑。"高萍说，然后，她又使劲儿地摇了摇床。

之后，她们之间旷日持久的战斗便开始了。

一天晚上，高萍在黑暗中坐起来，她开始数落起梁洪波了。她历数了梁洪波不爱叠被子（的确如此），还爱将例假后的内裤扔进床下；历数了梁洪波在导师面前争宠（她们是同一个导师）的种种姿态，而且她还说胡克很令人难受。她口齿伶俐，说到得意之处连自己也暗中敬佩起自己来。梁洪波觉得自己无力反驳，她从来没有与人真正吵过架，也不会吵架，然后黑暗中传来了梁洪波的啜泣声。

"高萍，你太过分了。说够了吧？"古汉语专业的李轶群在黑暗中开口说。而另一个女孩，研究民间文学的哈尔滨籍姑娘陈静在帐子中轻轻地笑着。她和高萍既是联盟又是敌对的人。所以这一夜对于寝室里的四个人来说，是第一次碰撞与接触的起点。

高萍突然收住了话头，她觉得自己的确说得有些过分。之后，啜泣声停止，一切又重新沉静下来。

5

这是一座百年历史的名牌老校。校园里到处都是参与过中国近现当代史的名人们留下的痕迹。现在，大约是上午，梁洪波坐在阶梯教室里，听汪海川讲授后现代主义美学，一边心不在焉地向窗外望去。金黄的银杏树叶在空地上铺满了一地。

她在思索着迷宫这个词。"你是个沉思型的人，女人中你这样的真是少见。她们大多数人是去追赶即时性的泡沫的，而你，却在思索钟表的摆动。为什么你不写一本叫《时间的树枝》的书？"校园诗人林格对她说。

和胡克分手不久，林格像一截顺水漂来的木头一样停在了她的身边。他和她谈的话题十分一致，比如诺瓦利斯，比如钉上十字架的基督复活以后的事，比如海德格尔的林中足迹。他们在两天前刚刚谈论了诺瓦利斯梦中的一朵神秘的玫瑰花。那是在留学生公寓幽暗的地下酒吧里。昏暗的灯光照不清人的面目，他们坐在墙角的座位上，这时曲子放的是《格林威治的坏婆娘》那首英文歌，林格将一头长发甩了甩，他有些瘦削的脸有些戏谑的表情，他把手放在了她的腿上，试探式地触摸着她。

她拿去了他的手。不远处的五个美国佬正在开怀大笑，几个日本小伙子穿着花花绿绿的裤衩，在穿梭来往，手里拿着啤酒罐。这里日益地变成了一个乱糟糟的热闹地方。

"你刚刚和胡克分手，一个放弃了初衷的人，内心一定是十分缭乱的。而我的形象则是压舱石，会叫你在黑夜中重新找到重心。"林格拉起了她的手说，林格长得很瘦，就像是一只得病的仙鹤。

梁洪波没有将手抽出来。她想了一会儿，忽然流起泪来。和胡克持续一年的恋情也许是因为空心人的干扰告吹了，她想起了胡克的很多好处，也许我本人就是一个空心人？我需要什么？激情型的生活？平静的安暖居所？她迷惑地问着自己。

她不知道自己如何被林格带出了留学生公寓的地下酒吧。外面细雨飘拂。她和他来到了图书馆边的一条回廊里，这里放了很多自行车。林格靠在一根柱子上，用手将她拉向自己的怀抱。梁洪波还在流泪，她感到自己像是气球一样在半空中飘来飘去，谁都想抓住她可谁也抓不到她。而且后来林格的手还探索到她的两腿之间，但她猛地推开了他，林格放弃了努力，大声地咳嗽起来。

"那一瞬间，我似乎找不着心了。我看见了几个空心人，他们都穿着黑色的晚礼服，扎着蝴蝶结，然后好像我也变成了空心人，得这种病的人生活中将充满了麻烦和虚妄。比如我现在还不能判断是否已喜欢上你。"

"是吗？要是我得上这病就好了，你拒绝我也许我会死的，"他突然弯腰咳嗽起来，居然咯出了鲜血，"因为我有肺病，有病根。"

校园诗人林格死于两个月以后，当时梁洪波已回到老家过年，他咽气的时刻她正在几千里外的地方和弟弟放一个二踢脚，她一定听不见他死前的那句话："我是一个稻草人，拦住那些跑到悬崖边的孩子。"之后，他看见自己飘浮起来，一直飘到了天花板，从上冷冷地看着他那已渐渐变冷的沉睡的躯体。他死于肺病，生前的诗全是写给梁洪波的，充满了病中的奇异幻觉，有如狄兰·托马斯和"通灵者"兰波的杰作。

6

"你是一条狗，一条乱咬人的狗！"梁洪波对高萍说。她不得不第一次用如此激烈的言辞来对抗高萍，因为高萍在导师面前说她与胡克、林格"胡搞"，下午，参加完美国杜克大学比较文化学教授利奥塔德的讲座之后，她的导师汪海川找她谈话。她不相信的是，仅仅因为床的晃动而引发的矛盾，竟然叫一个人这么恨她。

这时她忽然想起了高萍的一个很有名的动作。那就是，她穿着一条火红的裙子，健步跨上学校食堂，进门之前猛一摆头，将那一头披肩发在半空荡开，然后细眯起眼睛向左后上方看去，犹如模特儿转身时的动作，然后定格——七秒钟之后（足足七秒），高萍才猛地拉开食堂的门，走了进去。据说这个动作成了 A 大男生手淫时经常浮现出的形象。她不无恶意地笑了起来。

"你们听见了吧？她骂我可真是下流极了。"高萍蔑视地斜着眼看着她说，她似乎明白了对手笑的内容。

"梁洪波你怎么能这么骂人呢？"陈静走过来责备地对她说。这个瘦高的女孩体形和体格极为相似，不禁使得梁洪波有一种恶心感。而李轶群回家了，面对陈静和高萍的联盟，她感到自己势单力薄。

"整天做出一副高深莫测的样子，在桌子上摆一套莎士比亚全集吓唬谁呀！女学者，真叫人恶心透顶。"高萍讽刺道。她想起来梁洪波的那些朋友在宿舍里，一边嗑瓜子，一边谈论着生和死、有限与无限、短暂与永恒、历史与时间之类的话题，那时的梁洪波抽着烟，脸上是一副十分痛苦的样子。对此高萍觉得好笑极了，以至于一次她私下里对陈静说："梁洪波上厕所蹲在那里都在思考着形而上学问题。"两个人为这句粗鲁而又精彩的话笑了半天。

梁洪波没有理她们，她们不再说什么，而是亲热地坐在一起谈起了时装和影星，以及最近一次的校园化装舞会上两人选用了什么样的面具。

梁洪波坐下来给去年到美国加利福尼亚大学的同学袁源写信。她从袁源的来信中抽出一张照片，照片上袁源身穿一条白纱裙子坐在椅子上，她背后站着西装革履的先生。他们已经结婚了。梁洪波想起了袁源和她的男友在大学时代分手三次又和好的故事，如今他们又双双飞到了美国。"我们战斗得疲惫了，于是我们便结婚了。结婚真是妙不可言，至少每晚被你爱的人相拥至天明，那种温暖我无法言说。"袁源在来信中这么说。然后她接着讲到了自己花五百美元买了一辆二手红色福特车。

梁洪波长久地看着照片上的两个人，忽然觉得自己与他们已越来越陌生。她铺开稿纸，写上了第一句话："我发现，我已经变成空心人了。"

7

梁洪波和李轶群一起去跳舞，在路上，她问李轶群："结婚的感觉如何？"

"结婚？也许糟透了。这其间主要意味着责任。"

"也有很多好的地方嘛，比如安全感、依附感、归属感和性的欲望统统都得到了满足。"

"可生活总是在别处，在你现在不在的地方。我希望在古代汉语的音韵和语法中找到一个藏身之处。到处都让人感到劳累，我如何才能轻松？生活就是轻与重的协调。"

她们来到了舞厅，一个穿一套黑色西装的大眼男孩邀请了李轶群。大家都跳了起来。

两小时后，舞会散场了，她们俩手拉手向外走。走在幽暗的竹林小径上时，有人追上来了。"对不起李小姐，我可以和你一起散散步吗？"

梁洪波看清楚他是那个大眼睛男孩。"不行，她男友在等她呢，下回见，好吗?"他看了一眼李轶群，李轶群也点了点头。"我叫马拉，是经管学院的，再见。"他转身走了。

"我得保护你呀。"一边向前走，梁洪波一边说，"毕竟，你已是别人的老婆了，怎么能随便被男孩邀去呢?"

"生活中真是到处都是绊脚石。不过，我还能打动男孩子吗?"

"你的体形不错，很棒的。给我说说你丈夫吧。"

"他是一家杂志的摄影记者，是一个老小孩和疯子的混合物。我对他的感情很复杂。也许哪一天我真会跟一个大眼睛小伙子远走高飞，随风而去。你看过一部叫《随风而去》的小说吗? 真的，随风而去。"

8

大约是上一个暑假，胡克和梁洪波一同进行了一次回乡旅行。

他们的这次返乡旅行持续了一个月。胡克的父母非常喜欢梁洪波，同意这门亲事。之后他们又南下，到了梁洪波的家，但她的父亲一点儿也不喜欢胡克。这使得梁洪波很为难。

分手后几个月，梁洪波在学校内的小湖边又碰见了胡克。"我写完了我的论文《人格的迷宫》，我打算攻读哲学博士了。我发现我们都是迷宫，谁也看不清谁。"

梁洪波迟疑地凝望着他。她明白过去了的永远也不会回转，再亲近的人都将变得陌生。

9

在这一学年将要结束的时候，梁洪波和高萍和好了。这个春夏之交的季节里天空中飞满了柳絮和法国梧桐的小绒毛。那天高萍在宿舍中看见梁洪波的桌子上有一张明信片，上面写着林格的诗: "七颗星离你不远／你的头发上滑落着风／琴弦若有若无，仿佛海的喘息／没有一枚水晶会为你破碎。"她怔了一下。

后来梁洪波回来，她先说话了: "那是林格写给你的?"梁洪波点了点头。

"可他也为我写了一些诗。看来他是我们共同拥有的死去的人。明天我们去公墓祭扫一下他，好吗？"

梁洪波同意了。"他已死了两个月，可他写的那些诗像嵌进我手背的小石子儿。"

默诵着林格的古怪诗句，她们一同来到了公墓。在骨灰堂中，两个女人为人类死者大军的阵容庞大整齐而惊呆了。这是自然的力量。后来，她们来到了公墓，找到了林格的墓碑，两个人把手中的花束放在了墓前。

这个时候，梁洪波看见了林格拖着病体，从棺材中坐起来，瘦弱地朝她微笑，一边咯血，一边写着诗。死去的人重新拥有了心灵，而活着的人却是空心人。

梁洪波忽然又看见了那些空心人，他们在离她三十米远的一处空地上出现了，他们表情漠然，头发油光可鉴，雪白的衬领下扎着蝴蝶结。他们跳起了小步舞，他们的出现使梁洪波十分恐惧。她对高萍说："你看，那边有 12 个空心人在跳舞。"

高萍抬头望去。"我什么也看不见。好了，我们走吧，我心里难受死了。"她几乎要哭了。

"我是爱过林格的。"在沿着下山的台阶走回去时高萍说，"他追了我半年，给我写了三十九首诗。但我不喜欢他浑身的病态气息。后来他又追你，我心里又恨起他和你来。可后来我明白一切都是过程，情感是随时可以流走消散的东西，是不可靠的。情感就像是鸽子飞过的弧线，是转瞬即逝的。"

梁洪波没有说话。她在想，死使林格由校园稻草人变成了再次拥有心灵的人。他在墓地里坐着，一边咯血，一边微笑着写诗，像很多古典的诗人那样，重新拥有了意义。是死使他重新获得了鸽子的弧线。

走下了很多台阶，她回头张望，远远地那 12 个黑色西装的空心人还在跳着小步舞，跳得那样专注、冷漠和神秘。

第二章

1. 在风暴与闪电的核心

我惧怕黑夜，我是一个黑夜中恐惧的聆听者，一旦进入黑夜，我总是能够听到风暴的声音，我还看见交替的闪电频繁地出现在天空。一直到我考入 A 大的民间文学研究生以前，我都生活在一种被阴暗的水藻纠缠的感觉之中。

我的生活过早地被毁坏了，这一切都与我的青春期经验有关。第一次来例假的时候我 11 岁，我和我哥一起去城边的一片密林里拾鸭蛋。我和我哥哥穿着被母亲洗得发白的衣服，像是两只风筝一样在灰白的风景中飘动，风低低地掠过那些杂草，我和我 16 岁的哥哥手拉手向草丛深处走去。

我突然觉得两腿之间非常紧张，那里的肌肉似乎在抽搐。过了一会儿，我发现有血从裤子里渗了出来。我尖叫一声吓坏了，也把我哥哥吓了一大跳，哥哥帮我退下裤子，然后他用手替我擦去了那些鲜嫩的血。我哭了一会儿，睁开眼睛，看见哥哥正用奇异的目光盯着。

我满怀着内心的惊惧与战栗回去对妈妈讲了这件事，我母亲勃然大怒，把我哥哥吊起来痛揍了一顿。那一天哥哥看我的目光中充满了仇恨和恶毒，眼神里流动着一种复杂的液体。一个月后的一个夜晚，他来到我的床边，把枕头盖在我的头顶上，强奸了我，他的亲妹妹。后来我醒来的时候听见风暴的声音湮没了一切，在床边站立着痴呆呆的母亲，她长发披散像是一个女妖，手中拿着一柄菜刀，她用这把刀砍断了我哥哥的胳臂。他逃走了，从此在外流浪，再也没有回来。

但我哥哥是我爸的心头肉，从此以后我妈和我父亲开始了旷日持久的战斗。几乎每隔一夜，我都能听到隔壁传来的类似于猫的嘶叫的声音。在黑夜之中我睁大了眼睛，仔细地辨识着声音的来源与含义，多年以后我才明白，父亲把对砍断自己儿子的胳臂并使之离开家门的我母亲的怨恨都集中在一次次的发泄当中。在大约八年之中，我一直生活在家庭的风暴与闪电的核心。有一天夜里，隔壁房间里传来了海浪击打在岩石上的巨大的声响，后来黑暗之中我母亲赤身裸体地撞开了我的门，和我紧紧地抱在一起，哭声中充满了羞耻与悲凉。窗外闪电迅疾地像游蛇一样在空中走过，紧跟着是无边的雷声。我尖叫起来。

所以，我少女时代全部的梦想就是离开风暴与闪电的核心，我的家庭。我如愿以偿了。

2. 跳石游戏

陈静在读大学本科时对中国民间文学的一些传说和仪式非常感兴趣，她选择了 A 大的民间文学专业读研究生。她最感兴趣的是一种游戏，这种游戏存在于宋代的宫闱之中。她发现它是由于一篇描写它的 132 行的民间歌谣。具体说来，跳房子游戏在大殿或大堂中举行，分别由四个男子和四个女子，在地上画上方格，方格中放着彩色的石头，方格的排列既不规则又含有一种神秘的秩序。在四对男女的跳跃中，显示八个人的方位，其中一对不幸的人，由于跳跃中跳错了位置，竟跳出了方格，则由皇上命令其进行一次性交，然后凌迟处死。其余三对被赐婚，许配为夫妻。

这是一种残酷的游戏。在很多正史、野史典籍中都没有记载。但是陈静从那篇 132 行的民间歌谣中认定了它的存在，并且，她经常想着这种充满了死亡和性的欢爱的古代宫廷游戏，她以很高的分数成了 A 大谭德培教授的研究生。

当她拿到录取通知书时，她在心里想，我跳进了一个方格，然后我拿起了一块标志胜利与幸运的石头。我是否赢了？

3. 老天使

"我招了你，是因为你的答卷很合我意，你在考卷中回答了为什么要报考民间文学研究生的原因，你有一个研究者应该具备的认真和梦想气质。"报到之后，导师谭德培在第一次见面时对他说。谭德培是一个年过五十、已经谢顶过半的人。他获得过美国哈佛大学东亚文化系民间文化研究的博士学位。他气质颇具北美人的风格，声音洪亮，喜欢露出宽怀俏皮的微笑。这使得他的研究生们给他起了个外号"老天使"。

他是叫学生爱戴的"老天使"，居然有一位长期卧病在床的全身瘫痪的夫人，大约是数年前她忽然在街上中风跌倒，从此成了瘫痪。几年来都是"老天使"给她喂饭、擦身，进行各种护理，他从不雇保姆，总是自己来干。

陈静有一次去谭德培先生家中交学期论文时，曾经见到过他的夫人。她踩着厚厚的地毯，来到了谭先生四壁都被书籍包围的书屋之中。等到她取回一大摞导师给她推荐的书，向门外走时，路过卧室，她不经意地看了一眼，不禁吓得"啊"了一声。

谭先生的夫人形容枯槁，两只如核桃般大的眼睛闪耀着死亡的光辉。她脸颊下陷，头发稀少，显现出了骷髅的形状。陈静匆匆地走出了房门，走了许久才按捺住自己的心跳，她纳闷为什么风流倜傥的谭先生竟然能够伺候一个散发着死亡气息的女人几年如一日？

一年以后，谭先生的妻子林恩美终于死了。她是自杀的，用长筒袜把脖子套住，然后翻滚下床。

在葬礼之后，有一天她看见谭先生焚烧了一批照片，那都是年轻的林恩美。很快，谭德培与他的一个学生，陈静的师姐———一个颇有西欧做派的丰满女孩结了婚，颇有些喜气洋洋地去了美国。

两个月后，也就是这年的九月，新学期刚刚开学，公告栏中贴出了一张讣告，说是著名的民间文学专家谭德培教授已于 8 月 17 日在美国因车祸丧生，终年 57 岁。

谭德培先生到美国后自己买了一辆二手"别克"轿车，汽车在高速公路上行驶时车轮突然爆炸，车头一扭撞到了隔离墩上，他当场死亡，所幸的是，车中就他一人。他的夫人不在车内。

"老天使"真的成了天使了，陈静想，他会继续在我们梦中出现时仍面带微笑吗？他是如何扇动着翅膀，到达上帝身边的？

后来陈静回忆起她就跳石游戏向谭先生请教的情景。她陈述完毕，说自己是根据那 132 行的一首民间歌谣所推断的。

"你很聪明，"谭先生满意地摸了摸自己的秃头，"我在一出民间戏剧中发现了一种跳石游戏。不同的是，它流行于军营当中：叫战俘在方格的迷宫中跳跃，去抢方格中的石头。每跳一格，那个没有抢到石头的战俘就会被处死，处死他的方式是叫他的同伴用石头砸死他。这是一种残酷的毫无道德感的战争游戏。任何典籍中都没有记载。而我们却分别发现了它们。是证明其存在的时候到了。"谭先生说。

4．一次秘密谈话

"给林格扫完墓，离开墓地走下台阶的时候，梁洪波有两次都指给我看，说不远处有 12 个身穿黑色礼服的空心人在跳舞。我却什么也没有发现。可她的表情却很认真而又恐怖。什么人是空心人？我们自己是吗？"给林格扫墓回来的高萍当天晚上对陈静说。

"你和她和好了，而我却并不喜欢她，她总和人在谈论海德格尔对存在问题的探究。她是一个附庸风雅的人，况且，她越来越胖，形体也不好看。另外，我从来没有见过空心人，什么是空心人？我是一个实心人，连水都挤不出来，全是石头。"

"我觉得我就是一个空心人。因为我不知道什么有意义。现在，人人都在追逐着转瞬即逝的一次性的东西，一切都是过程。所以，我们都是空心人。"

"我不是。我在搞学问，我可将注意力集中于一点的，你看李轶群是空心人吗？"陈静问她。

"她是的。她和丈夫的关系并不那么好，只是为了能留在 A 市，才和丈夫结的婚。最近她总和一个穿白色西装的男孩走在一起。她兴许并不看重自己的婚姻。你告诉我，什么是我们应该看重的东西？"

"游戏。那种游戏的精神应该被我们看重。宇宙间的一切法则都是为了游戏而设立的。"然后双眼放光的陈静给高萍讲了她和谭先生发现的两种跳石游戏。高萍听完后惊异地张大了嘴巴，"也许林格之死，也是因为某种游戏的神秘规则所致？"

接着，她们一同回忆起了林格。那个红色脸、有一双梦幻色彩很重的眼睛、得肺病的男孩。"他开始追梁洪波的时候，我就从他身上闻到了死亡的气味。现在，你对他依旧一往情深吗？"

高萍觉得心情依然低沉烦闷，"只是我忘不了他那瘦瘦的肋骨。他非常热爱棉花，他告诉我他父母种了一辈子的棉花。但他也是一个空心人，他既不追求诗王的王冠，也没有把爱情涂在女人的腿上。他是这个时代跳石游戏中的一员。是否还有第三种跳石游戏，是关于我们这个时代的空心人的？"

陈静为高萍的这个奇特的想法所震动。"我打算试一试。我们这是一次秘密谈话，对吧？"

5. 镜中的映像

陈静曾经做过这样一个梦：高萍、她、梁洪波和李轶群四个人一同裸体站在一面大镜子前，讨论肉体与灵魂，存在与精神，以及快乐与游戏问题。四个女孩像水中的岛屿一样，浮现在镜子中。

起初她们为自己的裸呈感到了疑惧，这真实的镜中映像使得她们有些吃惊。她们呈现出各自不同的形体。沉默良久并彼此观察之后，开始了讨论。镜中的陈静如同一棵很瘦的枣树，她的腰、腿都很长，眼神有些凄迷。梁洪波和高萍的体形很相似，乳房饱满，曲线生动流畅。而李轶群的身体则显得丰腴和滋润，皮肤白嫩，显然已被男人的手仔细地培养过。她的皮肤下面隐含着少妇隐秘的欲望，这欲望从她浑圆的臀部得以最佳体现。

"女人的肉体是男人欲望和梦想的集结地。为什么我们的肉体这么吸引男人，如同海水无休止的潮汐？"高萍说。

"肉体其实是青春的埋葬地。我觉得，每一次性行为都离死亡更近了一步。女人吸引男人一同走向衰老的沼泽，在这之间是生殖、创造与毁灭。"李轶群说。

"女人的身体是大地，是生命的孕育者。男人是女人身体的游离物，是从女人身上派生出来的。他们应该为我们而活着，成为我们的附属物。"高萍说。

"但你得承认，大多数女人意识不到更为深刻的东西。女人不善于进行形而上学般的追索，她们只沉溺于肉体和感官的感觉。这是男人诋毁女人的论点之一。女人是自恋主义者。"梁洪波说。

"可女人带给世界、带给男人的至少是直接的身体表现。对于男人来说，只有女人才是实在与可见的。"高萍说。

"而我则觉得，男人与女人之间的关系更像是一种游戏。我们为什么不加入其中？"陈静说。

后来，她们四个人玩起了跳石游戏。她们一共玩了两种跳石游戏。就是陈静和谭先生发现的那两种。不同的是，这种游戏已变成了纯粹符号性的了，没有了死亡与恐惧的诗意，成了一次喧哗的自恋主义者拙劣的模仿。

不久，在这个梦中镜子消失了。代之出现的是一队男子，如同木偶的方阵，从她们身边经过。他们根本看不见她们，只顾齐刷刷向前走路。在队列中有胡克、林格、乔可、罗朗等人。他们都是空心人。

然后陈静捂住了耳朵，高声尖叫了起来。其余三个人都惊恐地看着她。她再次睁开眼睛时，发现镜子已回到了墙壁上，而那队男人已消逝不见了。她突然感到了愤怒，抄起一把椅子，然后用它向镜子砸去。在一片碎裂声中她的乳房欢快地跳动着，如同风中颤抖的苹果树。

6. 情感的花朵

一天，有一个身穿花格子西装的小伙子来找高萍，这时屋子里只有陈静一个人趴在桌上组合一部西北神秘的民间歌谣《花儿集》，这部集子是写在发皱的羊皮纸上的。"我叫乔可，我是高萍的大学同学。我现在在本市一家广告公司工作。"乔可坐了下来，他的笑容在陈静看来很迷人。"她不在，不过她一会儿就回来。"她感到了一丝嫉妒，因为很多人都是来找高萍的。她怎么就认识那么多人？

然后，他们聊了起来。后来乔可从怀中掏出了一本非常精美的名枪画册，谈起了各种型号的枪。陈静在这次谈话中感到了一种死亡的冰凉的诗意。后来，高萍进来了，她加入到了他们的谈话之中。

第三天，高萍笑对陈静说："乔可喜欢上你了。他打算要追你，并且今晚可能会来送一束花给你。"

陈静感到了激动，她感到自己干燥的身体似乎敷上了一层水珠。晚饭后，门被敲响了，忐忑不安的陈静打开了门，然后乔可笑吟吟地走了过来，手中拿着一枝紫红的玫瑰。"晚上有时间吗？我们去看戏吧。皮兰德娄的《六个寻找作者的剧中人》。"

陈静有一些羞赧，这时她看到乔可嘴边那枚小巧的黑痣，陡然想起了自己的哥哥，这一瞬间，她觉得自己又回到了那风暴与闪电的核心，她有一种恶心和厌倦的感觉。过了一会儿，她克制住了恐惧和厌烦，和他一块儿出去了。

她和乔可开始了爱的追逐。这更像一种半推半就故弄玄虚的猫与鼠的游戏，在这期间高萍扮演的是通风报信者和信使，随着季节的深入他们的关系也逐渐地加深了。

陈静感到自己在幸福的光圈中，肉体和灵魂都在战栗着，尤其是当乔可吻她的嘴唇时。后来在看电影《霸王别姬》时，在黑沉沉的电影院里，就像许多对男女曾经在电影院里干过的那样，乔可把手伸进了她的裙子，她因为他的突袭感到了酥痒，她的身体变得僵直了。也许爱的确是能够带来幸福的，她在颤抖中想。

7. 夜晚的秩序

那一段时间高萍正与三个男友进行着换位的游戏。有一天陈静和高萍发现了一件叫她们吃惊的事儿。那是一个细雨蒙蒙的夜晚，高萍和陈静走在校园里，说着她和几个男孩子周旋的快乐和男人们的愚蠢，"婚姻是一种幻象，什么是具体实在的？什么也没有。"

陈静点了点头，她没有说话，她感觉到乔可的手依旧在抚摸她的全身，她感到自己的乳晕在逐渐地扩大。她身体的每一个部位都印着乔可嘴唇的花朵。

"你看那是谁？那不是李轶群和马拉吗？我知道他，他是经济学院的，据说他在外面开有一家专门经营妇女用品的商店。我听说他在追李轶群还不信呢，可现在你瞧，这是真的。"高萍瞪大了眼睛在黑暗中说。

陈静望去，看见在她们的前方，身穿白色西装的马拉揽着李轶群的腰在走。

"李轶群的丈夫叫罗朗对吧？我前些时候和乔可去看一个画展的时候，刚好也有罗朗的摄影作品展。其中有一幅叫'圆形废墟'的照片，深深打动了我，使人追忆到了少女时代的废墟。这样有才气的男人她干吗不好好守着他呢？我感到很奇怪。现在的人怎么了？女人都在想着如何扔掉自己到手的东西。这是一个可怕的时代。"陈静说。

"你染上了梁洪波的坏毛病，也喜欢下评语了。我们跟踪一下他们如何？"高萍的提议使陈静感到了冒险的刺激。她们尾随他们来到了一片回廊和亭子相连的地方。

这个时候青蛙的叫声在不远处的湖边此起彼伏，青蛙似乎在召开会议。她们躲在了一片树林中，她们看见，马拉背靠着柱子，把李轶群抱了起来，她的裙子像一朵开放的花朵。

"天哪，他们在……"高萍吃惊地说，然后她拉着陈静的手离开了那里。

"人格是一座迷宫。"陈静在回去的路上自言自语道，她的话并没有引起仍处在惊愕的颤抖中的高萍的注意。

8. 告别前的约会

三个月后，秋天的果实不断地击中着大地，这是一个结果的季节。陈静发现自己怀孕了之后倒是显得非常的镇定。她给乔可打了个电话。"我怀孕了，我打掉他(她)，还是为你生下他(她)?"

电话的那一头是沉默的。显然乔可感到了应对的迟钝。"真见鬼，我想，你还是打掉它吧。"

"我想，也许生下来更好。"陈静恶作剧地说，"乔，我是爱你的。"

"你疯了! 你会被开除的，而我，也正在向对外经贸部调动，这会毁了我们的前程。我明天晚上去你那里，然后我们再想办法。"

陈静放下电话，忽然感到一阵恐慌。

第二天夜里乔可来了。他的表情看上去略显灰暗。他告诉她去做吸宫术，可是陈静保持了沉默。她抬起头来的时候发现乔可正在黑暗中恶狠狠地盯着她，嘴角的黑痣酷似那个曾强奸了她的哥哥。她惊叫了一声，然后乔可像豹子一样撂倒了她，用手卡住了她的脖子。他那一刻突然决定要杀死她。他用力很猛，他看见陈静张开了嘴，类似缺氧的鲢鱼，感到了窒息。她翻了白眼，将头歪在了一边。

乔可站起来用脚踢了踢陈静，确信她已经死了，这才拍了拍手，表情苍白地自言自语："今天是为了告别的约会。永别了，我固执的愚蠢的新娘。"然后，乔可恐惧地离开了那里。

9. 返乡

后来，陈静意外地并没有死去。她醒来的时候发现星星布满了天空，她哭了，哭得十分复杂。她回到宿舍时已是深夜两点。天亮后她草草吃了一些东西，就赶到一家私人妇产诊所做了吸宫术，一阵疼痛——大约持续了十分钟——之后，她感到小腹轻松多了。她又哭了起来。一周以后，她以凶杀罪起诉了乔可。

我是想杀死她，我不知为什么，反正我说不清楚。一种深深的厌倦抓住了我，所以我当时想只有掐死她我才会感到生活的激情会重新回到我身上。我心中空空如也，有的只是厌烦。看见你们一本正经地审判我就感到恶心。成人的游戏规则，我不想遵守，就应该被判刑吗？"乔可在法庭上说。他被判了数年有期徒刑，被送往青海某个监狱，不久之后他越狱出逃，消失在了茫茫大戈壁中，再也未曾出现。

陈静向学校提出了休学一年的申请，校方同意了。陈静踏上返乡之途之前，和梁洪波及高萍、李轶群告别时，说："人格真的是一座迷宫。现在，我们每一个人都是多重的人，同时也是空心人。在这个迷宫中我们找不到真实和实在的人格与自身。一切还原为破碎和庸常，生活毫无激情。没有真正可以为之哭泣的东西，你们告诉我什么应该被我们恪守？"陈静说这些话时眼睛里最终含满了泪水，因为她又要回到那风暴与闪电的核心，她的记忆之源了。然后，她像一只鸟一样跳上了火车。

第三章

1

"真正的生活是逃离与隐遁，是向现实任何一种形态的告别。生活永远是指向未来的。"李轶群很信奉这句话。在读 A 大本科之前，她曾经和父亲一起生活在有着强烈的光照耀的青海。青海女人那黑红的被风吹打的脸膛和骑马佩刀的男人从身边疾驰而过，成了她少女时代永远的印象。大学毕业后她留在了 A 市，先是在一家中学任教，两个月后她就从课堂上逃走了，原因是一位初中的男生公然用鸡蛋打在她的后脑勺上——在她转身往黑板上写字的时候。当时的她嘴唇发白，气得一句话没说就再也没在课堂上出现。她很快又去了一家杂志社，两个月后她觉得承包这家杂志的夫妻就像是开了个黑店。然后，她就什么也没干，直到几个星期后遇到了罗朗。

那是在一个下午，在这座城市的郊区，她突然为半空中铺泻下来的强烈的阳光所感动，她觉得这阳光和她在青海时少女时代的阳光是一致的，她的心中洋溢着清风。这里是一截古老的城墙，青砖的缝隙里生长着作为历史语言遗留物的青草。她沿着城墙信步而走，直到她听到了一个声音说：

"躲开。不要遮住我的阳光。"

她循声望去，不禁哑然失笑了。一个长发披肩还长着一脸络腮胡子的人眯着眼睛，坐在用圆石头围起来的"巢"里像老鹰孵蛋一样，正惬意地晒着太阳。李轶群不由地想起了古代希腊文化时代的哲学家狄奥根尼——传说他住在一个木盘里，有一次亚历山大大帝来拜访他，说他想要什么，他就会给他什么。可他回答道："躲开，不要遮住我的阳光。"——和这个人的回答一模一样。亚历山大大帝感慨地说："要是我不是亚历山大，我就要做狄奥根尼。"

那天李轶群叹了口气，"我也许久没有晒到这么惬意的阳光了。"

然后他们认识了。他叫罗朗，是一个富于激情的摄影家，任职于一家杂志社。"阳光在细微地变化。"那天他说。随后的几次接触中，李轶群为他身上孩童和梦想家相混合的气质所打动。四个月后，她就嫁给了他。"我嫁给了阳光先生。"在教堂里举行完婚礼之后，她如此幸福地宣称。

2

然后，李轶群就看上了 A 大中文系古汉语专业的研究生。她这才发现他几乎全无生活能力，她用一个实用主义女人的观点爱护着他。她还发现罗朗从来学不会安静，他除了说话、走动和突然外出数天，就是不停地擦拭他的尼康高级相机，"它如同我的生殖器一样，是我存在的理由。"罗朗有一天，在和她做爱之后，振振有词地说。

在和高萍、梁洪波和陈静同宿舍一个月之后，她发现自己已丧失了作为学生的纯净的快乐了。生活以另外的面目吞噬了她。而且，作为妻子，她在承担着日常屑琐的义务和责任。

"我拒绝我们是空心人这种说法。生活中肯定有些东西，是需要我们认真把握的。"当梁洪波面带惊惧地给她讲述空心人舞蹈的景象时，她沉吟了片刻，这样说。

3

结婚以后，她最大的感受就是她的身体已经不完全属于自己了。她的阳光先生和孩童丈夫把她饱满的身体当作不断被征服与攀登的山峰、充满了神秘感觉的孔穴、不断被测量的土地及映照他自身的镜子。即使李轶群像日本女人那样用嘴爱抚他也无济于事。

"我受到了惊吓，那天。"罗朗说。数月后，罗朗提出了分居的要求，而且，由于工作上的疏漏，他被杂志社解聘了。不久，他就去了南方。

4

有一天，梁洪波给她谈起了胡克和林格的比较。女人们谈论与自己关系密切的男性总是十分细致。"胡克就像是一面密不透风的墙，和他的相遇，现在看来是一场误会。我提出分手之后，他认为这是因为他的臀部太瘦！你说这荒唐不荒唐？而林格则有一种病态的美叫我惧怕。他身上有天才般的死亡气息，每读他写给我的一首诗，我都感觉到他正乘着死亡的滑轮车远去。他宣称这是一个解构的时代。他在追求我以前和高萍有过一段恋情。所以和他拥抱时一种恶心感紧紧地抓住了我，所以，他想和我亲近但最终都失败了。不久，他死于肺病复发。现在，我感觉到，死亡是一种球形糖果，你说婚姻是否是一种幻象？我的一个好朋友叫袁源，她并不爱她的男友但在一同去美国之前还是嫁给了他。"

李轶群这时还被笼罩在罗朗是一个性变态事实的伤害之中。但她无法将之告诉梁洪波。"我想跟随风远去。结婚一年多我才猛然发现，我想承担和能够承担的，其实并无必要。"

"为什么？你已经不爱你的丈夫罗朗了？"

"当然爱他。可是这种爱已经变形为某种易碎的雕花玻璃了。现在，我有些相信你所说的空心人的事儿了。你常看见他们吗？"

"几乎每个月我都能见到他们一次，"梁洪波语气坚定地说，"可是奇怪的是除了我别人对他们都视而不见。他们通常是几个人，都穿清一色的黑色西装，头发油黑油亮的。他们有时候甚至在街头中央的花坛上也能旁若无人地跳起舞来。他们没有心，他们每出现一次，我就感到恐惧。我担心空心人会成为某种传染病，犹如几个世纪以前的黑死病、霍乱或是遗忘症一样令人类遭难。在这个时代里，空心人会越来越多吗？"

"不知道，说到底，我们不过是活在一定的时间区域内的死者和短暂者罢了。人本身就令人失望。潜在的排他性使我们以嫉妒、告密、挑拨和争斗的形式来表现。我现在对情感持怀疑态度了。"

"你是说你已经对爱情本身失望了?"

"可以这么说。因为太爱他了,所以我不再爱他了。他已经去了南方,也许再不会回来。他说他想一直沐浴在风中,在路上。"

"又是一个后现代主义者。"梁洪波说。

5

那天晚上,在舞会上认识的穿白色西装的经济学院的小伙子,在第三天就敲开了李轶群的门,"我从对面楼上看到房间里只有你一个人,就来了。也许因为你已经结婚而不愿让别人看见你与男士来往,那么我们出去走走吧,走在黑暗中。"马拉似笑非笑的脸变得郑重了起来。

李轶群偏头想了一会儿,"我无法拒绝你,虽然我并不喜欢你。"她拿起了一件深色外套时说。

夏季雨后的空气显得潮湿而又沉闷,他们行走在黑暗中谁也没有说话,他们来到了校园内的湖边。他们聊了起来,蛙声阵阵犹如歌声起伏。这天两个人到后来发觉自己说得太多了,于是,两个人陷入了沉默。

马拉在此时取出了一支笛子,"我一直梦想能学会一种乐器,吹它是上周才学会的。先吹给你听听。"然后马拉便吹了起来。《碧海潮生曲》,她想,一支不错的古典曲子。曲子吹完了他放下笛子定睛看着她。

"我并不感动,你吹得也并不好。"她说。

"你这样说打击不了我。"马拉忽然用左臂拢住了她,把脸凑过去吻了她一下,他觉得她的嘴唇很冰冷。她像一座冰雕那样冷漠地看着他的举动。

"我明白了,结了婚的女人不再喜欢这些小资产阶级手法。可我拿不出什么东西来打动你。我开了一家公司,可你也并不会欣赏,我感到了绝望,虽然我非常喜欢你。"马拉沮丧地用手捧住了脸。

"我是一个现实主义者,比如我就喜欢各种首饰和高级化妆品,我知道你不会为我花钱的。"李轶群平静地看着他说。

马拉放下了手,凝视她的眼睛仿佛在看一个他十分陌生的人,"你真直率,我想问我们什么时候能上床?"

李轶群叹了口气。一切都要归结到床上。她的脸庞在黑暗中闪着一层幽蓝的光。"过几天吧。月亮圆的时候我的心境最晴朗。"

6

到了周六，马拉兴冲冲地从大连赶回 A 市，在亚运村一幢高层公寓的屋子里——他租了一套两居室，见到了李轶群，她穿着一身旧军服在床上靠墙坐着。马拉扔下了手中的密码箱，笑了起来："你这样看上去像是一个被凌辱过的女俘虏。"

他凑了上来，企图用嘴去吻她，她用力地推开了他。"滚开，我讨厌男人的臭味儿。为什么你们非要像饿狗一样渴求女人的肉体？"

马拉愣了一下，耸了耸肩："你肯定是受了什么委屈。说给我听听。"

然后李轶群猛然哭了起来。她断断续续地把罗朗近来发生的一些难以启齿的事儿告诉了马拉。

"我理解你。离开他吧，他是个性变态，这样的人无法不令人厌恶。"马拉脱去了外套，用很柔和的嗓音对她说。他坐在了她身边，用手轻抚她的肩膀，然后手向下滑去，在她的身体上划出了一条轻柔的弧线。他感到自己仿佛在抚摸一只瓷瓶。李轶群警惕地看着他，这使他有些尴尬，"我只要抚摸一下你就够了。"马拉说，然后他把头枕在了她的腿上，和她说话，"我想睡一会儿，这次我很累。我在大连捞了一笔钱，要知道我父亲是商务部的高级官员，所以我的生意不会亏的，可是现在我得睡一会儿了。"他闭上了眼睛，不久便响起了匀称的呼吸，她看着他那孩子般安详的脸，心中陡然生出了母亲般的柔情蜜意。

7

到了九月第二学年开学的第四周，李轶群被叫到系主任办公室。秃顶系主任语重心长地与她绕起了弯子，二十分钟后她才听出来，系主任在说她"应注意生活作风问题"，她感到茫然和吃惊，"可这是我的私生活，我有权安排我的一切。我只能说一点，我的婚姻使我痛苦，就是这样。"

"但你客观上对同宿舍其他未婚的学生产生了坏影响。"系主任终于说出了一句直截了当的话，他如释重负地搓了搓手。

她的眼前飞速地掠过了同寝室几个人的面容。"诬告者"一定是她们中的一个。她骤然间感到了晕眩，"你说错了主任，我觉得你并不懂得生活的真实面容。"

"随你怎么讲，反正我警告你，再这样下去，我会处分你的。"系主任说。

李轶群愣了一下，她忽然苦笑了一下，"我们都是空心人，所以我并不想去遵守你所说的那些。你能看见谁的心？空心是麻木之后的麻木，平庸之后的平庸，你懂吗？在婚姻的丝网中我变成了空心人。我不会为任何话语所打动，我，也没办法。"

"会有办法的。像我，在几十年中已将心灵之中充填了很多坚硬的石头。振作起来，去认真地往自己的心中填上石头，这样，你就不会是空心人了。"系主任慈爱地拍了拍她的肩膀。

8

后来的事态的发展平静而又缓和，李轶群与同宿舍的其余三个人拉开了距离。她不能断定是谁在背后说她，她后来不愿意与她们中的任何一个说话了。她也不愿意再理梁洪波，尽管她总爱给她讲她的胡克和林格。她的罗朗又去了南方，而她和马拉也变成了纯粹的姐弟关系。马拉对她的要求也仅仅是在她的腿上睡一会儿而已。而她在读研究生的两年多中，总共才用去了马拉给她买的两套化妆品。毕业后马拉在这座城市的东南角租了半层楼，开了好几个公司，进行着繁殖钱的大规模游戏，李轶群也再没能见到他，尽管他将头枕在她腿上的睡姿，像刀伤一样留在了她的腿上。

"这是一个空心的时代。"有一天梁洪波如此斩钉截铁地总结道。李轶群信服地点了点头。

罗朗和施伯格发生了严重的争吵之后，施伯格，那个漂亮的大眼睛男萨克斯手，用斧头劈掉了他家所有的家具和物器，然后逃走了。失魂落魄的罗朗找到了李软群，单腿跪下来说："跟我回家吧，家里已经被施伯格弄成了废弃的动物园，我的老婆，救救你的'阳光先生'吧。"

他的话使她想起了很久以前的遥远的那个下午，她和他相遇的场景，但这打动不了她，她无动于衷地说："不。"

"那你要干什么？"罗朗有些疑惑，"你打算和马拉长期同居下去？"

"不，我们没有再同居了。我只是住在他的房子里，他则住到学校里。

我打算和你离婚，我没法再接受你了。"

罗朗沮丧地低下了头。"看来我注定得丧失家园，好吧，还是我走吧。"他戴上了墨镜，背上了他的旅行包，转身就走了。他疾疾走开的样子犹疑而又坚定，她感到他走开时也带走了一部分空气。在拐过一个街角时，目送他远去的李轶群哆嗦了一下，她甚至张开了嘴，想喊他一下，但最终没有发出了声音。

9

目送陈静乘坐火车远去，消失在广大的天际，高萍、李轶群和梁洪波分开月台上的人群低头往回走。

"你认为她刚才说的对吗？"梁洪波突然开口问。

"她刚才说什么了？"李轶群呆呆地问。

"她说人格是一个迷宫，在这个迷宫中，所有的人都是空心人，她说这是人伤害人的根本原因。"高萍神色忧伤地说。人的流水在四周涌动，她们感到了压抑和透不出气来，大口地呼吸着。

"她说得是对的，"李轶群说，"我们都在这个迷宫中捉迷藏，在找着自己想要的东西，可兴许什么也找不到。情感、生命、永恒、爱、钱、死……"

梁洪波抬起头，眯起眼睛在人群中茫然地搜寻，她忽然看见了空心人。是的，是他们，他们一共有 12 个，都穿着黑色的西装，雪白的领子紧紧箍住了脖子，他们的头发油黑锃亮，一些苍蝇爬上去又嗡嗡地滑落下来。他们的表情一如既往地显得冷漠和超然，他们手拉着手仿佛一堵无声的墙。她愣住了："空心人。他们又出现了，你们看，那儿有空心人。"

她们都站住了，这一瞬间她们听不见任何声音。那 12 个空心人一同看着她们，然后转身向左走去，很快消失在人流之中。

"是真的，这次我看清了，他们是空心人。"李轶群咬住嘴唇喃喃地说。

第四章

1

我想逃向更为自由的草地和天空，我可不想成为某种能够安定下来的东西，比如让钟表停摆。你要说我是一只充满了气的气球，轻飘飘的，那我就说兴许是吧，反正谁也别想抓住我，尤其是那些臭男孩们。

我从来不爱回忆过去，在我记忆的画布上，我的各种经历就像是重叠的油彩一样，连我也看不清原色了。我学会了遗忘，因为这年头还有什么东西值得被我记住？

高萍说不明白她自己是什么样的人，她一直认为自己是个背井离乡漂泊的孩子，就像有一个美国佬凯鲁亚克写的《在路上》的那种感觉。"我永远都在路上，然后向往着新大陆。"她说，对未来过于急切的期待则使得她的脾气显得暴躁和喜怒无常。她的父亲早年毕业于复旦大学法语系，并且曾在巴黎第十一大学取得了博士学位，在她印象中最深刻的就是父亲那一头油黑发亮的头发。父亲也是一个寻梦人。到了 1988 年他发现自己的梦想仍在欧洲，于是他就去了法国，再也没有回来。在她上大学三年级的时候，他从法国写信回来告诉她，他已和法国南方一个种植葡萄的女庄主结了婚。"我们拥有两幢别墅和大片的葡萄园，我们还酿酒。我终于可以天天喝到好的葡萄酒了。生活永远都在你现在不在的地方。别像你妈一样成为一个墨守成规的现实主义者，镜中的自恋者。"逃亡了的父亲如此说。在接到这封信之前的两个月，她母亲——一个嘴角有一颗黑痣的漂亮中年女人，改嫁给了一个证券公司经理。这一切都发生在以上海外滩为背景的一幢西式小洋楼里。这使得高萍想着要逃离这个典雅得如同花朵腐败的家园，她便考上了北方的 A 大研究生。

向着更远的时间的渊面回望，高萍看到了自己的祖父和祖母的衰老与死亡。她的祖父是国民党军队中的上校。而有时候她常常能在一片灯光的阴影中看见浮现出来的身着戎装的祖父和在他身边端坐的祖母，祖母身上的旗袍闪闪发亮，嘴唇上涂的口红颜色深重。在二十世纪四十年代某年某月的一天中的一场十分无聊庸俗的争风吃醋风波中，性情乖戾的祖母把刀扎进了毫无防备的上校丈夫的胸口，上校在慌乱中开枪，误中了自己的老婆——原本他是想吓她一下，她当场死去，而他则在到医院三个月之后死去了。他们毫无意义的死给那个兵荒马乱而又纸醉金迷的时代添上了一笔令人略感滑稽的注脚。以至于高萍每每在听母亲带着厌恶的腔调说起这一段往事时，都感到了生命的庸常和无聊。

"你说什么？我听不清楚，这里太吵了，他妈的。"高萍对坐在她对面的美国留学生比利说。比利是一个脸上长了不少红毛的小伙子，脸膛发红令人引起一些不愉快的联想。这是在 A 大留学生公寓的地下咖啡厅里，周围到处是人在走动，各种脸相和国籍的人晃动着。"我是说，中国女人既不像法国女人那样浪漫多情，又不像日本女人那样温柔体贴。你简直就不能信任她们，她们很势利，除了实用的东西她们什么都不要，比如绿卡和美元。"比利平静但颇有优越感地进行着他的文化比较观。

"美国佬，"高萍突然生气地提高了嗓门说，"不要以偏概全，中国女人也是多种多样的，其中不乏浪漫多情和温柔体贴的。不要再说如此不友好的话了。"

比利表示遗憾地摇了摇头，然后他给高萍讲了这样一个故事。说是他的朋友克林斯特在驻中国大使馆工作。此人在性生活上非常纯洁和保守，他还没有结婚，在一次外出散步时认识了一个主动和他搭话的中国姑娘，两人聊得很愉快。在此之前，克林斯特很想娶一个中国姑娘做太太，所以后来两人就一直联系着。到后来他发现她并不贤淑可爱，而是想利用他跳向美国，于是他便不再理她了。她怎么都想不通美国人也会甩掉自己的女朋友。于是她天天去使馆门口哭闹着向克林斯特要"青春损失费"。"其实应该讨回损失费的是我，"害羞的未婚青年克林斯特说，"我是被她引诱上了床，是被动的。中国女孩太复杂，也太实用，她无视我纯洁的感情，在我看来，情感背后不应该有其他的东西。美国人的感情很单纯，中国人太复杂了。"比利说完，两个人笑了起来。"可怜的克林斯特。"高萍说，这时她看见屋角上坐着林格和梁洪波，不禁怒火中烧，她拉起了比利，"我们走吧。"

"你说我们应该到哪里去？"高萍问陈静。

"到哪里去？当然是美国。这是毫无疑问的。"

"到美国去干什么？"高萍对着镜子不停地涂着口红。

陈静的脸上显出一副大惊小怪的样子，"你父亲不是去了法国吗？他到那里干什么？"

"他去是为了能天天喝上上等葡萄酒，另外，他为了逃离我母亲。"

陈静想了一会儿，说："最近我做梦，梦见自己像一个稻草人一样在天花板上跳舞。你们所说的所有的人都要变成空心人是真的吗？我是吗？"

"也许吧。所有的树都有影子，所有的传说都有源头。我觉得李轶群就是空心人，她在婚姻中迷路了。梁洪波也是，她老是坐在马桶上思想生存与死亡，可她对现实一点力量都没有。她连切菜都不会。很多人都是。另外，乔可也是空心人，当心，我觉得他会伤害你。"

"他对我不错。"

高萍怔怔地看了她一会儿，"你也是。"

高萍被定为这次比较文化年会上老师的助手，她正在起草一篇论文的纲要。这次梁洪波败下阵来不禁令她窃喜，因为梁洪波是个在马桶上都要思考的人，而且她对后殖民主义文化批评有很好的理解。这次年会将在湖南某个旅游胜地召开，在这个夏季来临之前高萍就紧张地准备着。

现在，他们的充气筏在激流暴跳的水流中旋转，像一片树叶一样被浊黄的水流冲刷。汪海川和高萍坐在筏里，瞪大了眼睛看着水流漩涡中的树枝和泡沫。"你，抓住船桅，不要乱晃。"汪海川紧张地对高萍说。这是他们开比较文化国际年会的最后一天，这是在张家界的一条山间河流上。就在前一天，高萍试探着诱惑了汪海川，她的年轻的"妻管严"导师终于鼓起了勇气，将手探进了她的裙子。现在，他们每个人都穿着橘红色的充气救生衣，一共十几条空气充足的筏子在水流中飘浮。高萍细眯起眼睛，看着天空中细碎的洒下的阳光，几只老鹰在峡谷间飞翔。这时她感到船身猛地一震，她像气球一样飞了起来，然后又没入水中。她眼前缤纷一片。等到她从水面浮起来时，充气筏已不见了，她抱住了岸边的一块凸起的礁石，哭了起来，后来有人把她拖上了岸。

其他人第二天在一块岩石的夹缝中找到了汪海川，他的尸体惨不忍睹。营救人员从他的肚子里挤出了很多水，但还是没有活过来。后现代主义的"中国鼻祖"之死给这次国际年会笼罩上一层阴影。但当天夜里，附近的山民偷走了他的尸体。按当地的习俗，他应该被火葬，以便他成为一只鸟，来保护这片古朴的土地。当夜，对面的山顶上火光冲天，一些人在唱着古朴的歌谣，使高萍恍若隔世。后来她把汪海川之死看作是古典浪漫主义对后现代主义的偶然一击，这一击即一触即溃。

回到学校，校方简单仓促地为"新一代年青学者的典范"举行了追悼会。在追悼会上高萍忽然被一个问题迷惑住了。谁会在我死后纪念我？她发现母亲和父亲都不会，他们连自己的事情都做不好。然后她从初三的少女时代她委身的男孩数起，数了一遍发现没有一个人真正叫她刻骨铭心。林格写的诗句已飘逝，汪海川探入她裙子的手已伸入天堂，这些人都是空心的。她不禁感到了生之悲哀。

到了秋天，一切变得灿烂而又金黄。高萍走在校园里，忽然为这四季最美的一段景象所迷醉了，她有一种想哭的感觉。前几天送走了陈静，她难过了几天。现在，她发现自己和银杏树有一种亲和的关系，因为银杏树一年也只能黄一次，她的生命也只能有一次，他们的相遇是最后的重逢。于是她哭了。

在这个学期结束时，她做了一个梦，梦见自己站在舞台上，灯光都聚在了她的身上，她在舞台上走来走去，在对着台下说着什么，但奇怪的是她听不见自己在说些什么。她能感觉到自己的嘴巴在动，可她不知道自己在说些什么，台下黑压压的人头纹丝不动，后来，她跳起舞来，整个剧场中没有一丝声息，她的舞蹈也没有声息。她在跳舞，空心人之舞。四周又黑又静，鸦雀无声。

尾声

高萍曾经有一个设想，那就是本寝室的四个女孩子，加上胡克、乔可、林格、罗朗、马拉，一起搞一个化装舞会，在这个舞会上，只有上述几个人的面具，然后，他们自由组合着跳舞。这样的舞蹈如同洗牌一样，每一次改换面具，就会有不同的组合方式，这是一个多么有趣的游戏！

在一间大屋子里，几个人，几男几女，表情漠然地跳一场神秘的化装舞会，再也不会有比这更有意思的了。人的脸和人格一样，也是一个迷宫，谁也不能保证不在其中丢失了真实的自己。

在不断变换面具的过程中，他们交替成为别人。成为别人，一切秩序又重新被规定。后来，门被打开了。几个舞蹈者看见了几个空心人，他们加入到他们中间，一起跳起了舞，跳起了空心人的舞蹈。

所有的骏马

上篇

恍惚之中，乔可在火车上沉沉地睡去，他朦朦胧胧感觉到列车是不停地在向北方行驶，北方会以什么样的姿态来面对我？他听见钢轮和铁轨相摩擦的哐里哐啷的铿锵声响，在半明半寐中似乎梦见了一座皇城。这座城巨大、庄严而有森严壁垒，一些铜马和石狮子守候在深宅府第的门口，镶有巨大铜钉的朱漆大门紧紧地关闭着。在那寂寂无人的古城中，只有一些古老的天象仪停在空地上，旁边的沙漏在不停地泄漏着沙子，时间好像永远地向着过去流逝，而不是朝向未来。列车呼啸着在黑暗之中穿行，车厢里灯光昏暗，一些人沉沉地睡去，犹如沙滩上的鱼。

列车在行进中猛地刹了一下车，车迅速地停了下来，车体的震动惊醒了乔可，乔可睁开了眼睛，后来他打开了车窗，潮湿而凉爽的空气立刻流了进来，他看见天空之中繁星闪烁，大地上灯影稀疏，这时他感到肺部不再憋闷得难受了。

这是哪里？已经到北方了吗？乔可有些疑惑。他擦去了嘴角的一丝口涎，想起了大学毕业前夕自己做的一个梦。在梦中，全班的五十几个人都变成了马，在公路上飞奔。它们的毛皮发亮，鬃毛在风中飘扬。所有的骏马都在奔驰，很快马们就消失在城市楼厦的峡谷和立交桥下了。乔可明白这个梦的寓意：毕业之后，每个同学都是一匹孤独的马，义无反顾地冲进了像轮盘一样转动的庞大杂乱的城市，去寻找新的草地。比如现在，从没去过北方的他，正乘坐夜行列车，向北方的那座大城行进。他的内心是惶惑不安的，这使他有些焦急。

列车在黑暗中鸣叫了一声，车身又徐徐挪动了。

我随着熙熙攘攘的人流走出了车站。站在这座陌生的城市的土地上时，我感到了一丝胆怯。到处都是人，每一张脸都是陌生的。我掏出了自己的报到证，自己要去的是一家钢铁公司。我喜欢看到钢花飞溅，我长大了想当个炼钢工人，十三岁时我对父亲这样说，身为农学家和教授的父亲不以为然地哼了一声。在一眼望见高楼林立的城市时，这一瞬间我忽然非常想念在远方的父母亲。我为什么要到这里来？这时我看见了一个农村装扮的小孩子靠着栅栏在哭泣，四周都是表情漠然的人的水流在流动，谁也不理会她，她为什么要哭？

后来，我就在城市西部那家大型钢铁公司报到了，办妥了一切手续，我被安置在三个人住的宿舍里。这个时候屋子里就我一个人，今天下午我买了整整一箱啤酒。我把自己反锁起来，一边喝着啤酒，一边感到自己孤寂得要命。我是应该回去还是留下来？一个人面对这么陌生而庞大的城市，我有勇气吗？我听着钟表胡乱走动的声音，喝掉了八瓶啤酒。几个小时后，由于尿太憋我冲到了厕所，痛痛快快地撒了泡尿，洗手的时候我看着镜子中脸色苍白的自己，咧开嘴笑了一下。我不回去了，我还打算死在这里呢。

这座城市以其广大和古老著称于世。接连的日子里在我感到新鲜异常的游历中，我体会到了城市的雄伟。在动辄几十层的楼厦的峡谷间穿行我感到了一丝错觉，就是这座城市像一块肿瘤一样在生长着，而人们却像癌细胞一样从四面八方汇聚而来。

有一天，我在一条街边溜达时，看见几个警察在大街上追逐着一些盲流，手中的黑色橡皮棍子钝钝地打在他们身上，抓到他们并把他们塞进汽车。这忽然使我心虚胆战，我觉得自己也是一个盲流。那几个警察迎面向他走来，我忽然紧张极了，直到警察和他擦身而过，我的身体掠过了一阵战栗。我匆匆向前逃去。

"喂，大学生，你的东西掉了。"

我一回头，看见那个戴墨镜的警察手中拿着一本《计算机教程》。"你是不是病了？脸色这么不好，最好去医院检查一下，大学生。八成肚子里有蛔虫。"他把书递给我时，关切地拍着我的肩膀说。

真厉害，我想，警察一眼就看出我是个大学生。我愣了半天，扭身跳上公共汽车，在车上我表情轻松了。我是一个高级盲流，我自我解嘲地想。

有一天我想起来大学毕业前夕，几个被分配进这座城市的同学聚会，林格——他是一个喜欢夸夸其谈的家伙，那一段时间他还在读巴尔扎克的全部小说。他说，巴尔扎克时代与现在的中国有某种相似性。"其中有一个叫拉斯蒂涅的人物，他原来什么也不是，后来他出入巴黎上流社会，周旋于贵妇人的石榴裙下，终于爬到了银行家兼政客的地位。乔可，咱们要向他学习，在北京那样该死的、可怕的地方站住脚。"林格说。

"只要他妈的活着，就不错了。"我说。

"别把自己看成废物一个，你对自己的估价总是太低。"

"狗屁。"我脸涨红了，大声地反驳说。

我回忆到这儿时却笑了起来。同宿舍的另一位学习铸铁技术的大学生曾子存诧异地看了我一眼。他比我早一届，他正在学习古代汉语。每一个古汉语词汇都是一条河流、一个咒语、一座迷宫，有着无穷无尽的内容。他和我认识之后，有一天他问："你在笑什么？"

"我在笑大学时代。"我说。

"对，应该笑，大学时代多浪漫、虚浮而又可笑，实在可笑极了。"曾子存用毋庸置疑的口气说。

不久，钢铁公司把这一届分来的几百个大学生分配到炼钢第一线去锻炼几个月，这时的我表情兴奋地浮动在面色白嫩、叽叽喳喳的大学生当中。因为毕竟要实现少年时代的一个梦了，后来，我穿上了工作服，戴上了防护镜，像一个真正的炼钢工人那样来到了炼钢炉前。不久，我便喜欢上了那些粗豪的工人们，虽然他们言语粗鲁放肆，但的确有些可爱。那些四下飞溅的钢花就像是划过天空的彗星一样。每天，我的衣服可以拧出一公斤汗水来。晚上躺在宿舍里我觉得自己就像是一块湿毛巾。现在，我没有和同学联系，连家信也没有写。迅速到来的生活湮没了我，一切梦想和浪漫在远离我，我发现原来一切都是实实在在的，原来每一个人都是在为房子、票子和位子而活着。这可是我所始料不及的。以后再去炼钢,看着钢花飞溅,我突然从内心深处生出一种极度厌倦。

我把头三个月工资全都寄给了父母,这是我第一回拿薪水。有时候,我把自己关在屋子里,听见这座城市像一个大轮盘一样飞速旋转,而每一个人都来到这座城市下注,大多数将输得精光,想到这一点我就有些沮丧。昨天,炼钢时车间里出了一次事故:一架吊车在吊一块钢板时不小心将一个工人的脑袋碰掉了,那场面看上去可真惨,脑浆涂了一地,脖子以上的部分荡然无存。当时我张大了嘴巴,心跳得几乎要胀破胸口。

锻炼期结束,我被分在了钢铁研究设计所,开始每天面对一大沓的图纸。最近我老是做梦,梦见我在黑暗的大街上走动,手里拿着一柄气枪,并用枪瞄准前面那些走动着的漂亮女孩的屁股……醒来之后我记日记:

"……今天是我在这座城市生活的第四个月了,一切都已正常运转起来,我这才发现生活其实是艰难的。同宿舍除了神经兮兮,以啃树干般的《古代汉语》为乐的曾子存,还有一个叫朱向前的家伙,他毕业于上海一所大学,长得像是一座铁塔,他性格豪爽,昨天我们聊了许久,他想不通我为什么不去南方发财而来到北方?他现在在宣传部编一份叫作"钢铁人"的有些夸饰的报纸。我曾经告诉他那次事故,希望他们予以报道,他告诉我有规定不许报道。

这几天我没事儿了就一个人胡思乱想:假如这座城市迎来了一场瘟疫或是霍乱会发生什么情况?它一定会手忙脚乱的会死多少人?五百万吗?我想着街上到处都是死尸和臭水,地铁停止运行,公共汽车里挤满了病人,乌鸦笼罩了城市,到处都是苍蝇、老鼠和跳蚤。噢,天哪,太可怕了。也许这座城市真应该被瘟疫洗却一回,只有这样,它才不会像现在这样盲目自大,冷漠和骄傲得令人作呕。

到了十二月,天已渐渐地冷了下来,我已经习惯了按部就班的生活,这一天忽然接到了一个电话,电话是林格打来的:"喂,乔可,咱们有四五个月没有见面了,对吧?咱们聚一聚怎么样?知道吗,叶晖已经发了点小财了,就是哲学系的那个叶晖,上大学时逃课可积极了,可他现在承包了一个酒店,有了一辆马自达牌轿车,紫色的,十分牛逼!至于我,也已配上了一台 BP 机,而且头儿马上要把我送到南韩学习八个月。元旦叶晖召集咱们聚一聚，乔可你一定要来啊。"

我说："你们适应环境真快，我不行，一个月才三百多块钱，我真想让瘟疫袭击这座城市。"

"你这就不对了，你没有理由仇恨社会。不多说了，咱们约好，十二月三十一日晚在天帝大饭店的餐厅，不见不散，晚上7点钟开始。你必须来。"林格放下了电话。

我愣了一会儿，想起了叶晖在学校创办"政治家俱乐部"时在台上滔滔不绝纵论国是的架势，现在摇身一变成了老板了。识时务者为俊杰，可是我还在恶毒地想着叫瘟疫袭击城市，我多么可怜而又可笑啊。

我那天晚上到达天帝大饭店时，酒会已经开始了。门口停了很多我叫不出名字的非国产车，甚至还见到了一辆红色的法拉利敞篷跑车。在灯光下，那车身像火焰在水底潜行一样放出了迷人的光芒。有一个黑头发的男人带着一个金发女郎笑着从饭店里出来，钻进了那辆线条流畅的车，然后唰地开走了。我望着车子消失，心情有些黯淡。我沿着旋转门进去，不小心还碰了头，我觉得，自己这时的动作是笨手笨脚的，有些僵硬。大堂里金碧辉煌，菱形吊灯在穹顶上放射出柔和的光芒，侍者伸手请我向里走，我觉得侍者的制服很像中世纪某个欧洲国家牢狱门卒的穿着。我问迎面走来的大堂小姐说有人在这里搞一个Party，他们在哪里？小姐指了一下电梯，告诉我向下到底层，那里就是西餐厅。我来到了餐厅，我发现那里已经有约莫一百多号人了。其中有一小部分都认识，都是这几年到这座城市的校友。我感到了一丝兴奋，有一种失群的马找到了马群的那种感觉。

"哇，乔可，我还以为你不来了呢，该罚一杯！"林格端着一高杯啤酒走了过来。他穿一件怪里怪气的乳白色西装，领子上还别着一个小金鱼胸饰。林格学着外国电影上绅士的派头，摇头晃脑地走过来，一边还用右手弹了弹他那条花里胡哨、又宽又短的领带。"领带不错。韩国产的？"我有些心不在焉地问他，一边用手搓了搓他的领带，"这些人全都是咱们校友？个个都神采飞扬的，一群红男绿女。"

"大部分是。走，咱们到那边见见叶晖，这小子新近又配了一台'大哥大'，号码是9188888，要发就发，妈的，好像他干什么都会发。不过他的生意真的好像已经做到全世界了。我真佩服他什么时候都走在时代的前面，大学那会儿，游行时他可是走在最前头的，嗓门还吼得最响，你说……"

"我不想谈这个，我只想见到几个老朋友，匡亚明、周晓南他们来了吗？听说他们被分配到了郊区的化工厂，混得不怎么样，老是跟头儿处不好关系。"我四面探望着。我注意到林格已经胖了，而且他的目光总是不停地在人群中扫来扫去，显得心神不宁。"瞧叶晖那人，正在那边和几个女孩儿套瓷儿，我说，我这一去南朝鲜，一年就见不到了，我他妈可真伤感……"林格说着，做出一副要流泪的样子，这时候腰间的 BP 机响了。"我得打个电话，我真他妈忙，是谁在呼我？"他低头掏出 BP 机，赶紧找地方打电话去了。小厅里响起了说话的嗡嗡声，还有盘子和刀叉相碰的声响。大家三五成群在交谈着。我也拿起了一个盘子。开始顺序往盘子里夹东西。后来觉得虾仁好吃，就只夹了满满一盘虾仁。我回到了人群中，向叶晖走去。叶晖穿着一件络红色的单排扣西装，黑色衬衫，扎着一条白色的领带，满面春风地被一大群人簇拥着。见到了我，叶晖那张像瓜子儿一样的脸变宽了："啊，乔可，是你吧？我真想你，我说咱们有约莫半年没有见面了吧？""是的。叶晖，你是我们这一届混得最好的，听说你还有一辆'马自达 929'型车，还有一部大哥大什么的。"

"哪里，那是单位给的，工作而已啦，也是为了方便。北京这么大，跑起来还不把腿跑细了？喂乔可，听说你那里可以倒卖钢材？有盘条吗？我要二百吨。手续费大大的，绝对超出一般水平。"叶晖捻了一下他西装上衣口袋中装的一朵玫瑰花，把一枚花瓣捻成了小细条儿。"钢材？不干，我不倒卖那玩意儿。"我愣了一下说。"那你那里在倒腾什么？"叶晖看上去非要想弄个明白不可，"这年头，咱们总得赚一点钱吧。""天空。我倒卖天空。"我严肃地说。叶晖呆愣了一下，然后突然哈哈笑了起来，"乔可你可真有意思，说话还是像大学时代那样充满了诗意，怎么，现在还写诗吗？来，咱们碰一杯！"叶晖举起了酒杯。

"他说什么叫你笑得那样响亮？"一个穿着一件开胸很低的黄色套裙的女孩子笑吟吟地走了过来，用胳膊挽住了叶晖，还认真地在他的脸上啄了一口，印下了一个显得调皮和滑稽的口红印。她嘴唇的口红颜色显得暗了些，因此她那张很有魅力的脸便减色不少。叶晖有些尴尬，他对大家耸了耸肩，"常莉这人就是这么热情，我的老同学乔可说他在倒卖天空，哈哈哈……他原来是一个诗人，他的话可真有趣……"我走开时听见叶晖说着。离开学校半年，社会已经用它的规则改变了我们很多。我一个人找了个僻静的地方坐下来，因为没有找到我的好朋友匡亚明和周晓南，所以我显得很孤独。大家都在说笑着，大部分人的话题是谈论如何赚钱，即使那些十分漂亮的女孩子也不例外，她们中有的人在谈着化妆品的直销生意。看来这真是一个很好的信息交流会，我想。这时我把注意力集中到我坐的椅子上，这是一把十分精致的西洋风格的椅子，简洁明快。在我面前的一堆高脚酒杯，反衬着十分美丽的灯光。灯光细碎，多彩，我稍微挪动身体，光芒的变化就十分纷繁复杂，跳跃个不停，仿佛是具有神奇的生命。我看到了这些，感到自己的心在莫名其妙地颤抖，仿佛被什么东西感动了，我长久地坐在那里，仔细地观察着各种颜色在玻璃杯上的闪烁，迷醉于其中。过了一会儿，我站起身，悄悄一个人走了，没有人注意我的离开。

元旦过后不久，春节就要来临了。我收到了父母亲言辞恳切的信，信中希望我尽早回家过年。我一边读信，一边回想着父母的面孔，但令我感到吃惊的是，父母的面孔竟无论如何都想不起来了。我吓了一跳，一个下午坐在办公室一大堆图纸面前，拼命回忆着父母的脸，可直到下班了也仍然无济于事。我感到了惶惑和恐惧。我不能回家去，那么，去哪里呢？

大年三十的夜里九点，我穿着一身厚厚的棉绒衣服，背着一个大旅行包，头戴一顶看上去有些滑稽的大棉帽上了火车。车厢里空空荡荡，没有几个人。我在一个三人座的位置上坐了下来。列车启动了，我感到很高兴。

我想在冬天看到马。不知为何，这个该死的念头最近一直在我的脑袋里转悠，挥之不去。加之我想不起我父母的脸，这有多么可怕呀！什么时候我想起了他们的脸我再回家。我现在不想回家，我要远行，我得承认最近我做的梦中不停地出现马群在奔跑，它们万蹄齐飞，擂鼓的声音震动了大地，我的心在跟马群一起飞。

我这是要到内蒙古去。也许我发疯了，可现在这个世界都疯了，因此我又是正常的。我想如果这个冬天我看不到马群，我这个冬天都没法过。列车在北国的大地上向西疾驰。车到包头的时候我兴冲冲地下了火车，我问车站上的一个人"到哪儿能找到马群？"他愣了许久，目光混沌而又茫然。"马？你是说马群？它们冬天全都被关进过冬草场啦。要到春天转场

邱华栋中篇小说选

时，才会把它们放出来。你现在什么也看不见，大过年的，你没有发疯吧？"

我说我不是一个疯子，我只是想在冬天看到马群。可是哪里才能找到马群？我有些急得要哭出来似的，我必须要看到它们。我说。

他打量了我半天，脸上的雀斑在生动地移位。我看你干脆去新疆吧，我听说那里有马，冬天也有，就在大峡谷间奔驰。他说。

后来我又上了火车，坐着火车继续向着西北方向而去。窗外的景色苍茫，寂寥，整个北方大地好像都没有几棵树，到处是白茫茫的一片。有时候，我能看见一些黑色的乌鸦在半空中飞着，在雪光的映衬下分外醒目。有几辆牛车和驴车在雪景中移动，像是一幅古朴的油画。我感动得要哭，我把额头趴在车窗玻璃上，充满热忱地望着辽远的大地。

列车到达了终点站乌鲁木齐。我竖起了领子，感到中亚新疆冬日的阳光冰凉，我戴着墨镜，踩着吱吱作响的白雪，找了一家旅馆。第二天我像一只流浪的猫那样穿行在乌鲁木齐的街道上，听着维吾尔人奇特的谈话声，感到神秘而美好。我还买了几把精致的匕首——匕首上镶着彩色的玛瑙，和一方美丽的尼泊尔丝巾。我得把它送给我在北京爱上的第一个女孩，我想，我还看见天山山脉像一条龙一样延伸而去。回到旅店，我问店主："请问在哪里可以找到马，冬天的马群？"店主的胡子被他自己吹了起来："小伙子，你去新疆伊犁吧，在那里的草原场上可以看到马群。你得坐两天两夜的火车。你去干吗？是要往内地贩马吗？你不像是一个马贩子。"

我笑了，"我真的是一个马贩子。谢谢你。再见。"

大年初六的时候我来到了中国最西北的一座地级城市伊犁，下了车。我雇了一辆驴车，我来到了冬季马场。我见到了漂亮的伊犁马。我趴在栏杆上，贪婪地看个不停。后来我钻了进去，我骑上了一匹马，马在广阔的牧场里奔跑了起来，后来把我从马背上甩了下来，我啃了一嘴的雪和泥。我像个孩子一样心中充满了透明的快乐，一些马围了过来，走近我并用喷着粗气的鼻子去闻我的脖子。

十天以后，我又回到了北方的大城，走在宽敞的大街上，我的心中映现的是那些马。我真的见到了骏马！在此之前，我是南方的一株小草，没有感受过北方强劲的冲击。我感到很带劲。西北之行驱散了我心头一种厌恶感和孤独，我获得了新的生活感受。父母来了一封信，问我过年怎样？

信中还说我母亲由于过于想念我而在大年三十病倒，在医院躺了整整一个星期。我隐隐有一种负罪感。

一进入三月，天气一天比一天暖和，空气也变得湿润温暖，在这个月里，总公司开办了一个经济及技术培训的夜校。上的课对于我来说算得上是小儿科，我坐在那里，要么数老师脸上的雀斑，要么在一张白纸上胡涂乱抹，后来，我注意到坐在身边的一个女人看上去有点儿特别。

她大约有二十七八岁，头发稍微有些凌乱，看上去已经结了婚，但她的眼神却像少女一样单纯和清亮。她显得很瘦，胸部微微起伏，骨盆也并不宽大，而且还略略显出了类似瓷瓶的曲线。她的脸上带着一种宁静的气质。她总是在老师已讲了十几分钟后才来。我想和她说话，却又有些胆怯，到了第四天，她把头向我偏了过来："你干嘛要画那些坦克飞机和大炮，小孩子才这样，你真有意思。"

"我也许是童心未泯。这课对于我来说太简单。尤其是英语，你听王老师的发音，有三分之一都是别扭的，我怎么去听，可我又没法跑掉，"我小声嘟囔，"听说结束后的考试是今后评职称的重要参考。真他妈烦人心。"然后，我又画起了马，十分入迷。

"你这个人挺有意思。去年来的大学生？"她的眼睛亮亮地闪着。

我耸了耸肩，表示是的。

"可以帮我辅导一下英语吗？我就头疼这个。每天我得把孩子哄睡了才能来，所以我老迟到。认识一下，我叫丹妮。"

"我叫乔可。你的名字听上去像某种化妆品名儿。我愿意帮你忙，你今后就叫我老乔好了。"我扔下了笔，对她说。

她轻轻一笑，"你才多大呀，还叫老乔呢。"

那天我们就这样认识了，后来我记得自己趴在桌上给她小声讲解了半天的英语，把那些该死的技术名称都标了出来。下课回宿舍的时候，我也送了她一程，两个人都没有说话。我们有一种隐隐的亲近感。回到了宿舍，我早早地躺到了床上，曾子存正在台灯底下钻研《周易》，他说："老乔，这《周易》据说是周代一个大臣的私人日记，记录了384天的事，这种说法多么有趣！"朱向前和几个人在打扑克。"乔可，你看上去怎么心事重重的？是不是向谁表白了一番，结果遭到了姑娘的拒绝？"朱向前扭头对我说。

我没有理他们，后来打牌的人走了，大家都上了床，我觉得心中有许多忧郁的小虫子在爬。我觉得自己是属于黑夜的。

一大早我就接到了林格的电话："一个坏消息。叶晖昨天晚上回家时，被几个在路上走着的人莫名其妙地扎了几刀，脑袋被砸了，现在正在抢救。医生估计抢救过来也要成残废了。"他的声音听上去有些沉痛，这个消息叫我感到了震惊。我说"我们去医院看他吧！"

"不，医生不让见。过一段时间吧。不过我最近又开始琢磨人到底为什么活着？我发现我正在沦为平凡人，没有深度的人，我迷上了老虎机。昨天晚上被吃进去了三百块。我发现这个城市真像个大轮赌盘，它得叫你把口袋里所有的东西都掏出来才肯罢休，现在，我在城市摇滚乐节奏下机械地跳着舞步，根本就停不下来，我停不下来，他妈的。"

"林格，你不是哲学家吗？再说，你还曾经想当巴尔扎克笔下的拉斯蒂涅的，怎么能歇业呢？这不符合你的性格。"我说。

"告诉你吧，我已经跳槽了。我在一家中韩合资的公司里负责监制一种快速补胎的胶水生产。嘿，挺有意思吧？现在，我月薪三千八百元，感觉仍是不舒服。你什么时候跳槽？"

我无言以对，过了一会儿，我放下了电话。

晚上上课的时候，丹妮仍坐在我的边上。"好不容易把孩子哄睡了，所以，又来晚了。"她有些抱歉地朝我扬了扬眉毛，轻叹了一口气。我耸了耸肩，然后开始给她补习。面前的字母、图纸和文字在我们的眼睛里跳跃着，像是一群活泼的蚂蚪，又像是跳动的星星。这天回去的路上，我和她走得比过去慢，还多绕了一个圈子，最后，我把冬天去西北边陲看马群的事告诉了她，"我得找个心理医生咨询一下，我是不是得了神经病。"

丹妮在黑暗中愣了一会儿说："你这个人很特别。这倒不是什么精神病。也许你是一个天才也说不定呢。"说完，她轻轻地笑起来。

我忽然觉得，也许她会成为我倾诉的对象。但女人在我看来大部分是现实主义者，你不可能要求她们理解你。"这几天我正在看一本叫作《男人的不幸》的书，我想推荐给你看看。"我说。

"男人也有不幸？"丹妮又瞪大了眼睛，她的气息倒是十分清爽动人。

"那当然。男人压力太多太大。说点儿别的，明天下午去美术馆看画展吧。德国新表现主义画派的画家伊梦道尔夫画展，去吗?"我看见丹妮点了点头，然后，两个人就分别消失在两个方向了。

我和她去看了伊梦道尔夫的画展。伊梦道尔夫的《德国咖啡馆》深深地打动了我。丹妮看画凭着她女性天生的直觉，说出来的见解很生动。也许女人天生都是艺术家。在美术馆还有一个叫常晋的女画家的画展，她的画全是女人对自身的阐释与表现，充满了梦、潜意识和女性意识。我和她在美术馆里待了一个小时，在空阔的画廊里走着。时间在这时如同很稠的液体缓缓流动，没有阳光挥进来。高大的圆柱撑起了房屋，这里是一个聚拢着艺术精神的地方，这里是一个圣殿。在和丹妮分手时，那是在一条街的拐角处，我猛地一把把她揽在了怀里，在她的嘴唇上吻了一下，仿佛尝到了冰凉的阳光。丹妮被这突如其来的袭击弄得不知所措，脸涨红得像个苹果。她忙跳进了一辆黄色面包车，然后车开跑了。

我一个人站在那里，嘴角挂着一个微笑。我的眼睛莫名其妙地潮湿了，我掏出手绢擦去了它们，我想也许我该跳到马路中间跳跳舞才对。城市像个大轮盘在我的脚下旋转，呼唤着每一个人下注。你想下多少?

这天夜里，丹妮没有来上课，我忽然变得心神不宁起来。我对我的所作所为进行了道德检查，因为，我吻了别人的老婆。这个吻也许是一时冲动下的不负责行为。可她嘴唇上冰凉的阳光的滋味真好。听说她丈夫是一个五大三粗的工人，她会遇到什么情况?是她的孩子病了吗?我真的爱上她了?我为什么要吻她那一下?这一吻使得我们之间消除了距离，也许我已无可逃避。我坐在那里心情复杂地胡思乱想，后来我随着下课的人流一同向宿舍区而去。

到了第三天晚上，开课已经十五分钟了，丹妮有些脸色惶乱地走了进来。她迟疑了一下，还是坐在了我身边。

"这两天你怎么没来?生我气了?"我小声地问她，"要是我过于失礼的话，请你原谅我。

"不不，是我的孩子病了。发高烧，今天上午才退烧。"她平静地说，一边赶紧找过我的笔记，把已经讲过的一些课程抄了下来。

我放下心来。我突然觉得心中覆盖了一层阳光，这是她带给我的。在随后的几天，丹妮好像在回避我。而且，下课丹妮也拒绝叫我送她走。

"有许多色狼在这一带溜达，你可要当心啊，"我半开玩笑地说。

"不会的，再说，我也挺不好看的。"丹妮莞尔一笑，转身隐入了黑暗。

然而丹妮越是回避我，我越是渴慕她。这是一种热烈的绝望的期待。这一天，下了课回宿舍，我们两人默不作声地在黑暗中向前走着。走近一幢大楼的暗影里时，我用坚实的双臂搂住了她，一阵幽香拂过我的鼻翼，她的头发弄得我的脖子很痒。"不，不，乔，这样不行，不，不不，有很多人会看见，你放开……"然而我已经在寻找她的嘴唇了，我已经把自己的嘴唇盖向了她。我是一匹找不到马群的马，我很孤独和苦闷，我喃喃地说着，一边用力地吻着丹妮。丹妮被动地接受着，后来，她的嘴唇也渐渐地迎了上来，去寻找着另一个灼热的泉源。两个被生活追赶的人相互拥抱了，也许是可怕的，但我们却紧紧地抱在一起，感受到麻木生活中的一丝新的激动、震撼与慰藉。后来，丹妮感觉出我伸向她胸脯的手扯断了她的乳罩带子，她说，乔，好了，我们回去吧，回去吧。她制止了我。

躺在床上，我的眼前星光跳跃。我不知道我在干什么，我的身上还留着她淡淡的香气。在朱向前和曾子存的微鼾声中我思绪有点儿乱。也许这一切都是我的性压抑导致的，是转瞬即逝的，也许明天一大早，我们又形同路人，在我们之间什么也没有发生。生活中到底什么是坚实可靠的？我觉得我像一个风筝，被一只手放入空中，我在风中摆动，一条线从大地上伸入天空牵动我，我有些快乐，但同样也有些忧伤。

那是一个星期天。中午时分，我和她坐在王府井街口的麦当劳餐厅里吃快餐。我要了两份"巨无霸"，和一包炸土豆条，一罐啤酒。而她则是一份"麦香鸡"和一份热巧克力。我很喜欢吃汉堡包，那种东西干净、方便，热量又高，被说成是垃圾食品我也喜欢。我嚼着炸土豆条，一边眯着眼睛从丹妮的肩膀上望过去，看着大街上匆匆忙忙的行人。街上的人像是水中的漂浮物一样缓缓流动着。"你在看什么？丹妮问我，"你有时候经常陷入沉思，有些莫名其妙的。"

"我在想，也许生活就像是他妈的一条河，把每一个人带向不同的深渊里。"我说。

丹妮笑了起来。在她的眼睛里，我有时候傻得可爱。但她的脸旋即被一阵阴云包围，"说真的，我不知道我们俩该如何是好，我的生活现在很麻烦，我很难过。"

"我会娶了你。虽然你比我大两岁，可我觉得你仍像个小姑娘一样。当初为什么要嫁给那个人？"我的眼睛放出了光亮。我知道自己真的已经爱上了她。但我不知道我多么轻率地在说话。

"我也不知道。女人总是随着自己的情绪走的。现在我也没法回避你，可有时我又觉得我们没有未来。何况我还有一个女儿。你不懂得婚姻的，别再说傻话了。"她皱了皱眉。

"她很可爱，是吗？"我大口地嚼着"巨无霸"问。

"她才四岁，非常可爱。不过她也许会不喜欢你。"丹妮安静地整理了一下裙子，幽深地看着我。在我感觉中，丹妮带给了我母性和少女两种类型的感觉。我也不知道自己为什么会喜欢上一个有孩子的女人。"你的裙子很漂亮，尤其是那些蓝色和橘黄色相搭配的花瓣。"我把目光转向了她的裙子上的图案。

"谢谢。"丹妮收了一下肩膀，"我在想，我们还是……不要再来往了吧。真的。"

"恐怕太难了。"我用餐巾纸擦了擦嘴说。

后来，我们都没有说话，对望了一会儿，目光中含了很多难以言传的东西。大厅里人声喧哗，窗外车水马龙，这是一个快餐流行的世界，一切都已经快餐化，情感也是这样。我有些绝望地想。那么什么是永恒？我们走了出去，来到了大街上。楼群间的峡谷风猛烈地吹着，在风中人人似乎都有些倾斜。我注意到有个穿着一套咖啡色西装的高个子外国人倚在麦当劳餐厅的窗台上，他的长相非常奇特，眼睛深陷，约莫有三十几岁，他看世界的目光安静而冷漠。"你看他多像一个高卢人，"我对她说，"古代高卢人，真英俊。"

在过街的时候，从长安街向右拐入王府井大街的一辆红色轿车突然撞倒了一个女人。血、血！一些人在惊呼，警察反应相当敏捷，一辆警车随后赶到，那个女人被抬进了救护车，警察驱赶着围拢来的人们。"她没有被撞死吧？"丹妮挽着我的胳膊，过街后小心地问我，也许已经死了，我说，这个世界，人人都是水上的漂浮物。明天你将漂向何方？

"不知道，我真的不知道。"她喃喃地说。我们在大风中倾斜着身体向广场方向走去。

　　这时候，灯光已经熄灭，深红色的窗外灯光泄进屋子。我和她像两条鱼一样在黑暗中游泳。我们彼此静静地拥抱着，手像寻找水草一样在彼此身上探寻。黑暗之中我们的身体仿佛泛着荧光，在大海里一同向着黑夜的深处游去。

　　"为什么你的嘴唇冰凉？"我问。

　　"不知道。我从来都不和丈夫接吻。我讨厌接吻。告诉我，你和别的女孩上过床吗？"

　　"那是很早以前的事了。高中时代因为初恋有过畏畏缩缩的性探索。幼稚而又苍白的激情。大学时代我压抑极了，我喜欢上了一个女孩，但是我却从未向她表白，烦极了我就一个人去动物园。"

　　"去动物园干什么？"她在黑暗中轻轻地笑起来。

　　"去看河马。我最喜欢的动物就是河马。毕业前夕她主动跑来找我，我记得那天宿舍的人都已经走光了，我一个人在房间里感伤得要死。我和她脱了衣服拥抱在一起，什么也没做，抱在一起一整夜，什么也没干，真的。你相信吗？后来，也就是第二天，她就去了南方。"

　　"很后悔吧。平时没有女朋友不寂寞吗？"

　　"没事儿，冲动的时候就手淫来着。"我说。

　　丹妮又笑起来。我们不再说话，又重新地紧紧拥抱，接吻，彼此紧紧地像水草一样纠缠在一起，生活像水漂一样稍纵即逝，也许人能拥有的只有现在。我感到她的身体像蚌一样微微张开。我感到大地稳稳地托住了我，我们像人类自古以来所有的恋人那样，像土地和天空一样密不可分。我像一个农夫那样挖掘着她和大地，心中的庄稼在茂盛地成熟。

　　这天晚上，上课的时候，有一个身穿牛仔服的壮汉走了进来，对我说："你出来一下。"我抬起头的时候发现他的眼睛里闪烁着阴郁的磷火。我明白了，他就是丹妮的丈夫。我悄悄地走出了教室，来到了外面。天上繁星闪烁，黑夜里清凉的空气十分甘美，也听不见夜鸟飞翔。我隐约看见丹妮穿着一袭白裙在黑暗里站着。这一刻我的内心之中突然涌起了一种悲壮情绪，也许我会像普希金一样倒下，我想。黑暗中三条人影形成了一个三角形。

　　"我姓赵，我是她丈夫。我想弄明白一件事情。"他说话的声音中仿佛饱含了沙子，叫我听上去很不舒服。有些娇弱的丹妮低着头，风把她的头发吹散，我看不见她的脸。"丹妮告诉我她喜欢你。你为什么要勾引她？"

"我喜欢她，就这么简单。"

"你真的想娶她？娶一个被别的男人用旧了的女人？你不了解她。再说，我和她还有孩子。"

"我已经说过了，我要娶她。"我说。

"不！这不行，这不可能，她怎么会嫁给你这样一个乳臭未干的家伙呢？丹妮，你说，你要嫁给他吗？"

"我喜欢他，也许——会嫁给他。"她小声说，不是那么确信。

"就因为他比你小几岁？就因为我是个粗鲁的工人？"他咆哮起来。

"有些事情你永远也不会懂的。"丹妮冷冷地说。我突然有些怜悯起他来，他体格那么壮实，可他现在却被击晕了。他哀求着："丹妮，跟我回去。咱们慢慢商量。也许我会同意离婚的。乔可，你小子小心点，咱们有话以后再说。"赵的呼吸声十分急促，他看了丹妮一眼就走了。丹妮没有动。我这时却感到茫然无助。我觉得这一切发生得叫我瞠目结舌，似乎有一种什么力量在把我不可避免地推向某种结局。咱们走一走，丹妮唤醒了我。我们并肩向前走去。我该怎么办？我问，声音中竟含有一丝慌乱。你不是说过要娶我的吗？丹妮挽起了我的胳膊，幽怨地看着我说，而且，我也爱上了你。

我觉得心乱如麻，我不知道你丈夫会对你怎么样。他也许会杀了你和我。他杀了你该怎么办？

"你就那么软弱吗？胆小鬼！我已经把我的全部都交给了你，可你却把我搞了，又想把我再推走，伪君子！"丹妮放开了我的胳膊，"我不是这样的人！"我急忙赶上去，"我会去迎接一切结果的。"我揽住了她的腰，尽管我的确有些不太自信。我们向前走着，黑夜和我们溶成了一体，我们脚下的城市像个巨大的轮盘一样在旋转，在等待着每一个人下注。

"你真是一个傻逼，真他妈疯了。你这是在干什么？破坏人家家庭不说，女人都有孩子了你还去勾引她。她魅力无穷是吗？我可没看出来。赶紧悬崖勒马，还来得及，否则你算完了。你弄得自己太被动了。"朱向前一边使劲儿地拽着拉力器，一边斜着眼骂我。我心乱如麻，我不会应付生活，我承认。"但是我的确喜欢她。"我说，我显得焦躁不安。

"可我觉得那个小女子挺有心计的。她先让这件事败露，再叫你和她丈夫互相施以压力。她现在掌握了主动权。现在她一定可以让她丈夫言听计从了。如果她离成婚了，你也跑不了，你无法甩掉她，因为影响会很快造出去，你在单位都没法呆。她一石双鸟，哈哈！你玩完了！"朱向前幸灾乐祸地说，"你们研究所的人都已经知道了。不过，社会开放了，也无所谓。但你得慎重。生活中处处是他妈的陷阱。"他对我说。我面对的是一座可怕的城市，我已经被扶上了战马，我又能怎么样？"你听说过草原上冬天牧人死于追赶受雪暴惊吓的马群的故事吗？"我问他。

朱向前的脸上流露出像看一个外星人那样的表情。"没有听说过，也没有兴趣。你他妈的真是一个疯子，你说这个干什么？"

"牧人们在追赶马群的千里路途中，死于马背之上。"我淡然地说，然后走出了房门。

我和林格、匡亚明、周晓南一起去看已变成了植物人的叶晖。他躺在那里安详而又沉静，脸色竟有一丝红晕。我们的心情是沉重的，凶手至今没有抓到。为什么会有人将无端的仇恨发泄在过路的人身上？从而使一个勃勃生机的人变成了植物。我们默默地站在那里，向着叶晖行注目礼。我的脑海中映现了在大学时代里叶晖的身影。我为这样的结果而迷惑不解，像树桩一样站在那儿，直到护士提醒我们离开。出了医院的大门，林格重重地吐出了一口气，"真他妈不幸，还不如死了好。"他说，"妈的，我可不想永远这样。"

我在她身体的大地上前行，眼前的钢花飞溅，在瞬息之间爆炸开来，在空中展开了无数条美丽的弧线。我听到了火车在风中疾驰的声音，铁轨在幽蓝的月光照耀下伸向远方。她在我身体下面展开，如同大地本身……慢慢地我缩成了一个小小的果核，藏在她温暖的怀里和子宫里。肉体的激情淹没了白昼之下现实生活的威压，我感到自己像一块发红的铁，又像是一座小型的正在爆发的活火山，在喷着红色的岩浆。这岩浆灼痛了她，她在颤动，头上的星星也密密地碎裂开来，落在了我们的眼睫毛上。我感到和她像树与根一样亲密。哪怕明天会死去，这一刻的生命激情也是值得的。然而，当大地边缘的太阳落下，海上船帆也不再升起，当海潮也因为月亮的引退而趋于平静，当搁浅的船停靠在沙滩上，连铁锚也闭上了眼睛，我们像是空空的海螺，没有了回声。不一会儿，她哭了起来，哭声显得那么绝望和深刻，复杂的感情抓住了我们，以至于我们感到了无援无助。你还在这里。你没有离开。你会永远和我在一起吗？是谁把我放在了一条小船上，然后叫我在苍茫的大海上漂浮。我丢掉了桨，我没法靠岸，我们会最终离弃吗？

我把手放在她的身上，感受到她和我起伏的身体像是两段凝固的海浪。我们会遭受到什么？借着光亮，我可以看见她美如沙丘般的乳房，我把脸埋入她胸脯间的深谷，像孩子一样在花蕊里睡去。

事实上，我们的恋情像灰尘一样传进了单位很多人的耳朵。设计研究所所长，我的顶头上司今天找我谈话了。这是一个年过四十就开始秃顶的小知识分子，他的目光中含着悲天悯人的意味："小伙子，你这是在干什么呀？知道吗，我打算今年夏天就派你去俄罗斯学习三个月的。现在，我无法在报告上签字了。"

"无所谓，所长，叫所里更有前途的人去更好。"我一点儿也不领情，我想我已经无所谓了。谁把我扶上了战马？这是一个转盘城市。

"这话像是一个傻瓜说的，不像这个时代的年轻人说的。要务实，你应该多考虑考虑自己的前途和发展。和她在一起，对你一点好处都没有。"

"这是我个人的生活，所长，我知道您的心是好的，可是，我已没有别的路可走。再说，我也很喜欢她。"

"你在拆散一个家庭，要知道中国是一个讲究道德的社会。"

"正因为如此，我还非向前走不可。如同向前的马群无法回头。"

"马？这跟马有什么关系？"秃头发亮的所长终于皱起了眉头。

"对，在马群中，一匹马无法回头。所长，放我走吧。"我恳求地望着所长，所长烦闷地生气地挥了挥手。

走在天空下，我觉得低低地压下来的云显得十分沉闷，雷声隐约，空气中充满了灰尘，我要爆炸了，我想。我在人行道中走着走着便产生了幻觉，仿佛自己在水中行走，而那些走动在路上的人仿佛是鱼群，四周好像消失了声音，只有鱼们在静静地游动。我怎么啦？

这天晚上，我刚刚跨进自己的宿舍，就看到丹妮的丈夫坐在我的床上。另一边，曾子存像一只惊慌的刺猬一样在埋头看他的书。"你回来了？他，他找你。"曾子存的声音中含有蜂翼抖动般的颤抖，他说完，就用一本《淮南子评注》掩住了脸。

"咱们出去说吧。"那个姓赵的人说。

"好。"我扔下了手中的公文包，跟着他走了出去。我们像是河流中漂浮的木头一样，并排浮起在黑暗的街道上，我们这会儿是仇敌，可却肩并肩地走在一起。我们沉默着，一直向前走，走得灯光稀少了下去，星星像密密的眼睛一样布满了天空时，我发现来到了一片小开阔地上。远处，游乐场中迪士科音乐和彩色灯光在变幻。

"你最好还是放弃她，还来得及，别叫大家不好收场。"

"你这是威胁我，我不怕。"我说。

"我实在弄不明白，你喜欢她哪一点？你干吗要拆散我们的家庭？我们还有一个三岁的孩子，你疯了吗？"他的呼吸像圆木流过山坡一样粗重。

"我已准备和她结婚，在她和你离婚之后。很抱歉！"我耸了耸肩，"我没疯，我喜欢和她在一起。"

"不，我决不和她离婚，那样我太丢人了。我无法接受，你这个混蛋……"他哭了。然后他扑了上来，像一头豹子冲撞着我。我觉得眼前星光闪烁，我不想还手，肚子被猛烈的撞击所震荡，仿佛胃被打烂了。鼻子里流出来的灼热的液体一定是血。我没有还手，灯光闪在我脸上像破碎的银子。后来我倒了下去，眼睛肿得看什么都在摇动。我在呻吟，我像一摊泥一样躺在那里。"其实我看不起你。"丹妮的丈夫又踢了踢我的脚，"现在，你看你就像是一条死狗一样。"

中午的时候丹妮推开了我的门，我正躺在床上。"他是个疯子！"丹妮的眼睛里涌出泪水，"我已经写了离婚协议了。"她用手抚摸着我青肿的脸。我觉得自己有些泄气，我原本是可以还手的。

"他也打了我。昨天他还强奸了我。在法律上他仍是我丈夫，我毫无办法。"

"我也许会杀了他。但也许没这个必要。"我用手攥住她的手，"我真的是爱你的。我因为你而有了勇气。"我喷出了粗粗的鼻息。

"我们会很快就在一起的。"丹妮用手摸着我的胸脯，像一个孩子那样笑了笑，她总是那样笑。

"我是一个高级盲流，我其实什么也没有。你真心喜欢我？"

"我也不知道，我总得喜欢一个好男孩，我总得依附一个男人。"丹妮说这话时突然陷入了沉思。我也沉默了。我弄不清自己为何一步步地走到了这种境地，她也许只是一个幻象，我像一个不认识的人那样看着丹妮，可是有一种超乎自然的力量在推着我前进，叫我在轮盘上下赌注。

有时候，我梦见自己变成一只鸟在飞越城市。在我的翅膀之下，整座城市是一个海洋，灯光与灰尘的海洋，到处都是钢筋和混凝土建筑，到处都是泡沫明灭的赌场气息，到处都是展览，是买卖，是发了霉的爱情。城市在掏光着每一个人的口袋，包括他们全部的爱情与钱财，城市是虚幻的。我梦见自己站在十字路口，四个方向的汽车在飞奔，而我则茫然若失。

研究所里同事看我的目光中包含了怜悯、惊叹、诧异、幸灾乐祸、悲天悯人。我成了过街的刺猬。这个社会里人人都在关心别人的事，却从来也管不好自己的事。一种强烈的冲动使我直接冲进了所长办公室，我对有些惊愕地抬起头来看我的秃头所长说："所长，我要申请去一线炼几天钢。"

所长的眼睛在眼镜片后闪烁了一会儿，目光中含满了关切与疑问。"好吧，我打个电话，我得听听那边的意见才行。"他立即拨了一个电话，在电话中向一个人简明说了一下情况，之后，他放下电话说："好的，你可以去炼钢一线了，两个星期。不够了还可以延长，小伙子。"他拍了拍我的肩膀。

"谢谢您！非常感谢！"我朝所长鞠了一个躬，然后大步走了出去。

"真是一个傻瓜。"一个女同事望着我的背影说。

"还是个蠢货。"一个老工程师说。

"不，他还是个孩子，他哪里懂什么生活？他会毁了他自己。他在这里干也不会有什么前途了。"另一个女同事感叹道。

"这年头，第三者已与道德无关，离婚率高说明了社会的进步，人家的私事少议论。"一个三十多岁的小伙子说。

"可你说他没发疯吗。那个女的孩子都三岁了，他要她干吗？你说他父母会同意吗？"

"一点儿屁大的事都要议论半天，你们老老实实地画你们的设计图吧。"所长走出了他的屋子，恼怒地说。

我戴着装有深色防护眼镜的炼钢工人戴的工作帽，用力抄起手中长长的钢钎，去捅那火焰熊熊的火炉。我可以听到火炉里毕剥爆响的火焰声，在我的防护镜片上映现的是玫瑰色的钢汁在缓缓流动。火星四溅，美丽得如同爆开的星星。我可以感到汗水在背上欢快地淌着，像小河一样，身上的工作服如同被灌了铅，重得要命。休息的时候我只想脱去衣服，然后拼命地喘气，我发现自己简直就像是淋了大雨一样，我的耳朵里充满了钢水熔流的声音。

　　"嗨，大学生，是不是坐办公室屁股太痒痒，想到这儿来活动活动？"

　　"我只是想发泄一下。"

　　"发泄？咱单身汉平时发泄靠手淫就行，多多手淫，有益于身体健康，干吗要来这里炼钢？你没犯傻吧！"

　　"瞧人家大学生脸都红了，你们嘴里真是不干净！"一个长相俏丽身材丰满的女工走过来说。

　　"梁姐，你的曲线可真是万分动人……"一个青工用手贴着她的屁股向上摸了上去，"我天天夜里都和你……

　　"天天都想和你妈干，对吧？"梁姐一把甩开了那个小伙子的子，"一边手淫去，小心我告诉你媳妇叫她把你给阉割了。"

　　"别别！千万别这样，男人最怕这一手了，我认错还不行吗？"那个留有一头卷发的青工跳了开去。

　　我笑了起来，我喜欢这些外表粗鲁、内心质朴的工人。

　　"大学生，还没找女朋友？"梁姐斜着眼问我。

　　"有老婆了，还有一个三岁的孩子。"我笑了笑，"我娶了一个有孩子的女人。"

　　梁姐愣了一下，才说："不错，好小伙子，敢要一个有孩子的女人，我佩服你！"

　　"我压力太大了，有人说我拆散了别人的家庭。"

　　他们都围了上来，一个小伙子抓住我汗津津的手，毫无原则地说："给我顶住，兄弟，顶住就是他妈的胜利！我们支持你娶了别人的老婆。"

　　顶住就是胜利吗？我一边想着，一边拐进了北海后门对面的什刹海公园。有人在唱京剧，字正腔圆。我踱了过去，看见很多老年人，也有不少是年轻人。他们有人拉着二胡，有人站在场子中心唱着京戏，有板有眼的。很多孩子和少女像看耍猴一样在围着看。一个遛鸟的老头，手里拎着鸟笼子也在哼哼啊啊的乐在其中。我觉得挺新鲜，就停下来观看。不一会儿，有一个十七八岁的漂亮女孩站在场子中间唱了起来，她红口白牙，梳两条又黑又粗的大辫子，叫我眼前一亮。现在是星期天的早晨，我像是一只孤独奔逃的兔子一样，站在花园边上观望。后来我恍惚觉得自己的思绪乱飘了起来，慢慢地沿着什刹海边的小路走着。这座城市十分丰富，最古老的和最年轻的，最激进的与最保守的，最理想的和最现实的，最物质的和最精神的，一切都是那样协调而统一地在这座城市中正常运转。

现在，我和丹妮决定都要冷静地思考一下，我有一周没有见到她了。"我丈夫突然对我好了起来，有时候一看到他那副可怜样，我的心就有些软，想起了他待我好时的情景来。但我一定要离婚。"丹妮的眼睛潮湿发亮，"可是我和他生了个孩子，这是我没法和他割断的联系。想起来和他恋爱那时也十分有趣，我妈妈的一个同事给我介绍了他。约会那天，简直就是间谍接头，那天我穿一套白裙子，手里拿着一本《十月》杂志，远远地看见有个男人顺着墙根溜了过来，发现了我，走到我身边，开口结结巴巴地问："请问，今天礼拜天是是是星期几？"我听了扑哧一笑，后来我们就谈上了。可是结了婚以后我发现我们之间不投合的东西太多，到了三天吵一架的地步。我太累了。后来就遇见了你……

我神思恍惚地在后海边上走着，看见什刹海湖面上长满了青嫩的荷花叶子。这时我仿佛看到了少年时代的我所见到的一只飞鸟的影子。它当时低低地掠过了打麦场上的黄色的麦秸垛，隐入了阴沉的天空。我的目光触及后海边一个打鼓人，那是一个外国人，他正在专注地打着他的那面细圆的鼓，这鼓到他的腰部高。听他的鼓音，很像是阿拉伯人的战鼓鼓点，我走上前，心想，他为什么要跑到这里来打鼓呢？他的白背心湿了一个很大的椭圆形汗渍，但他依旧那么专注地打着自己的鼓。远处，有人从岸边一跃，跳入了湖中，浪花在一瞬间涌现。京韵大鼓从相反的方向传来。多么奇特的星期天的早晨！

"抓住他！抓住他！"有人在惊呼，我转过身，看见一个穿着一套蓝色中山装的人正疯狂地朝这边跑来。我站了起来，下意识地迎着那个人冲去，两人撞了一个满怀。我一把揪住了那个人的领子，我看见的是一双惊恐的眼睛，里面闪动着厌恶和仇恨。"放我走，我求你了。"他说。不，你是逃犯，我说，你不能逃走。那我杀了你！那个人手中银光一闪，我感到大腿像被什么猛刺了一下，我低头看见，一柄银亮的小刀已扎入了我的腿，像从肉里长出来的一样。追上来的便衣从后面拎住了那个人，猛击了他几橡皮棍子，"臭盲流，从收容所里打伤了人，还乱跑，居然敢在非法劳务市场转悠。这座城市都叫你们这些人给搅乱了。"便衣迅疾地给他戴上了手铐。我忍住痛，把小刀递给他。"好样的，小伙子，我记下你的地址。"便衣从发呆的我的上衣口袋中掏出了身份证，记了起来。另一个警察也赶到了，"把他带走。"

那个逃跑的盲流突然哭了起来，"我现在无法回家了，我恨不得杀了你！我要杀你！"他操着四川口音，绝望地对我吼道。我面色苍白，被那盲流泪流满面的脸所震动。我不知道自己是否做错了一件事情。腿上的刺痛叫我皱起了眉头。血似乎在向外流，我沉默着拖着腿向电车站走去，没有人注意到我受伤了。

"疼吗？还好，没有伤及要害。你干嘛要拦住一个逃跑的盲流？放他一条生路，或者你自己装作没看见也好。现在谁还去管这样的事情？"丹妮轻轻地给我换药，嗔怪地说我。

我躺在床上，一只手翻转着我自己的一把水果刀，欣赏着刀身转动时发出的光芒。"一把刀子，刺入了闪光的空气。"我的脑海里映现出了大学同班同学、校园诗人老晖的诗句。老晖实在是一个十分有趣的人，那家伙留一头长发，从来不洗澡，浑身散发着一种奇特的味道。他还有一个天天像橡皮糖一样粘着他的女朋友，毕业后两个人一起去了云南，据说现在两个人又跑到了海南。所有的人都是马，他们现在还在路上吗？

"我打算这星期就去办离婚。我会永远和你在一起的。"丹妮把脸俯在我的胸部，这一刻，她显得像是一个孩子，我的心中涌动着很多十分温柔的东西，拥有爱情是幸福的，我在这时体会到了女人的爱的温柔力量的温暖。

"现在，我就担心法院会把孩子判给她父亲。她很喜欢她爸爸，可没有了她，我怎么办？"丹妮轻声说，"我父母说你什么也不会给我带来。你才工作一年，什么都没有。就连我也觉得自己像个气球一样在空中飘浮。"

我干干地笑了起来。"也许一切都只是重复和循环而已，"我忽然沮丧极了，"生活真是有意思。"

有一件奇迹发生了。不久，我接到了一个电话，"乔可，我又活过来了，我是叶晖。"

我一下子跳了起来。植物人叶晖又复活了？与此同时，传来了植物人、歌星陈百强死去的消息。"我现在开了一家广告公司，在策划搞一个系列狗食广告。这座城市约莫有几十万条宠物狗，我的生意不会错，我经营进口狗食。你过得怎么样？"

我有些目瞪口呆，大致说了一下自己的情况。

"林格在 家中法合资公司里干活，他又跳槽了。乔可，你为什么不跳槽？明天晚上有时间吗？我们老同学要聚一聚。"

我"嗯"了一声，放下了电话。谢天谢地，叶晖又活了，真棒。

屋子坐满了老校友，我们都是这两届毕业的，都像马一样来到这座城市寻找新草地。

"喂，乔可，听说你他妈的陷入了一场桃色事件？"周晓南拍着我的肩膀，"都什么时候了，还纠缠在爱情里头？这么不成熟，这年头，我们不需要什么爱情，只要性。"

我耸了耸肩膀，岔开话题。我们啜饮着殷红色的葡萄酒，陷入了沉默。我们交谈着，一起回忆起大学生活来。我们的眼前浮起了南方那座多雨的城市，在城市的边缘地带，我们美丽的校园就坐落在那里。大雨下过，成群的蜗牛到处爬，潮湿而微腥的空气弥漫在天空之中。在不同的季节中，樱花杏花桃花桂花和梅花次第开放，人们在校园里奔跑与说笑，姿态纯洁有力，动作潇洒年轻。卧谈会上隐秘的话题，厕所文学和课桌文学，五花八门的社团和转瞬即逝的校园爱情故事，冬天冰冷的月光打在地上，每年每学期像大鸟一样宿舍楼顶坠落地面的自杀者，以及在校园暗夜中的游魂。殷红的葡萄酒从嘴角溢出，像血一样染红了青春与记忆。"重要的在于找到社会上的位置，"林格醉醺醺地说，"咱们得挣它一大笔钱才行。感伤有什么屁用？妈的，这是一个物质世界，得先占有了物质才能蔑视它。妈的，兄弟们，加油干啊！"林格号啕大哭了起来，如同曾经失败的巴尔扎克笔下的拉斯蒂涅一样。

"你是说你不想和我在一起了?"我低声问丹妮。从侧面看上去有一束光打在她的脸上,她的脸上笼罩着一层冷峻的东西。

"我感到四周有一种无形的压力,压得我难受。我们被公司越来越多的人谈论着。我真受不了。他们为什么总要谈论别人?没有一个人说我们是对的。我们错了吗?"

"没有,没有错。"我说。我们坐在临街的咖啡屋里,外面的灯光变幻。"要是你觉得压力太大,我们分开好了。"我刚说完这句话,丹妮的眼睛就潮湿了。"这怎么可能?这不可能。"

"那么,我们结婚吧,让他妈的喜欢谈论我们的人都滚到一边去。"我知道有一种力量在逼着我和她走在一起,虽然那种爱的激情时隐时现,连我也不知道能持续多久。我忽然对自己又产生了怀疑。

我一个人坐在一家小酒馆里吃饭,一杯接一杯地喝着啤酒。我感到生活像网一样罩紧了我,我无法挣脱。到处都是墙壁,我也在四处碰壁。可墙又在哪里?这个城市是可怕的。有的人一晚上消费一万元,我一个月才挣几百元,连活着都感到憋气。灯光为什么在晃?我陷身于恍惚之中,跌跌撞撞地走出了门。空气像是一张潮湿的嘴唇一样包裹住了我。妈的,我可能喝醉了,我想,可我至少得走回去。我这是怎么啦?我只是在自怨自艾,我为什么不逃跑?我本来就是一匹马,要不我跑到这座城市里来干吗?

黑暗之中有几个黑影围了上来,"喂,你叫乔可吗?"有人沙哑地问我。"我是。"我说。忽然他们用胳膊架住了我,我骤然之间感到了恐惧,我想大声呼喊,可舌头发软,竟然发不出声音。他们把我架到了一个地方,把我的头狠狠地按下去,我被一口臭水呛住了,我恐惧得要命,有人想杀死我!我呛出了眼泪,我喝下去了几口臭水。把他废了怎么样?有人说。算了吧,这人不值得你为他坐牢。他虽然是个大学毕业生,可屁事不顶。我觉得他们又把我拖起来,因为我快要被臭水呛死了。他们像打棉花袋一样击打我,我像是一个气球在飞,在被人不断地弹向半空。后来他们打累了,我也像一摊泥一样倒了下去。然后他们就走了。星星碎裂在我的头顶。

后来是警察发现了,并且把我送回了单位。朱向前和曾子存忙着替我擦洗血迹,警察听他俩介绍情况,把他们说的记录了下来。"把他保护好,这件事让我们来处理吧。一定是有人报复他才打的他。”

到第二天我醒了过来，我觉得自己这一觉睡得好长好长，就像已经过去了一百年。我做了很多奇怪的梦，在一个梦中，我长了非常长的胡子，一些顽皮的孩子拽着我的胡子向上攀缘。醒来之后，我感到有好多针扎在身上一样。丹妮坐在我身边，脸上笼罩着一层悲伤气息。

“为了我，你吃的苦太多了，我不知怎么样才能偿付这一切。”丹妮说。她显得有些无助无援。

我坐起来，我忽然想到了什么，下了床去打开了自己的皮箱，从中取出了一柄镶着耀眼的玛瑙的匕首。我真想杀了你丈夫，那个姓赵的。我至少应该像普希金那样敢于决斗。”我说完，又觉得自己显得十分可笑，就坐回到床上，“可这个时代不需要普希金的勇气。”

丹妮的身体颤抖了起来，“你别发疯！”她尖叫一声，扑过来，夺去了我手中的匕首，“你疯了！”她又把脸贴在我的胸口。我抚摸着丹妮的头发，“其实我并没有杀人的勇气，我只是为了表明决心。我是爱你的。”

“我肯定是属于你的，他已经同意离婚了。”

“那孩子会跟谁？孩子还好吗？”

“她恨我和她爸爸，两个人她都恨。虽然只有三岁可她好像什么都懂。她要跟她父亲过。”

我说：“那么，我们还可以再生一个。”

“养孩子可烦了。你不知道养孩子多么的艰难。”

我笑了一下，觉得自己仍是一个男孩。“我想要你，就现在。把门关上。”

丹妮依言关上了门，转身像一只鸟一样扑入了我的怀里。我就使劲地干她。

我梦见我在二环路上奔跑，我跑得飞快，比车速还快一些，我这是在飞吗？我踩着我的影子疯狂地奔跑与跳跃，我感到了迷茫，我需要寻找。甲虫一样的汽车飞速地在我身边驶过，我的影子被灯光拉长，又缩短。是什么在追赶着我？总有一种力量好像在推着我前进，也许正是一种巨大的鸟，颜色酷似黑夜，像巨大的阴影一样在黑暗的高空中扇动着翅膀，以那样恐怖的声音在逼迫与追赶着我，我不敢回头，也不敢呼救，我只是不停地跑啊、跑啊。我是一个逃亡者。

丹妮和丈夫离婚了。他们的事也不再有人谈论。本来这个世界上有那么多的事情需要人们去关心和谈论的。办完了离婚手续，丹妮的脸上浮出了一丝红晕，她显得十分轻松。从法院出来，大街上的喧嚣扑面而来。"现在我可以嫁给你乔可了吗？我得把你锻炼成一个能干的丈夫。但你会成为能干的、合格的丈夫吗？"丹妮走在阳光里，感到了惶惑地问我。"可我却突然找不到爱你的感觉了。这是怎么回事？"她迷惑了。

我听了，觉得自己更加迷惑。

有一天，和林格他们的聚会中，我收到了一封大学时代喜欢的一个女孩的信。她叫马玲。她是外语学院的校花，整整三年，我都默默地喜欢着她，寄给她一封封情书，都遭到了拒绝。"她说了些什么？"林格饶有兴趣地问，"她混到了美国，真他妈不容易。没在那儿从事难以启齿的职业吧？""没有，她说她嫁的那个白人对她不错。那个人是个艺术品经销商，所以她的日子不错。她说，正在密执安大学攻读电影美术硕士学位，她说她发现自己天生就应该是个美国人。她在那里生活，快活极了。又有了新的房子汽车之类。就这些。"

"觉得自己天生就是个美国人？在学校那会儿可没看出来。在学校她要求入党可积极了。这个世界变化太快，什么都在流逝。你说乔可，你他妈的告诉我，什么是永恒？"林格喷着酒气摇晃着他的肩膀，我看着他的眼睛，纹丝不动，后来只是耸了耸肩。"我不知道。也许一切都是过程。生命也是过程。"因为丹妮告诉我说，她忽然找不到爱我的感觉了，就在她办完离婚手续之后。

我忽然决定要逃跑了。我来到这座像轮盘一样转动的城市里已经一年，我在这一年里参与了一次爱的角逐，说不上是胜利了，因为世界原本就应该不断变动着。我觉得我有必要离开这座古老而又年轻的城市一段时间。我不辞而别，一个人去了南方。我也没有告诉丹妮。在南方的广州和深圳，以及海口，我各待了十天。我见到了很多的同学和老朋友。南方是个充满了摇滚节奏的地方，到处都是新鲜的气息。钱是万能的，世界上所有的好东西都有，只要你能掏得起钱。有两次，朋友带着我上了街，找到了妓女，过了几个疯狂的性的夜晚，我也竟然没有愧色。我不明白我怎么了。我也在变化。我在像肿瘤一样膨胀的城市中行走，我只是城市中的一朵泡沫而已。人人都在挣扎与毁灭。有人说我们是被生活追赶的一代，是这样的吗？在深圳，有一周我帮朋友干活，到了星期天我只想蒙头睡上一整天，因为节奏太快。人日益地成为物，成了平面和单面人，人已经缺乏深度了。

我得逃跑，从那家像废旧的大船一样的钢铁公司里逃出来。我打算辞职了。在深圳的几天我很想念丹妮，可我觉得连我的爱情也失去了意义和重量。男人首先就应该拥有自己的位置，可我一无所有，我想逃跑了。我才知道我过去多么的幼稚可笑。丹妮说她忽然找不到爱我的感觉了，我干吗不逃走？

下篇

我就这样不辞而别了，我琢磨着是否先躲起来，让自己彻底地失踪，就连丹妮，我也不想让她知道我在哪里。我想在这座城市里找个好的位置。这座城市里到处都是机会，这机会一定也有我的。我就在人才交流中心登了记，我还在市郊租了一间房子。我不想再回钢铁公司了。有一天，我接到一家中日合资公司的应聘通知。我应约来到了位于亚运村的该公司总部。我坐着电梯直上八楼。这是一幢很大的写字楼，有很多公司都在这里租了房子，这里就像是一座巨大的蜂巢，扎着领带、穿着西装套裙的男女职员们像工蜂一样出入着。我来到了八楼，找到了大东亚娱乐有限公司的办公室。门口有个小姐，把自己打扮得像个火奴鲁鲁群岛上跳草裙舞的女子，用一双媚媚的眼睛朝你笑。

我有些慌张，我说："小姐，我是来……"

"来应聘的吧，请先填个单子，然后在那边的沙发上等一下。"她递给我一张单子。我注意到她的白色丝质衣裙里戴的是黑色的乳罩，真奇妙，我想。我填完了，搓了一下手，就坐到一边去了。不一会儿，从里屋出来了一个穿着白色高跟鞋、走起路来有点儿像踩高跷的女孩，她恐怕也是来应聘的。"下一个！"里面有人喊。门口的草裙小姐冲我示意了一下，我便起身，拽了一下我的衬衫，看它们是否都整齐地扎进了裤子——有时候我一紧张会让它在臀部上方溢出来，练习了一下假笑，就走了进去。

这是一间屋顶很低的大写字间。我看见屋子里人来人往，电话铃声、传真声、电脑打字声响成一片，却没有人坐着办公。一位穿红色西装套裙的女子领我进了里间，在一间关着门的办公室外面摁了一下门铃。里面有个男人咕哝了一句什么，然后，小姐推开门，我就走了进去。有一个年轻男人坐在一张很大很气派的经理桌后面。我一眼看去，觉得他有点儿面熟——他是个日本人，很像电影《黑雨》上的某个男主角。那是一部不错的侦探片，是一部日美合拍片，充满了残酷的激情。"请坐。我是大东亚娱乐有限公司董事长兼总经理德田一郎。请问先生贵姓？"他的中国话说得很棒。一股强烈的香水味儿飘过来。德田看上去至多有二十八岁，有一张像婴儿屁股一样白皙的脸。保养很好的日本鬼子，我想。

"乔可，乔装打扮的乔，可以的可。"我说。

"懂几国外语？"

"三国。英、日、德语。"

德田满意地点了点头，他直盯着我的眼睛，有些咄咄逼人的味道，他一直在认真地审视我，就像在审视一件可以铸成好东西的钢铁。他的领带泛着一层亮光，衬衣的领口和袖口非常整洁。他还有一嘴白牙。头发发亮，呈三七开，由于有发胶的原因，它们像凝固的一段海浪，我敢打赌苍蝇落上去都会"哧溜"一下滑下来。

这时候，德田突然用英语跟我谈起了天气和深圳、上海的股市行情，并叫我用英语回答深沪股市持续低迷的原因，然后，又用日语与我谈起了北京的市政建设，我在回答时险些忘掉了"下水道"这个词。然而，他同样也说起了德语。我的德语一般，我说了几句，便觉得有点结巴。

"OK，好的。很好。你明天就来上班吧。我们这个与中国合资的玩具公司欢迎你的加盟！请明天来上班好了，到企划部任副经理。年薪四万人民币。"

我站了起来，我明白这一切得益于我的良好的外语水平。我向他鞠了一个躬——妈的，日本人是兴这种礼的，然后我就走了。"乔，另外，请理个发，再换一件衬衣，最好是白色的。我送你一条领带。"德田递给我一个盒子，冲我顽皮地点了一下头。然后我就出去了。

就这么容易？从明天起，就可以拿到年薪四万元的钱，而且干上了

"企划部"副经理？这在一九九二年是相当不错的了。我对自己将信将疑。德田看上去人很不错，他似乎很懂中国的事。我想我得在这儿好好练练。但为日本人干活毕竟叫我感到不太舒服。我奶奶就是在抗日战争时期叫日本兵杀死的。我父亲要是知道我为日本企业干活，也一定会生气的。可我得迈入白领阶层，我想，我可不想被这座机器一样的城市给碾个粉碎。

我找到了一家美容美发厅，门口有一个小姐站在那里。我就进去做头发了。然后，从第二天起，我当上了大东亚娱乐玩具有限公司的企划部副经理，耳提面命地接受了德田一郎的两小时的训练之后，我正式走马上任了。

大东亚娱乐玩具有限公司的业务广泛，主要是生产和经销各种玩具，一般是在日本设计好样品，在中国寻找廉价的劳力和原料。成批生产，然后，销到欧洲和美洲大陆。在参观公司的样品陈列室时，我为这个时代的儿童拥有了这么多的玩具而感到了由衷的羡慕和感叹，他们多么幸福！另一方面，我又在想，他们同时再也不会有上树掏鸟蛋的乐趣了，人们进入了后机器时代，玩具已填充了所有儿童的想象力，可孩子们不会再有十分简单地与大自然亲近的快乐了。

我手下有四名干将，我们企划部的责任重大，负责制订公司的销售、生产、宣传的战略文案整理，实际上是德田的一个智囊班子。在我的办公桌上，放着一架巨大的地球仪，我穿着雪白的衬衣，扎一条红色带底花的日本产真丝领带，像我在电影上常看到的老板那样，坐在转椅上来回轻轻晃动身子，一边用铅笔敲击下巴。我们得把公司的玩具销售到世界上所有有孩子的地方去，这是德田的话。我已被扶上了马，我会干得很好的。我不再想倒卖天空了，那不过是一句玩笑话，我想起了复活的叶晖，我拿起了电话，认真地拨响了我干经理以来第一个业务电话，然后，我开始像陀螺一样转动了起来，忙得不可开交。

我发觉日本人德田是个很有意思的人，他二十七岁，已结婚三年，有一个两岁的女儿。他离开妻子儿女，只身到中国来办合资企业，至少显示了他的开拓精神。大东亚娱乐玩具有限公司不过是日本最大的企业之一旦升集团公司在中国的一个小项目公司而已。这家日本企业的支柱之一的大公司，资产雄厚，在世界范围内有着与欧美大企业相抗衡的经济力量，分公司遍布世界各地，所涉及的行业也有几十种。德田这人有个怪癖，他喜欢照镜子，有好几次被我发现，他借机冲我发了一番雷霆。而我必须将身体呈六十度角来听他训导，否则，我将被一脚踢出公司去，成为一个不再受宠的玩具熊。和日本人在一起，你必须学会刻板、认真、严谨和快节奏。你必须永远在两米之外，对总经理保持敬仰的姿态：两手下垂，贴紧裤缝，头低垂，但眼睛必须要到随时张开可以看见经理的脸的地步。我对我的这种屈尊就驾看作是一种学习和锻炼，至少，身体呈六十度长时间的弯曲，能让我的腰部肌肉增强。每一次向德田汇报完工作，我必须倒退着走到门口，然后才能转身推门出去。决不能把你的后背留给总经理，总经理是从来不喜欢看到别人的背影老在他眼前晃动的。这的确有些压抑，可现在我也想通了，反正生活是一张大网，你躲到哪里都逃不出这张大网，一个月有三千多元的收入，年底还有可观的奖金和红包，就是在日本人开的公司里当狗腿子，也比在国有企业里当小头目强。

不过，德田这个狗杂种有时候也会突然表现出一些人情味儿。有一天中午，我和他一块儿吃工作餐，饭是在楼下快餐店订的盒饭，我们安静地吃着，忽然，德田一推盘子，叹起气来。我停住了咀嚼，不让我那张嘴发出响动，一边看他的脸。他一脸黯然，英俊的脸上浮着一层沮丧。他瞧了我一眼，从口袋中掏出一张照片，递给我，"我的太太，我孩子。我现在想她们。在日本国，这时候，我太太也许正在为孩子熨衣服。"

我机械地点了点头。他太太很贤惠的样子，孩子也像个小卡通人一样可爱。德田也有动感情的时候，我想，尽管他大部分时间看上去像个冷酷的人。"她们都很漂亮。"我咽下了米饭恭维道。

"真的？"他欣喜地问，一边仔细端详了一会照片，然后又小心翼翼地把它塞进西装内衣袋里。"我很想念他们。不过，公司的事业推展更重要。那个开拓东南亚市场的企划案出来了没有？"他立即又露出了凶相。坏人总是坏人，吃人的老虎也是时时都要露虎牙的，我说："出来了，饭后我就给您送去。"

在这家公司里，除了部门经理和几个必须要坐着才能干活的工作人员以外，其余的工作人员全部都没有椅子，他们必须像工蜂一样出出进进，站着工作。这也许在世界范围内也只有日本人才想得出来。但正因为如此，二次大战的战败国日本，才会像今天这样，用各种各样的公司像桥头堡一样重新占领了他们失去的领地，以另一种方式再一次羞辱和击垮了对手。这个种族是可怕的，他们的生命力如此顽强，几乎每一个人都有着开拓意识和敬业精神，像受虐狂一样工作，像德田这家伙，每天只睡五个小时，就会像一头豹子一样机敏和精力充沛了。每天，我向他鞠躬时，我对他的感情都是十分复杂的，充满了敬畏、仇恨、羡慕和服从的综合情感。一个民族的人得时时对另一个民族的人保持六十度角的敬仰，这种状况什么时候他妈的才能结束？我像个无奈的人那样自己对自己嘲弄似地说。

有一天下班，德田找到了我，让我和他一起去五岳大饭店的顶楼餐厅，喝地道的意大利浓咖啡。德田开的是一辆新式流线型丰田车，是他从日本带来的，六缸、两个排气管，颜色呈现一种幽蓝色，非常漂亮。汽车从亚运村五洲大酒店门口的广场开出来，我们的车迅速地汇入了四环向三环高速公路前行的车流中。德田脸上出其不意地露出一种奇怪的笑，嘴里哼着一首关于日本樱花的民歌。

我是见过樱花的，我所在的那所大学，有一条著名的、长达几公里的樱花大道，一到春天，枝头繁茂地开着粉白色的小花，满树都是花，却没有一片叶子。一场大雨过后，花瓣尽落，一种奇异的清香铺天盖地。

德田的驾驶技术不错，按说，应该由我这个打工仔给他开车的，可我还不会开。谈到日本的汽车工业，德田禁不住地就趾高气扬起来。"在中国的大地上，到处都是日本产的合资车，有路就有丰田车！"他骄傲得仿佛日本军队已经再一次地占领了中国似的，这个狗杂种。要不为了在他这里混一口好饭吃，我非跟他打一架不可。

"乔可君，你在想什么？"德田转脸问我。有时候他也能摆出一副亲善的架势。

"我在想女人。"我开玩笑说。

"哈，我也在想女人。日本有各样的妓女，服务样式很多，比如还有吃奶的，光聊天的，扮演妈妈的。中国没有这样的，有的话，也是暗娼，对吧？在日本，男人们有时候周末要坐飞机去泰国或者夏威夷玩玩女人。今天咱们能找女人玩吗？"德田突然摆出一副嬉皮笑脸的架势。男人下作时总是这样，日本人也不例外。况且德田还出生于沈阳，是个中国通。

"得到五岳大饭店的舞厅去，那里的女人多得很。"我说。

我们的车跑得非常快，已经拐入东三环路了。在这一段路两边高楼大厦林立，旗帜飘扬，那些大厦大都装有玻璃幕墙。汽车上了立交桥，又忽地落下去。窗外的城市风景恍惚给我一种已到了局部的纽约曼哈顿区的感觉。东三环真漂亮，我想。我们到了五星级的五岳大饭店的顶楼餐厅，喝了地道的意大利咖啡，吃了一点牛排饭，看见天色渐晚，夜幕已在城市上空缓缓降下。

我们乘电梯来到了底层的舞厅，那里的舞曲已经在响了，有人在台上唱歌，很多男女在互相搂抱着旋转，充满了虚假的高雅、脂粉气和肉欲的互相混合的气息。

德田迈入了舞厅，蛮横地拉起一个漂亮的女人，两个人跳了起来。我坐到一边，观察着周围的动静。我忽然听见那个唱歌的歌女的声音跑了调，而且，她的嗓音还有些沙哑，她停止了演唱，握住话筒向大家道歉说她由于感冒，嗓子坏了。看来，她的确需要休息一下了。她从舞厅南侧下来，走向一边的花瓣型沙发座，坐在了我的对面，叫侍者上了一杯冰水。我把目光聚到了她身上。她穿一条开胸很低的大红裙子。

"你的歌唱得很棒。不过，你的确需要润润嗓子。"我说。

她有一双非常妖艳的杏眼，口红的颜色很浅，但泛着亮光，她肯定经历过不少事，我还看出来她不是这座城市的人。

"今天够丢人的。正唱着，嗓子突然冒火了，就哑了。哈。"她喝着冰水。

"常来这里唱？"

"对。我签了约。每周唱三个晚上。"她喝着冰水，有些心神不宁地东张西望。

"你在找什么？或许，我可以帮你。"我说。

"不，我找几个老相识。往常他们一听我的歌都要扔个一两千块钱的。还好，今天都没来，我今天丑态百出。你是干什么的？"

"给日本人当狗腿子。外企员工。"

"那也不错。"她低头拨了一下胸饰，显得很不在乎。她的曲线圆润，很性感。

"从哪里来的？"我又问。

"广州。"

"其实在那里发展也不错，而且还可以向香港进军啊。"我笑了笑。

她逼视着我："太难了，你不懂的。北京自有首都的好处。"她叹了口气，"不过，外地人在北京混，总觉得这里像个铁桶一样密不透风。"

"我也是从南方来。我辞职了，然后就到外企打工了。"

她打断了自己的若有所思。她顾盼生辉的样子好像有些心不在焉。她从手袋里取出了一张名片："有事呼我吧。认识你很高兴。你挺单纯的，哥们儿。"

"谢谢。"我说，我接过来她的名片。她叫蓝玲。我递给她一张名片。"嘿，乔可。这名字挺有趣。"她又打了个哈欠，"可是我累了，我要走了。"

这时，德田跳完了一曲，他走下舞池坐在我边上，要了一杯气很足的可乐。这时，他那一双兔子眼睛忽然发现了蓝玲。"嘿，小姐，你很漂亮，"他接过侍者递过来的一杯可乐，把自己的领带拉松，眯着眼睛盯着蓝玲说。我知道他的目光中充满了情色的味道。

"我今天嗓子出了一点问题。很抱歉。看来我拿不到今天的钱了。"她调皮地耸了耸肩，浑圆的乳房在衣服里轻轻荡漾了一下。

"嘿？真的？那么，我可以请你为我唱一首歌吗？我是德田一郎。他是我的助手。"他掏出了一张两百美元的票子，放在小盘中推了过去。"嗓子坏了没关系，轻声唱，唱一首关于樱花的歌。会吗？"

蓝玲偏头看了一眼那张两百美元的钞票，扬了一下眉毛，显得很高兴。她伸手把钱拿过来，竟然把它塞进了乳沟处的衣缝里。然后，她朝德田和我嫣然一笑，就上台去了。

德田得意地冲我笑了一下。我心情很不好受。我已经有点儿喜欢上这个性感、简单的歌女。但看来德田对她发生了兴趣。而他是我的老板。蓝玲用哑嗓子唱起了《樱花》，这是一首日本民谣，节奏很强，德田满意地一边拍着沙发边缘，一边晃着身体。我这时候心情十分复杂。蓝玲唱完了，走下来，坐在离德田很近的地方，扬起脖子，"要我再唱一首吗？"

德田把脸向前凑近蓝玲，从口袋中又抽出一张两百美元的票子(他今天破费得真不少)，把它塞进了蓝玲的乳沟里，"不用再唱了。不过，我想带你兜兜风去，坐我的车去，可以吗？""好极了。"蓝玲说。德田把脸转向我，脸上立刻换上一副严肃表情，"乔可君，请你自己打车回去，好吗？"

邱华栋中篇小说选

我点了点头。然后，他们俩站起来，德田搂着她柔曼的腰肢，两个人向出口走去。我冷冷地坐在沙发上看着他们的背影，手中的长杯子转来转去。我看见德田的手移在了蓝玲的屁股上，在那里用手指表达着什么。我这会儿感到了愤懑和无奈。

　　夜晚很冷，城市也睡得死气沉沉，城市的梦境在大街上飞奔。我突然有些想丹妮，虽然她借我的力量和丈夫离了婚，却又告诉我她找不着爱我的感觉了。我觉得自己和丹妮的事有些糊里糊涂的。一切都发生在我没有长大的年月，难道不可以谅解吗？我卷入了一场感情的纠纷，挨了揍，被人议论，然后，我又像个失败的人一样逃走，躲得远远的变成日本企业的员工。

　　我至少是喜欢丹妮的，而且，也曾想娶了她，可我连自己都没有立起来，一个男人什么都没有，他同样也没有权力拥有女人。就在昨天，德田勾搭了那个叫蓝玲的歌女，让她成了他的情人。今天一大早，他喜滋滋地把我叫进办公室，用手托着下巴，向我描述了蓝玲美妙的乳房和私密处的颜色。当然很美妙了，混蛋！可我还得将手垂在裤缝边，将身体呈六十度的弯曲，为了年薪四万元而听他大谈搞中国姑娘的乳房和屁股。他还不厌其烦地给我说了说他和蓝玲做爱的过程。"蓝玲小姐是个有多重性高潮的人。我都有些招架不住了。"德田一郎的脸在我眼里扭曲成了一颗南瓜脸。"好了，出去吧。快去把公司最新文案给我拿来。"

　　我倒退着走了几步，转身推门出去。我对他的仇恨和敬畏相混的感情连我自己也有些迷惑。德田有他的魅力，干净、整洁、一丝不苟、有敬业精神、有家庭观念（只肯在外国偶尔胡来）、有魄力，但他同样有男人的通病。

　　有一天晚上，同样是德田开着丰田，和我一起去苏珊歌舞厅。德田穿着一身白色的西装，扎一条殷红的领带，非常潇洒。我弄不明白为什么他赴约会老要带上我，我问他。他沉默了一会儿说，"其实我害怕这座城市。它像一块癌一样在长大着。我是在贵国，这里又不是东京。你的日语又很好，万一有了麻烦，会帮我。"原来是这样。

　　汽车在北京的大街上飞驰，城市这一刻像个转动不停的轮盘，快来下注啊！快来下注啊！城市嚷嚷着，城市永远都在想着把你的口袋掏个精光。汽车来到了位于一个街口的苏珊歌舞厅门前，德田把车停下，掏出绿色墨镜戴上。

我们走了进去，直奔酒吧台。这里的吧台很高，里面烟雾腾腾，舞池里在放着激烈的迪士科音乐。有一对穿健美裤的男女在中心表演，动作剧烈，在我看来还有些情色的味道，因为他们在模仿做爱。我发现来这里的男人，留长发和扎小辫的居多，看上去都像是艺术家。有一伙穿着"玫瑰枪手"乐队制服的人也在那里坐着，一边喝着扎啤，一边在晃动着身体。我疑心来到了美国某个乡村小镇酒吧。

我和德田要了一高杯啤酒，坐在那里静静地喝着。过了一会儿，我才发现蓝玲有些慌忙地从外面进来，手袋缠在胳臂上一甩一甩的。她的口红很鲜艳，穿一件纱制黑色紧身上衣，一条褐黄色、间或缀有花布的超短裙。她远远地在门口的灯光区发现了我们，就直奔我们过来。德田点着头，微笑着起立，伸过手接过蓝玲的小手放在嘴边亲了一下。

"等久了吧，五岳大饭店那边我刚唱完，就急匆匆地赶过来。我得在那里唱完五首歌才行。"蓝玲抱歉地耸了耸肩膀。

"来一杯橙汁。"我说。这时，舞厅老板，一个抽雪茄的大胖子走了过来，看来他和蓝玲也是老相识了。他拍了拍蓝玲的小肩膀，说："马上开始，蓝小姐？有不少人想听听你美丽的歌喉呢。"

"马上。我得先晾一晾嗓子，你最好一边待着，我和朋友说几句话。"蓝玲不高兴男人都随便拍她的肩膀，我想。"乔可，你看上去有些不高兴？是他少给你薪金了吧？德田先生，你得多给你的中国助手加点钱啊。"

德田的目光一直都放在蓝玲的脸上、脖子和胸部，他细眯着眼，充满爱恋和色欲地一遍遍扫视着那些地方。"乔可君工作很出色，我会额外加钱的。今天唱什么歌？为我唱一首日本歌曲好吗？《美妙富士山》如何？"

"OK。我去唱了，你们就给我鼓掌吧。"蓝玲晃了一下脑袋，向台子上奔去。她是个简单明快的姑娘，我想，同时，又像个欲望的袋子，老是装不满。她需要金钱去买那些奢侈品来装扮自己的虚荣心。我发现，我的确有些喜欢她那种简单得有些粗俗的风格。她倒挺像个当兵的，动作麻利，直来直去。我们都是背井离乡来到了这座城市，她的歌声中含有一丝沙哑的祈求和颤音，也许，她经历了很多东西，才会对一切都不太在意的。她的身体一定美得像一条鲤鱼，我想。

德田这时一副正人君子样，端坐在那里默听。第一首歌完了，他叫来侍者，往盘子放了两张一百元的人民币，叫他送了上去。他对待蓝玲出手爽快，这可不是日本人的一贯作风。日本人一向以吝啬出名的。现在，蓝玲在唱《美妙富士山》。歌舞厅里有一种感伤气氛，这让我想起了三十年代的上海。然后德田又放了两百元进小盘里。蓝玲在说谢谢。旁边那几个穿"玫瑰枪手"乐队制服的小伙子中有一个人，叫来侍者，放了五百元，要求点唱一首《你令我性感》。这是林忆莲的一首歌。可蓝玲却又唱了一首日本歌曲。我知道，她已经是德田的情妇了，情妇为情人唱歌，这又有什么呢？

　　那边有几个人坐不住了。有一个胳臂上刺了一小朵梅花的小伙子站起来，他问我："你老板他是个日本人？"

　　我仰脸看着他："对。那个歌手是他的情人。"德田眯起眼睛在欣赏着歌，他没有注意到我们的谈话。这个小伙子走到了德田背后。抓起了一个啤酒瓶，朝德田的脑袋上砸去。我亲眼看见德田像个武士一样怔了一下，但他纹丝未动，然后，那小伙子又砸了一下，有一小股血顺着德田的额头左侧流了下来，他才趴在了桌子上。一些玻璃杯哗地掉在地上碎了。我站了起来。另一个小伙子从背后抱住我："你最好别动，我们会宰了你的。"然后，他恶狠狠地推了我一下，几个人立即走了。

　　有人尖叫了一声，一些人急忙向外逃去。仍有人在继续跳舞，毫不理会发生了什么。蓝玲的歌声消失了。她扑了过来，乳沟大概已被钱填满了。

　　我有些烦她。"怎么办？"我问她。

　　"我们扶他回去。开车来的吧？"她问。

　　"对。"

　　我和她扶着被打昏了的德田朝外走去。胖老板耸了耸肩，手里拿着蓝玲塞给他的一张五十元人民币，赔那几个杯子足够了。我仍挽着他出了门。黑暗的大街上灯光闪烁。德田只流了一点血，我们把他塞进汽车，蓝玲说："我开车送你们回去。不能再惹麻烦了。那几个地痞我都认识。"

　　"你会开车？"我十分惊讶。

　　她又耸了耸肩膀，"我在广州当过兵，文艺兵，也学会了开车。不过，我没有带驾驶执照。我看他伤得不重，不用送医院了。他只需要躺着。不过老天保佑，别被警察抓住就行了。这可是辆黑牌车。"她发动着汽车，我坐在后座上扶着德田。德田的喉咙里咕哝着什么。我这会儿有些佩服蓝玲的遇事不慌。原来她真的当过兵。她开车的架势不太熟练，但还不错，因为车子毕竟平稳地上了车道。我从背后看着蓝玲，忽然在内心之中产生了很多想和她说话的愿望。汽车在经过几个有警察执勤的路口时我很紧张，但没有被拦住。蓝玲冲我打了个响指。我们回到了亚运村一幢公寓门口，我和她扶着德田进了电梯，然后，我们打开了位于五层的德田的套房，把他放平在他的床上。蓝玲给他洗了头，进行了消毒处理——看来她对这间屋子是熟悉的。她是来过这里，并在这里表现了她的多重性高潮的，我恶毒地想。然后，她给他喂了安眠药，就叫他睡去了。

她松了口气，从冰箱中取出两听"健力宝"。我们坐在茶几后面默然无声。停了一会儿，我问她："你很爱他？"

她看着我，笑了笑，"不，只是不讨厌他。他能付很多钱听我歌，我只是额外回报一下他。他也是背井离乡之人，大家都挺不容易的。外乡人在这里发展，也够难的。"

我的心中涌上来一些酸楚，我得承认我们一定有同感。"聊聊你，如果你愿意讲给人听的话。"

然后她给我讲了她的经历，童年，少女时代，生命中的第一个男人，女兵时代，以及她陷身于和一个将军的绯闻，只好离家远游，做女歌手在北方大城的漂泊，获得与遭受的伤害。到最后，她问我："你好像很怕德田？"

"不，只是有些敬畏。我想成为他，可我还一无所有。再说……再说，由于我也很喜欢你，所以我恨他。我可能爱上了你。"我把脸转向她，眼睛有些潮湿了。

她怔怔地看着我，然后她拉着我的手，温存地拍了一下，我抱住了她，吻起她来。我们狂热地吻着，我们像两朵火焰的碰撞，两个异乡人的一次汇合。在不远处写字台上镜框里英俊的德田冷峻的注视下，我压住了她的身体，就在他家的沙发上，我和她狂热地起伏着，如同海浪的澎湃，我完成了对自己的一次证明和自尊的补偿。蓝玲开始在我的身体下面发出了半人半兽似的巨大的呻吟。我们一起进入了高潮。然后，很快又来了一次。

我刚进我的办公室，德田的秘书就打电话说老板找我。我整理了一下衣服。尤其是将领带扎好，鼓足劲去德田的办公室。也许他会揪住我的衣领子，并且把我给摔到墙上去。在昨天，我既没有保护好他，而且还和他的情人蓝玲，趁他吃了安眠药睡着了之后在他的真皮沙发上做了爱，这一切可以叫他把我开除三百回。我等待着雷声从头顶降落，推开了门。

德田用手扶着下巴，正坐在宽大的办公室后面出神。看见我进来，他示意我坐下。"昨天是蓝玲开车送我回去的？"

"是的。"

"你没有保护好我，叫我挨了那几个地痞的打。"

"很抱歉，德田先生，如果你同意，我可以辞去这里的工作。"

德田宽容地一笑："我庆幸的是并没被你们送到医院，然后酿成一个外交事件。你们做得很对，我可不愿让自己的生活被一件小事搅得乱七八糟。不过，我要扣去你半个月工资，你认为合理吗？"

"不合理，德田先生。"我呈六十度弯曲的身子直了一点。

"混蛋！告诉我，在我的沙发上，你和蓝玲做了什么？"

"如果你想知道的话，你最好问她。"

"混蛋！"德田咆哮起来。他像个风箱一样在呼哧呼哧地喘着气。我没有理他，这时候保持原有的镇定态度是十分必要的。"我要告诉你，我已任命蓝玲为本公司公关部的副经理了。你，现在可以出去了。在我的沙发上留有你一个打火机，拿去吧。"他将一件东西扔了过来。

我默然地退了出去。小日本也有吃醋的时候，我不无高兴地想，他会最终如何发落我？

我一个人走在大街上，竖起了风衣的领子。起风了，风把云彩压得很低，吹得也很急。我的脑子很乱，我不知道大学毕业一年以来我到底经历了多少内心的风暴，我变成了什么样子。我跟德田争一个女人是干嘛？我疯了吗？风吹得我把眼睛眯了起来。我扔掉了烟头。一辆迅速减速的紫红色"马自达"停在了我的近旁。车窗玻璃摇了下来，露出了林格那张庸俗不堪和自以为是的脸，他扎着一条花哨的宽领带。"嗨，诗人，真巧，跟我们上车吧，一块儿去叶晖的住处玩玩去。"

我愣了一下，我看见车门已经打开，开车的是叶晖。他戴着宽边墨镜，"上来吧，倒卖天空的人，恐怕只剩下裤衩和小弟弟了吧。"叶晖说。车内人笑了起来。我钻了进去，发现靠近我坐着的还有两个打扮入时的漂亮小姐。

"华夏商报的杜莉小姐。这位是宏扬地产开发公司的米英小姐。我们的老同学乔可。嗨乔可，听说你也辞职了，供职何处？"林格把脑袋伸到后面向我们说。

　　"一家中日合资公司。"我看见叶晖一边抽着雪茄一边开着车，气度非凡。"我们去哪儿？"

　　"一会儿你就知道了。"林格神秘地说。

　　汽车在二环路上疾驰，到复兴门时又上了桥，直奔军事博物馆方向。在公主坟也在修建的立交桥边走过，又迅速向左拐，不一会儿，正在修建的宏伟的西客站的骨架昂然屹立起来。城市一天比一天变得庞大和可怕。然后，汽车经过一个环岛，向南开去，拐进一条绿树成荫的大道。这里已是乡村气息，我看见有"御苑花园"的大招牌竖在路旁。汽车颠了几下，在一幢别墅门前停住了。"到了，下车吧，先生们女士们。"

　　我下了车，别墅看上去十分精巧，院子很大，草坪修剪得也很整齐。四周全是别墅区，一幢幢挨着排列开去。农田里植物的清香气扑鼻传来。"这是叶晖不久前买的。很不错吧？"林格问我。我的确有些吃惊。两位女士已经惊呼起来，杜莉尖叫着挽上了叶晖的胳膊，"太棒了，叶，你太伟大了。哦我的天，多棒的房子。"我们进了院子。保姆正在把一些东西往屋子里搬，有一只被铁链拴着的、像一头小型奶牛的狗对我们狂吠着。我认出这是一条地道的德国大狗。叶晖拍了拍那家伙的脑门，它立即老实了。

　　我用不着仔细描述我走进叶晖的别墅时的惊奇与震动。总之我是第一次切实地踏入了人家的私家别墅，而不是在小说中。巨大的玻璃窗，巨型盆栽植物，宽大的室外游泳池，荡漾着的透明的水。巨大的金鱼缸，各式的吊灯，壁灯，意大利地毯，画王电视，欧洲真皮沙发，以及旋转而上的楼梯，都仿佛把我带入了梦境。而这的确是实实在在的。

　　米英小姐已经甩去了她的手袋，看架势她马上要跳进游泳池了。她还当真带来了三点式的游泳衣。

　　"叶晖，你哪儿挣来的快钱！"我问他，"确实不错。"

　　"挣的。我当了一回植物人，活过来后在商业上忽然开了窍，我的狗食生意和广告生意都不错。加上我老爸的关系，钱哗哗地进账。我在国外的亲戚也给了我几万美元。我们上楼看看怎么样？"

我们跟着他上楼，我们来到了二楼。这里的房间宛若迷宫，哪一间放鞋子，哪一间放大衣，以及哪一间是酒吧间、会客室、书房等都已布置好了。一切都是高级和豪华的。我说不出什么来。然后我们进了小酒吧室。叶晖开启了一瓶"黑风"，夹了几块冰块，放进去。我尝了一口，这样酒的滋味是有点怪。

"一晃快两年了，咱们从学校毕业，在北京还就叶晖混得好。"林格说，他一边喝一边把领带拉松了，"这年头，唯有挣钱是最实在的。对吧叶晖？"

叶晖笑了笑，他穿着一套白领派头的名牌套装，蓝色领带细白竖纹，隐隐泛着光。"那倒不一定，乔可写诗不也挺风光？"

我笑了一下，"算了吧，别嘲笑我了。我已经写不出诗了。"我端着酒杯，来到了窗前，把百叶窗拉开。我看见风低低的拂过草地，把草压得很低。"其余那些别墅里，住的是什么人？"

"挨着我这幢的主人是电视剧《秦皇汉武》的导演和制片人。其余的有大明星，也有畅销书发行商的。其实就是一些新的中产阶层。"叶晖说。

我们接下来的活动十分繁杂，吃晚餐、喝酒，在游泳池里几个人追逐着几个空瓶子，不知从哪里又来了两位小姐，大家在一起嬉戏，并把沙滩桌推倒，仅仅是为了听听酒瓶倒地的响声。有人在看录像《未被饶恕》和黄色暴力片《死于昨天》，我喝得昏昏沉沉的，我觉得我有点像三、四十年代美国作家菲茨杰拉德笔下的某个人物，在酒精和性快感中沉醉。杜莉已坐到了叶晖的大腿上，大家都喝多了。夜已沉沉，灯光昏暗而又暧昧，我不知被哪一个女人拽进了屋子，然后她就骑到了我的身上。

我再次醒来觉得浑身酸疼，嘴里弥漫着一股苦杏仁的味道，我感觉我仿佛被什么抽干了一样难受。阳光像一把银粉一样从窗外洒进来，铺在我身上。我躺在那里半天，才记起了昨夜的狂欢。我记不清那些令我昏沉沉的肉体的酒精的威力让我干了什么，我有些羞愧。林格推开门走了进来，"乔可，你他妈的，昨天晚上很猛啊。"

我抱歉地笑了笑，回忆着昨夜。我问："那些姑娘，她们人呢？"

"已经走了，叶晖开车送她们回城了。我们待会儿也走。今天晚上去丽都假日饭店打打保龄球怎么样？"

我的头疼得厉害。酒精和女人的躯体让我的精神遭受到了冲击。我说，

"不，我没兴趣。"

我到达公司时发现公司内气氛有些异常，每个人走路都变得很轻，唯恐走路声音过大引起了老板的注意。发生什么了？我问一个女秘书。不知道，德田老板一大早来了就吩咐全体员工一定要精神抖擞，迎接总公司来人的检查。

我坐进了我的办公室。今天我上班整整迟到了一个小时，也不知德田会如何咆哮。我想我和他再正面冲突一次我就辞职。我另外看中了一家德国公司，在他们那里当个企宣经理也是不错的。我正坐在转椅上胡思乱想，桌上的电话响了，是德田的秘书打来的。"请到公司会议室开干部会议。"她说。

我像是条件反射一样弹了起来，立即冲到洗手间，看了看镜子中的我的面容，还好。我整理了一下衣服，就直奔会议室。各部门经理副经理等中层干部全到了，中方副董事长也到了。气氛有些紧张。停了一会儿，德田身穿一套黑色西装走了进来。他的神色十分严肃。他坐下，双手扶膝。"诸位，今天上午十时三十分，本公司日本总部董事长山田先生要来巡视本公司。众所周知，山田先生是全日本大企业集团之一的首脑，他领导的旦升企业是日本工业经济的几大支柱之一。他来本公司巡视，是我们的荣耀，我们应全力以赴迎接他，树立本公司的全新形象！"

我这下明白了，原来是大东亚娱乐玩具有限公司的母公司、日本大老板山田太郎先生要来巡视他的子公司了。我在电视上曾经见过山田被中国领导人接见的镜头。那是一个看上去十分严谨干练的七十岁的老人。难怪德田要如临大敌，看来，如果他给山田印象不好，这总经理就不会叫他干了。也许会把他派到火奴鲁鲁群岛上的子公司去当经理，那才妙呢。

"另外，我宣布，公司另外聘任蓝玲小姐，担任公关部副经理以及我的秘书。"

这一句话震动了我，我这才注意到，在我左侧的沙发中，坐着的那个穿米色衣裙，白色高跟鞋的正是蓝玲。她从容地站起来，冲大家施礼，请大家关照。得体，自然，光彩照人，而又妖娆性感。我什么也听不进去，我的脑子里交替出现了她雪白的大腿、胸脯、大腿间毛茸茸的尤物的温暖，以及我遗落在德田居所沙发上的打火机。我牢牢地捏了捏打火机。

上午十点半，我们全体中层骨干和员工一齐列队在楼下入口处，迎接山田先生的到来。我们个个神情紧张而又激动。十分钟后，一辆奔驰牌豪华汽车拐入罗马广场，这辆奔驰车像一辆宽大的航空母舰在大海上航行一样，异常平稳地开了过来。汽车停下了，四个车门同时打开，几个保镖和司机已经出来，最后出来的，是穿蓝色带条纹西装的山田先生。他面容清瘦，面带微笑。我们一起鼓掌欢迎，这时我忽然看见一向挺直腰板的德田这时身体呈四十五度弯曲，向总公司董事长表示敬意。这小子也有要使劲鞠躬的时候，我想。山田向门口走去，几个护卫紧随其后，德田与山田相距两米，亦步亦趋。我们一大伙人像簇拥着一个蜂王一样，分几次涌入电梯，来到了公司驻地。

我不想详述山田董事长巡视公司的情景。总之，他态度和蔼地察看了各个部门的工作，并在工作间里向员工发表了题为"日本的精神"的演讲，从三次日本向东西方文明国家学习的经验谈起，鼓励大家好好干。老头儿身上着实有日本一流实业家的精神，而后，他进了经理室，听德田毕恭毕敬汇报公司运作情况。我在想，这时可能是德田最紧张和日子最不好过的时刻了。

我找机会见到了蓝玲，我捏住了她的手："为什么要到这里来？我们俩……"

她抽去了手，"别这样，记住，我可是公关部的副经理。我们就到此为止吧。我们之间从来都不存在那个夜晚。"她低下了头。

"哈，也许吧。不过，你令我感到龌龊。"

她别有深意地看着我，"我需要男人。德田能做到，就是这样。也许我们在内心之中互相看不起，但那是我们自己的事。"

女人的确是可怕的，我想。我扭头朝另一个方向走去。

第二天，德田带上我，陪同山田先生去怀柔区的国际狩猎场打猎。我们一共六辆汽车，全是日产的丰田车，双排气管，黑色油亮。山田先生看来对德田的工作情况很满意，其原因在于德田太了解中国人，所雇佣的中国人都能达到日本企业要求的水准。德田诚惶诚恐，唯恐失掉了这个在中国大陆开拓的事业，并有望今后在总公司晋升为中层管理人员的职位。日本人活得比中国人还累。我看见无论在任何场合，德田都摆出了一副他要我们在他面前必须摆出的架势：离山田先生几米远，身体呈六十度弯曲，讲话时不抬眉头，汇报完后退，绝不把后背留给山田董事长。

汽车开进了怀柔山区，到了一个山洼处，汽车停了下来。我们都下了车，山田仰视苍莽群山，不禁吟了几句日本伟大的俳句诗人芭蕉的诗。在全天的打猎过程中，七十岁高龄的山田董事长打中了四只兔子、一只山猪和几只山鸡，他兴致不错，后来与我谈起了他幼年在北海道打鱼时的童年经历。我是因为替他拎着猎物才获得了和他说话的机会，为此我发现三米开外的德田一郎正阴沉沉地看着我。

以后几天，德田带着我和蓝玲又陪山田先生去市郊的国际高尔夫球场打高尔夫球。那天天气稍微有点阴沉，德田显得十分紧张，因为第二天山田要回日本了。我们进入高尔夫球场后，山田、德田和另外两位中国陪同官员，拿起了球杆。由于我的出色的日语，山田老人希望我能直接担任翻译。一个球童于推 百六十五磅重的拾球车缓缓地跟在我们后头。红、黄、白二色高尔夫球很漂亮，山田老人的击球动作同样漂亮，而德田挥杆则显得拘束。

山田很威严，他似乎不想与德田多说话，两位中国中层官员陪同他聊天，我则做翻译。蓝玲就跟在我后头，她穿一套乳白色运动短裙，小屁股一翘一翘的很好看。在绿油油的球场边上，停着几辆雅马哈四座高尔夫车。还有两辆欧洲出产 E·M·V 单座球车，体积轻巧，可以在崎岖地形上飞跑的。击杆过后，大家便沿坡地向前走去。要一共打完十八个洞。我却要不停地找机会和蓝玲说话。山田老人似乎很喜欢我。末了，我听他的一个保镖悄悄用日语说，德田是山田的"玩物"。这个护卫是用嘲笑德田的口吻悄悄说的。也许，德田是山田的同性恋对象，被这个老家伙搞了后门的菊花？这的确不可思议。整整大半天，我都没有逮住握住蓝玲的小手的机会，无论在高尔夫球场的绿地上步行还是坐车而行，我一直没有逮着机会。

我终于逮住和蓝玲单独在一起的机会是在山田先生回日本后的第三天。此前，据说，在山田回国前，在夜间召见德田时，严厉训斥了德田，大概都要把他派去管理拉美一个小国的小公司了。其实不过是上上发条罢了，他对德田再满意，都是要训斥他一顿的。

山田先生一走，德田立即恢复了凶残本相。我就是在那样的一个夜晚，当大厦里的员工都已下班回公寓之后许久，我和蓝玲紧紧地拥抱着，就在我那间办公室，在我那间有着一张巨大办公桌的办公室里，我们用嘴唇互相寻找，灼热的情欲在我们的体内掀起了热浪。我无法忘掉她，也无法正

邱华栋中篇小说选

视她同样是德田的情人的现实。但蓝玲毕竟也是喜欢我的，我把她压在办公桌上，手伸进她的裙子，解开乳罩的纽扣，而她则像一条蛇一样紧紧地用双腿缠住我。当我和她合为一体时，灯却亮了。双眼放着绿光的德田站在门口。"很精彩。"他鼓掌说。

我们停止了运动。我还帮蓝玲扯上了乳罩。我满不在乎地看着他，慢吞吞地穿好衣服。

"混蛋！你们这是在继续工作吗？"他像一头暴怒的狮子一样冲到了我们跟前，挥拳向我打来。我挡住了拳头，一记勾拳，正中他的肚子。他英俊的脸立即扭曲了。我用双手拎起他来，把他撞到了墙上。

身后蓝玲在尖叫，她也许以为我会杀了他。庞大的城市像个轮盘一样在我的脚下转动，一瞬间我真想替我们国家表达一下对日本人的仇恨。但我松开了手，"先生，我们的确在继续工作。"我严肃地说。

"那，你可以停止工作了，从明天起，你，不用来上班了。"德田喘着气对我说。

"我正想这样做。蓝玲，我们一起走吧！"我转身问蓝玲。她已经整理好衣服，发着愣。但是她没有动。"好吧，"我说，"我自己走。"

说完，我一个人走了出去。我也不会再回来了。

约莫一周以后，我和蓝玲一起坐在丽都假日饭店的餐厅里吃意大利细面条以及比萨饼。我知道我没有爱上她，她同样也没有爱上我。我们谁也不爱，我们都只身一人来到这座城市，希望能从这里得到点什么，但更多的只是丧失。城市正在教会我们更多的东西，教会我们更多的游戏规则。我们一起吃着，说着笑话。她讲的都是关于德田的笑话。看来她已经掌握了他。她这一天穿着一件紫色的套裙，显得非常冷傲和漂亮。但我们只是朋友，从我松开德田的领子，招呼她和我一起离开那里，她没有动，我就知道她是什么人了。

"你从德田身上捞到了多少钱？"

"没有多少。我不告诉你。"蓝玲笑着。"你现在打算怎么样？"

"我去一家德资公司负责宣传推广。你真的喜欢他？"

"对。不过，现在你要再劝我离开，我会考虑的。"她温柔地说。

"算了吧。问一句，你要有了钱，去干什么？"

"我吗？我想拿着这钱去国外念书。我出身于音乐世家，可是，离开父母，我连活得好都很困难，"她眯起眼注视着走动的人，"你要有钱呢？想妻妾成群吗？"

"我有钱了，就想盖一座蛋糕大厦，叫全世界的穷孩子和苦孩子，包括飞鸟们大吃一顿。"

"这是幻想，和疯话。"她笑起来。

"对，是屁话。"我自我解嘲。停了一会儿，我像又想起了什么，"你刚才说，假如我再请你离开德田，你就会跟我走，是吗？"

她灵活的眼睛转动着，我发现她居然有两个浅浅的酒窝。她狡黠地说："我们去打保龄球吧，如果我赢了，我就自己走了，如果你赢了，我就跟你走。"

"好极了。"我放下了冰水杯。

我们换好了鞋，来到了第十二球道。蓝玲的身材不错，她打出的第一个球就是全中。我选了重十二磅的黑球来打，我最喜欢用十二磅的球了。我打过很多次，但今天也许我该打好。球投了出去，姿势很标准。摧枯拉朽。但还剩一个球，那就再来一次吧。我看到在另一边的蓝玲冲我挤着眼睛。我发现她用的竟是十四磅的蓝球！她力气真大，我想。她又打了个全中，跳起来欢呼着。我也打了个全中。但我却一直在想，我和蓝玲都太相像，她为什么必须跟我走？我有这个勇气和责任吗？我的肩膀斜了，球偏了。真臭。我忽然觉得我和她也在进行着一场游戏，一场猫与猫的游戏。可老鼠在哪里？它在这座城市的什么地方？我们必须练习搏击。也许德田是她的老鼠，我的老鼠在哪里？我继续抛球。然后，一局下来，我得了一百四十分，她一百八十二分，我输了。

我们喝着矿泉水，她抱歉地笑了笑："我只好自己走了。"

"好吧。"我说。

"那我现在就走。"她又对我说。

然后她就走了。我看着她的背影消失在大厅里。我想在这座海洋一样的城市里，我再也不会见到她了。怔了许久，我又拿起了一个十二磅重的蓝球，我推开一个正要打球的人，我将球甩过肩膀，拉开弓步，抛了出去。一个标准的全中。然后我傻呵呵地笑了起来。

我已经在这座城市生活了两年。我就经历了这些，我觉得生活中转瞬即逝的东西比较多：瞬间的激情与背叛，生存的困境与挣扎。每个人都可以在城市里下注，去下自己的赌注，但大部分将输得精光。有一天我忽然想到要给丹妮打个电话，因为，毕竟有大半年我们都没再联系了。当初正是离开了她，我才开始了新的寻找。现在，她怎么样啦？

　　"你好，丹妮，我是乔可。"

　　"是你！你现在在哪里？你没有死，我还以为你从此消失了呢……我恨你。你抛弃了我。我恨你。"电话中丹妮的声音有点哽咽，"你勾引了我。"

　　"不。你刺伤了我，你说过你对我找不到感觉了。是你不想和我在一起的。"

　　"不！我只是有点矛盾，是你想离开我而已……"

　　"你说了那话。所以我就走了。"

　　"你现在怎么样？"

　　"还可以。一直在外企混。"

　　"我想见见你，今天行吗？"

　　"……好吧。那么，晚上我们在西单券业场地铁口处见面。"我挂断了电话。

　　我站在西单地铁的出口处等她。人们一群群地从地底下冒出来。丹妮来了。我看见了她，她穿一件褐黄色大衣。今天没有下雪，但天很冷。地上结了冰，她看见了我，像河流中的一块浮冰一样飘向了我。她憔悴多了。没了孩子气，她已经是个标准的妇人，如同我也成了个成熟的男人。她的眼睛里含满了幽怨："我一直在找你，可城市这么大，我找不到你。"

　　"我们先吃饭吧。去吃台湾牛排面怎么样？"

　　"有一天沿着大街，走几步就喊几声你的名字，可一直没有人回答，我就这样一直走到了建国门。"

　　"今天大街上怎么这么多人？真令人心烦。"我说。

　　"你离开了我，我恨你。"

　　"这牛排面不错，煎得挺嫩，而且鸡蛋煎得也好。"

　　"我简直都没法生活了，我的生活中没有了重心。"

　　"这大半年我干了各种各样的工作，遇到过各种各样的人。这座城市已经容纳了我。"我咽下牛排。

　　"可你为什么要突然离开我？"

"是你推开我的，却把账算到我头上。你说过你对我没有爱了。"

"你猜我今天带来了什么？"

"带来了什么？"

"你从新疆带回的那把匕首。"

"哈，要杀我吗？"

"也许。真的。"她忧伤地看着我。

"算了吧。我们还是去看电影吧。首都剧院，《西部所有的骏马》，美国片，棒极了。"

"好的。也许我会杀了你。"

"你的报复心真重，瞧大街上这么多人，等天黑了你再动手。"

"好的。"她宽慰地笑了。

"这电影不错吧？我看过介绍。接下来的一个场面，将是所有的骏马都在奔驰。"我说。多好的一部电影，一部西部大片，一部关于孤独与命运的电影，一部寻找与发现的电影。就像是关于我的电影。

"你要娶我。"黑暗中她的眼睛在发亮。

"不。我对你没有多少情感了。"

"我要嫁给你。我想明白了。"

"不。晚了。"

"再说一遍？"她生气了。

"不。"我坚决地说。

银幕上的壮观的马群果真出现了，是如此庞大的一群，是如此健美的一群，马们跃足狂奔，马蹄翻飞，连太阳都变成了它们蹄下的碎片。多棒的马群！牛仔在追赶马群，我小声地呼叫着。但是，我感到丹妮突然变得疯狂了，她用力将匕首向我刺来，我抵挡了一下，但第二下她扎中了我的腿。我用力推开了她。马群还在银幕上奔跑，我却挨了一刀。我在黑暗中向门口冲去。刀仍留在腿上，丹妮在哭。一切都在瓦解，马群在不停地飞奔，我挨了一刀。我捂着大腿，冲出了电影院，来到了寒冷的大街上。冬季的长安街一片凄冷，灯光却更加明亮。我捂着腿，心中想着那些马，那所有的美国的西部的骏马。这像草原一样广阔的城市！我笑了起来，血流了我一手，也流到了鞋面上，我在寒冷的大街上，一个人孤独地向前走去。

后　记

　　收录在我这个中篇小说集里的作品，前后创作的时间跨度很大，有二十多年，具有一定历程性，可以看出我的小说的题材、技巧、叙述语调的变化，以及关注重心的不断游移。这是检验我创作水准的一次展示，也是一个对于我自己写作历程的纪念。

　　《别了，十七岁》写于我十八岁的时候，当时由四川少儿出版社出版。《叙述草莓山坡》写于我二十岁，都是我的早期作品。

　　《时间飞鸟》创作于 1991 年，是我对家谱和历史的一虚构性的写作尝试，爷爷、父亲和我的故事，分散在交叉叙述的时间河流里，成为我顺手拣拾的花瓣。在叙述的技巧和结构、语调和节奏上，我都做了一些尝试。想想自己写这篇小说的时候才二十一岁，激情澎湃，豪气干云，那种想象、语言和结构的能力，一点都不比今天差。

　　《空心人舞蹈》创作于 1992 年，是我大学毕业那一年。《空心人舞蹈》无论是结构还是叙述，是我对人性复杂性的表述。这篇小说当年发表于《芳草》杂志，小说中描述的人的存在状态有些抽象，今天看来，不仅空心人是很多人的精神状态，也是时代的一个表征。来自艾略特的"空心人"概念，在我的小说里，得到了再度呈现。音乐性和节奏感，是这部小说缓慢从容的基调。

　　《所有的骏马》写作于我刚刚来到北京工作的时候。城市对青年人的挤压，城市作为庞然大物的存在，第一次成为我小说所面对的物象和场所，而小人物的具体生存和挣扎，奋斗和挫折，日常生活的平庸、情感的破碎，都在这部小说中有所展示。当年轻人像骏马一样跑到了城市里，在高楼大厦之间，骏马会变成什么？

　　二十世纪九十年代有几年，我写下了不少这样的小说。小说描绘了城市里欲望使人心分裂、生存景象因此变得庸常琐碎的景象，传统道德的解体、生活方式的变化，是我关注的所在，而这样的景象，在今天的中国还在演变。

　　感谢师力斌兄的热情邀约，感谢中国言实出版社，让我在一种类似留影的感觉中编选了这部小说集，使时光定格在那些激情四射的文字中。

邱华栋

2016 年 1 月 25 日